Tobias Schwartz · Nordwestwärts

Tobias Schwartz

Nordwestwärts

Roman

Elfenbein

Zweite Auflage 2020
© 2019 Elfenbein Verlag, Berlin
Umschlaggestaltung: Oda Ruthe
Alle Rechte vorbehalten
Druck: Finidr, s.r.o.
Printed in Europe
ISBN 978-3-96160-006-9

Ich vermute, dass sich alle Städte auf dem Lande ziemlich gleichen. Mir fiel jedoch auf, dass man in jeder von ihnen glaubt, in der eigenen Stadt ginge es noch dümmer und geistloser zu als in allen anderen. Ich nahm mir dennoch vor, Middlemarch so anzunehmen, wie es ist, wenn es mich denn gleichermaßen annehmen würde. Und ich entdeckte einiges Liebenswürdige daran, weitaus mehr, als ich erwartet hatte.

(George Eliot, »Middlemarch«)

Es schadet nichts, in einem Entenhofe geboren zu sein, wenn man in einem Schwanenei gelegen hat.

(Hans Christian Andersen, »Das hässliche Entlein«)

*I don't believe in an interventionist God
But I know, darling, that you do
But if I did I would kneel down and ask Him
Not to intervene when it came to you
Not to touch a hair on your head
To leave you as you are
And if He felt He had to direct you
Then direct you into my arms
Into my arms, O Lord…*

(Nick Cave, »Into my arms«)

I. TEIL

MORGENS

»Da kann ich Ihnen leider nicht weiterhelfen, Doktor Kretschmar.«

David stand ratlos vor seinem Chefarzt. Er hatte ihm – in der
Überzeugung, das Richtige zu tun – ein Schwanenei gebracht,
eines von vielen, die in der Klinik überall herumlagen.

Risse im Kalk. Durch ein kleines Loch brach ein Schnabel, auf
dem der Eizahn deutlich sichtbar war. Ein paar Splitter mehr,
und das kleine Tier saß auf einmal im grauen Flaumfederkleid
leise piepsend auf seiner Hand, während die schilfgrünen Scha-
len zu Boden fielen und der Chefarzt mit rotem Kopf und
weißem Kittel nur schulterzuckend abwinkte. Im Labor sah
es aus wie in einem Spaßbad: Tausende kleiner Schwanenküken schwammen fröhlich im klaren, bläulich schimmernden
Wasser.

Vorsichtig ließ David das Küken aus seiner Hand, während sein
Blick auf die Marmorfliesen fiel, die den Beckenrand säumten.
Sein Schützling stürzte eilig und ungeschickt zu den Artge-
nossen, fiel dabei mehrfach auf den Schnabel, und kaum war
er im Wasser, verschluckte ihn die Tiefe. David fischte das
Schwanenküken heraus und drückte es an seine Brust. Ihre
Herzen schlugen heftig.

Keine Chance, sagte der emsige Laborassistent und kratzte sich
am Kopf. Das kannst du mit nach Hause nehmen. Alleine wird
es nicht überleben. Niemals wird es alleine überleben.

Mit nach Hause? David taumelte ein paar Schritte zurück. Was
sollte er zu Hause mit einem Schwanenküken?

Aber dieses leise, verängstigte Piepsen, diese hilflosen Augen …
Auf dem Heimweg wurde das Piepsen lauter. Das nun trockene
Küken lag warm in seiner Hand. Ununterbrochen rief es in
feinen, zitternden Piepstönen. Um Hilfe? Immer lauter. Hilfe?

Und plötzlich übermannte ihn im Schlaf die traumhafte Gewissheit: Grete ... hatte dieses Ei gelegt.

David wachte auf. Sein Blick fiel auf den Wecker, den er mit einem gezielten Schlag ausschaltete. Andere Bilder verdrängten nach und nach diejenigen seines Traumes. Draußen war es dunkel und still. Selbst von der meist stark befahrenen Potsdamer Zeppelinstraße her tönte kein Verkehr, auch die Autos und Lastkraftwagen, die für gewöhnlich Richtung Berlin oder Brandenburg rauschten, schliefen und schwiegen. Nur die Bilder blitzten grell, manche donnerten, wie ein Gewitter, das sich lautstark entlud. Vielleicht hatte sich in der Nacht tatsächlich der Himmel ausgeschüttet.

Er rieb sich die Augen, das stoppelige Kinn.

David erinnerte sich an alles. Kaum erwacht – wenn von Schlaf überhaupt die Rede sein konnte –, waren sie wieder da. Die letzten, jüngsten Bilder sowieso. Aber auch die aus alten, viele Jahre zurückliegenden Zeiten. Imaginationen aus fernen und verschwommenen Tagen. Es wunderte ihn wenig, dass sie patiniert und scheinbar zusammenhangslos, dafür mit umso heftigerer Wucht ausgerechnet jetzt auf ihn einstürmten, so unmittelbar vor der Reise, die ihm nach den Ereignissen der letzten Tage und Wochen wie eine einzige Flucht erschien, dabei war sie lange geplant, andererseits ...

Menschen und Gesichter, Namen, Landschaften und Häuser, weit verzweigte Gebäudekomplexe, Straßenzüge, Kirchen, die große, alles überragende Kartoffelmehlfabrik, Farben und Gerüche selbstredend, die guten, aquarellartig verlaufende Daseinsbilder unmittelbar ins Gedächtnis rufenden der Blutjohannisbeere, der Heckenrosenblüte, der schwarzen, immer feuchten Erde und der kahlen Kartoffelfelder, durch die allmählich frisches Grün brach und die bald gepflügt werden würden oder womöglich längst gepflügt waren, aber auch die penetranten, durch die mangelhaften Filteranlagen ebenjener mächtigen Stärkefabrik verursachten Ausdünstungen, die sich einst schwer wie eine Migräne über das Dorf gelegt hatten. Niemals zu vergessen die Gespräche hinter vorgehaltener Hand, die ressentimentgeladenen Wendungen, Blitze, Donner, Kahlschlag, Rauchschwaden und Feuersbrünste, Szenen über Szenen und alles zusammen gepaart mit einem Gefühl, das er insgesamt nicht gerade als behaglich empfand.

Dr. David Kretschmar, ein von seiner Umgebung oft jünger geschätzter Arzt – der auf die vierzig zuging – mit blondem kurzem Haar, graublauen Augen und einem ansehnlichen Dreitagebart. Er konnte sich an alles erinnern, einfach an alles. Nein, er besaß kein fotografisches Gedächtnis, doch die in seinem Kopf gespeicherten Bilder liefen ab wie ein Film in einer Schleife, gespeichert in den endlosen Windungen des Gehirns, irgendwo in den Schläfenlappen oder der Großhirnrinde. Die Erinnerung war so ein überwältigendes Phänomen, brachial wie ein Hagelschauer, manchmal, je nachdem aus welcher Richtung der Wind wehte, wie ein dumpf hämmernder Kopfschmerz, seltener eine milde, sanfte Brise.

Das Ereignis in der Klinik hatte etwas ausgelöst in ihm, einen Erdrutsch verursacht, bei näherer Betrachtung aber war es nicht allein das Ereignis in der Klinik.

Einmal wälzte er sich noch herum und blieb schließlich auf dem Rücken liegen. Vier Uhr fünfundvierzig. Ihm blieben eine Stunde und vier Minuten, bis der Regionalexpress vom Bahnhof Charlottenhof abfuhr. Zeit, zu duschen oder zu frühstücken. Letzteres konnte er aufschieben, ihm war ohnehin so früh noch nicht nach Essen zumute.

Grete, Grete Piontek mit vollem Namen: dunkle Haare, weiße Haut, grüne Augen und derzeit ungefähr fünfhundert Kilometer von David Kretschmar entfernt – noch, denn er würde sich ihr und dem Dorf Emlichheim bald nähern, der Countdown lief bereits –, musste kurz eingenickt sein. Nein, nicht eingenickt, eher war sie mit ihren Gedanken abgedriftet – David?

Ein dumpfes, obertonreiches Geräusch, das bei genauem Hinhören kein Klagen war. Sie konnte es genau hören. Unheimlich. Erst Schrecken, dann eine Ahnung. Jetzt fuhr sie aus der unbequemen Liegeposition senkrecht hoch, als hätte sie der Blitz oder sonst ein Schlag getroffen. Ja, ein Schlag der Erkenntnis. Sie selbst war es, sie selbst hatte die dunkel rumorenden Laute von sich gegeben.

Das apricotfarben geflieste Badezimmer, in dem sie sich ausgestreckt hatte, stammte wohl aus den siebziger Jahren. Es war nur ein zufälliger Impuls, der sie auf die Uhr an ihrem Arm blicken ließ – ein wertvolles Geschenk ihres Vaters. Vier Uhr fünfundvierzig. Keine besondere Zeit, lediglich früher Morgen, früh am Morgen, in der Frühe. Die Schmerzen hatte sie bis dahin nicht ernst genommen, jedenfalls nicht als bedrohlich empfunden.

Musste sich nicht erst der Muttermund öffnen? Die Fruchtblase war auch noch nicht geplatzt.

Ihr eigenes Tönen hatte sie dem traumartigen Zustand, der weder Schlaf noch Schlummer war, entrissen. Mehr oder weniger gewaltsam, mehr oder weniger schmerzhaft war das vor sich gegangen. Nur veränderte sich gerade die Qualität, das hieß, die Intensität des Schmerzes. Oder das Ganze als Frage: Ging es jetzt los? War es schon so weit? Aber der Muttermund, das Fruchtwasser.

Grete schwitzte, ihre Haare klebten an der Stirn, und an Liegen war nicht mehr zu denken. Auf, aufstehen und gehen, ein paar Schritte nur. Mit beiden Händen hielt sie ihren überdimensionalen Bauch.

Das musste es sein, aber konnte es das? Warum hatte sie dieses verflixte Ding nicht abgelegt? Hektisch nestelte sie an ihrem Arm, zog das Lederband durch die silberne Dornschließe – ihr Vater hatte ihr die Terminologie der Uhren von Kindesbeinen an mit größter Akribie und gleichmäßig auf beiden Seiten verteilter Geduld erklärt –, entledigte sich ihrer kostbaren Armbanduhr und spürte eine große Erleichterung. Sie rieb die leichten Druckstellen, die Leder und Metall auf ihrem Arm hinterlassen hatten. Ein wenig juckten sie.

Schon einen Augenblick später hatte sie die Uhr wieder vergessen und auch, in welche Richtung sie sie geschleudert hatte. Sie würde sie schon wiederfinden irgendwann.

Jetzt also? Gestern war sie doch noch so lange unterwegs gewesen, ein Spaziergang durch die Denne, wie die kleine, bewaldete und zu dieser Jahreszeit von noch nicht blühenden Maiglöckchen breitflächig übersäte Endmoräne westlich des Dorfes hieß, und dann an der für gewöhnlich gemächlich vor sich hin fließenden Vechte entlang. Ein winziger, idyllischer Flecken, wie eine Insel inmitten einer grenzenlosen Agrarlandschaft, so weit das Auge reichte. Drei Stunden und mehr, die Sonne hatte so schön und warm geschienen, die Natur so unbeschreiblich geleuchtet, herrlich, goethehaft. Sie glaubte, einen Eisvogel gesehen zu haben. Am Abend davor Kino, in der Kreisstadt – in Begleitung des netten, melancholischen Landarztes Christian Rochus, der relativ neu im Dorf war, und mit leichtem Drücken in der Magengegend. Der Stichtag war erst in achtundvierzig Stunden.

Stichtag, sie grinste und wollte die Grimasse nicht sehen, die dieses Grinsen sicher auslöste. Bloß kein Blick in den Spiegel jetzt.

Ungeordnete Gedanken. Nach dem Schlafengehen oder vielmehr Zubettgehen, an Schlaf war gar nicht zu denken gewesen, dieser eigenartige Halbwachzustand. Dieses Nicht-zur-Ruhe-Kommen. Sie wand sich förmlich. Unförmig. Sie wand sich unförmig. Hielt sich irgendwo fest. Am Klo? Am Waschbecken? Eine Wärmflasche, was hätte sie für eine Wärmflasche gegeben! Der mühsame Gang vom Schlafzimmer ins Bad. Ein paar Handtücher auf dem Boden schützten vor Zug und der ausstrahlenden Kälte der Fliesen. Sie ließ heißes Wasser in das weiche Plastik laufen.

Liegen, tönen, aufstehen, tönen, Schritte, tönen – wie sie es im Geburtsvorbereitungskurs bei Gerlinde Mülstegen, ihrer

Hebamme, gelernt hatte – und dann wieder zurück ins Bett. Ein paar Mal hatte sie sich schon übergeben. Und immer dieses starke Bedürfnis, sich aufs Klo zu setzen. Doch David anrufen? Ausgerechnet David?

Sei jetzt nicht albern, der ist in Potsdam. Außerdem, was sollte er tun?

Nein, auch nicht die Mutter wachklingeln. Noch nicht. Die würde ihr noch früh genug auf die Nerven fallen. Irgendwann klingelte der Wecker. Gleichzeitig: Mama, wo bist du? Ich brauche dich jetzt!

Mama? Ruhig, durchatmen. Überhaupt atmen. Was war denn schon groß los? Der Bauchschmerz war die meiste Zeit gleichmäßig ziehend. Muttermund, Fruchtblase, dachte Grete. Für die Hebamme aber war es viel zu früh.

Eines stand fest, sie wollte niemandem zur Last fallen, sie wollte nicht zu den Frauen gehören, die viel zu früh und unnötig Alarm schlugen. Sie würde das alles aushalten, sie war hart im Nehmen.

Alarm. Schrie es in ihr? Aber... Das war so ein ziehender, gleichmäßiger Schmerz, keine Wellen oder Schübe, wie sie es so oft gehört hatte. Sie horchte in sich hinein, tastete sich innerlich ab. Vielleicht sollte sie doch besser... Und wenn etwas nicht stimmte?

David ging die Sache nicht aus dem Kopf. Er kannte das ja. Dachte er ans Krankenhaus und die Augen des Mädchens, das sterben würde, schnürte es ihm die Kehle zu.

Er hörte den Kaffee in der Küche brodeln.

Was wäre das Leben, wenn der Mensch nicht in der Lage wäre, zu verdrängen?

Im Dorf, unweit der deutsch-holländischen Grenze, da, wo gerade Gretes Wehen einsetzten, war zu derselben Zeit alles wunderbar ruhig, es herrschte vollkommene Stille. Wenn jetzt, in der Dunkelheit, jemand lauschte, würde er nichts hören, gar nichts, dachte es aus dem Dorf heraus. Lange Augenblicke gar nichts, bis irgendwann irgendwo in der Ferne ein Brummen ein Fahrzeug ankündigte. Dieses Brummen verharrte eine Weile in der Ferne, bis es wieder verhallte. Das Fahrzeug fuhr wohl Richtung Niederlande, die Grenze lag nur wenige Kilometer entfernt.

Vollkommene Stille, wie sie nur hier möglich war, vorausgesetzt, dass kein Wind blies. Nordwestmusik. Oder ein aus heftigen Jagdträumen abrupt erwachter Hund bellte. In der Frühe jedenfalls ließ sich hier kein Mensch blicken, selbst für den Bäcker und den Zeitungsausträger war es zu früh, wenn auch nicht viel zu früh. Bald stellte der eine sich in die Backstube und buk, während der andere auf sein Fahrrad stieg, um die Dorfbewohner mit immer noch in altbewährter Tradition gedruckten Neuigkeiten zu beliefern.

Nirgends ein Ort in dieser Bundesrepublik Deutschland, der weiter von einer Großstadt entfernt gewesen wäre – man musste nur einmal zum Zirkel greifen und einen Radius um Emlichheim herum ziehen. Es gab Flecken im Dorf, an denen die Zeit stehengeblieben war, auch wenn die Uhren und Zeiger lautstark tickten.

Hier im Dorf hätte auch vor Jahren oder Jahrzehnten diese ominöse Stille geherrscht haben können, unterbrochen nur von den Vögeln, die zum Teil die Nacht hindurch sangen. Kurz nach vier erwachten die Spätaufsteher, Star, Spatz oder der Hänfling mit karminroter Brust und Stirn, während sich Feldlerche, Meise, Rotkehlchen und der schmarotzende Kuckuck längst, Stunden schon und fleißig, auf Partnersuche befanden. Nach der Vogeluhr hatte jede Art und jeder Sänger seinen ureigenen Auftritt, bis sich die vielgestaltigen, höchst individuellen Stimmen schließlich überlappten oder zum Orchester vereinigten, um ein polyphones Konzert anzustimmen. Seltsamerweise schwiegen die Vögel, als spürten sie, dass etwas Ungewöhnliches vor sich ging, und sei es auch nur, dass sie zum Objekt einer fremden, plötzlich über sie kommenden

Wahrnehmung geworden waren. Nächtens, so das Gefühl, verkehrten hier, auf dem Lande, auch Geister und Dämonen, Zwerge, Kobolde und Riesen. Manifestationen der Dinge, die geschehen waren und noch geschahen. Da gab es zum Beispiel den Fluss, der den Dorfsüden schlangenförmig begrenzte und gelegentlich sprach, ja sogar sang, aber nun ruhig dalag und wie die Vögel und die Frauen, die in seinen Fluten über die Jahre ihr Leben gelassen hatten, verstummt war. Wenn alles schwieg, hörte man die Stille.

Anthrazitfarbene Nacht, der trübgraue Schleier der funzligen Straßenlaternen überzog die symmetrischen Fronten der zahllosen Klinkerbauten und der immer sorgsam, selten geschmackvoll gestalteten Vorgärten, die penibel saubergehalten und geharkt wurden.

Ein, zwei, drei, vier Kirchtürme unterschiedlichster Jahrgänge und Größen. Ein alter Kindergarten. Eine Jugendbildungsstätte, mit blau ausgemaltem Swimmingpool. Ein Industriegebiet, Erdölwerke, Kfz-Werkstätten. Ein Altenheim mit ausgedehnter Parkanlage und Teich, ein brütendes Schwanenpaar, weiß leuchtend im Uferdickicht. Kleine Geschäfte, Bäckereien, Apotheke, Landwarenhandlung, Schreibwarenbedarf, Schuhmacher und Goldschmiede – ja, neuerdings eine Goldschmiede, die von Grete Piontek, der »Jungschen« –, ein Imbiss, der Blumenladen, der auch als Tratschtreffpunkt diente, mehrere große Supermärkte und Discounter, vom Notlicht dürftig illuminiert. Die Fensterläden der Dorfkneipe »Et Möppken« zugeklappt.

Gespenstisch aber erhoben sich an der Peripherie, Ortsausgang Nord, die hünenhaften Speichertürme der gigantischen Kartoffelmehlfabrik – Europas größter – über die trübselige Szenerie, die ungeduldig darauf wartete, endlich wachgeküsst zu werden.

Den letzten, sonnigen Tag hatte er bereits frei gehabt.
David dachte, während er sich fertigmachte, daran, wie er unter anderem durch den weitläufigen, nicht nur im Frühling

herrlich duftenden und blühenden Park Sanssouci geschlendert war, am von Schinkel und Persius im römischen Stil gestalteten Schloss Charlottenhof vorbei durch den Rosengarten, der zurzeit noch eher ein prächtiger Tulpen- und Narzissengarten war, bis zum Maschinenteich, wo es merklich weniger Touristen gab als am Neuen Palais, oder natürlich vorm Schloss Sanssouci – manchmal, je nach Tageszeit, war man dort sogar allein –, und wo er eine Weile am Wasser gestanden und den Enten und Schwänen zugesehen hatte.

Den Schwänen. Natürlich, daher kam der Traum. Hatte er sich nicht gewundert, dass sie noch immer keinen Nachwuchs hatten? Die brütende Schwanendame mit ihrem leuchtend weißen Gefieder war auf ihrem Nest im Schilf am gegenüberliegenden Ufer deutlich sichtbar gewesen, während ihr Gatte würdevoll über den Teich geglitten war. Aristokraten des Maschinenteichs, des Parks Sanssouci. Letzte, dort ansässige Hohenzollern.

Grete war bald ganz vom Schlafzimmer ins Bad umgezogen, am liebsten wäre sie ewig auf den flauschigen, nach Weichspüler duftenden Handtüchern liegen geblieben und gar nicht mehr aufgestanden. Höchstens, um sich aufs Klo zu setzen.

Oder doch zum Telefon im Flur? Das musste sie tun, sie musste jemanden benachrichtigen, auch wenn die Wärmflasche für leise Linderung sorgte. Ein paar Schritte nur. Sie raffte sich auf. Sobald es losgeht, rufst du mich, hatte die Mutter gesagt. Aber wie konnte sie wissen, ob es losging, wann es losging, wie es losging?

Sie blieb einen Moment stehen und stützte sich an der Wand ab. Dann strich sie über ihren prallen Bauch und lächelte. Alles in allem war sie ruhig und gefasst. Schmerzen hatte sie gelegentlich schon verspürt, auch in den letzten Tagen. Sie erinnerte sich an die Tritte des Kleinen, die keine Schmerzen waren.

Das Telefon, wo war es? Die vierstellige Nummer, die sie wählen würde und die schon in ihren Fingerspitzen kitzelte, würde sie wohl ihr Leben lang nicht vergessen. Aber das Telefon, es stand nicht da, wo es hingehörte. Hatte sie es im Schlafzimmer liegenlassen?

Sie bewegte sich langsam vorwärts, Schritt für Schritt und vorbei an diesem sonderbar verschwommenen, aufgedunsenen Selbstbildnis Horst Janssens, das neben der Tür zum Schlafzimmer hing. Handsigniert, ein Geschenk von Sigrun und Alfred. Sie schüttelte den Kopf, sie hatte nie gewusst, was sie von diesem Porträt halten sollte. Jetzt war ihr, als lächelte es sie an, als bewegte es die Augen. Ein Zwinkern?

Wieder dieser Druck, sie stürzte zurück ins Bad, beugte sich über die Kloschüssel und spuckte. Trotz der anschließenden Erschöpfung gelang es ihr wieder nicht, Schlaf zu finden. Nein, sie hatte auf ihrem Lager im Bad keine Sekunde geschlafen, es hörte nicht auf. Stattdessen war sie durch die Wohnung gelaufen und hatte weiter getönt – getönt, so wie es ihr Gerlinde Mülstegen vorgemacht hatte.

Die Hebamme rufen? Noch einmal ins Schlafzimmer. Ja, da lag es. Neben dem Bett. Grete ergriff es, wollte gerade die Nummer eintippen, da ließ sie das Telefon auch schon wieder auf den Nachttisch fallen. War nicht alles halb so wild?

Zugegeben, etwas passierte in ihr, etwas zog – oder dehnte sich? –, nur was bedeutete das? Die Geburt kündigte sich an, klar, aber Wehen waren das noch nicht. Oder doch? Sie stellte sie sich schlimmer vor, dafür musste sie sich wappnen. Waren das nun die Vorwehen? Irgendwann, am nächsten Tag, würde es so weit sein, ein Zurück gab es jetzt nicht mehr.

Nein, sie wollte ihre Mutter lieber noch ein bisschen schlafen lassen, denn wenn es am nächsten Tag losgehen würde, brauchte auch die alte Dame ihre Kräfte.

David stand am Fenster. Milde Luft draußen. Der Frühling schob seine tristen Gedanken beiseite, die schon wieder im Klinikum waren.

Vielleicht rasteten heute auf den Feldern Brandenburgs Kraniche, hoffte er, aber je westlicher der Zug fahren würde, desto geringer wurde die Wahrscheinlichkeit, einen dieser langbeinigen Schreitvögel und grazilen Balztänzer zu sehen. In seiner Heimat, am anderen Ende des Landes, gab es keine Kraniche. Jedenfalls konnte David sich nicht erinnern, dort je welche zu Gesicht bekommen zu haben. Die Agrarlandschaft der Grenzregion förderte mit ihren hektarweiten Monokulturen nicht gerade die Artenvielfalt, Natur im landläufigen Sinne war dort alles in allem Vergangenheit, nur an wenigen Stellen gelang es ihr, einmal kleinflächig Form anzunehmen, dabei aber glich sie dann eher einem Atavismus, einer Missbildung, die den symmetrischen Gesamteindruck beschädigte. Einzig einen verirrten Storch hatte er einmal von weitem über eine Pferdeweide stolzieren sehen.

Wäre er nicht Arzt geworden, dann vielleicht Ornithologe. Der über Jahre vage gehegte Traum einer Karriere als Cellist war mit dem Einsetzen der Vernunft, spätestens aber zu Beginn seines Studiums beerdigt gewesen. Den wesentlichen Bestandteil einer professionellen Ausrüstung, einen überdimensionalen, armeegrünen Feldstecher, besaß er, den hatte er vor vielen Jahren von seiner Großmutter bekommen. Und immerhin hatte er einmal angefangen, Biologie zu studieren, war dann aber schon nach zwei Semestern ins Fach Medizin gewechselt, das als weitestgehend verwandtes Fach ohne Biologie auch nicht auskam.

Seine Großmutter. Emma, Emma Arndt. Die hatte einmal dieselbe Route in den Westen genommen, die er heute nehmen würde, jetzt, in weniger als einer halben Stunde. Nur war sie viel weiter östlich aufgebrochen, und ihre Reise hatte wesentlich länger gedauert. Einmal in diesem Ort angekommen, nur kurze Zeit nach dem Ende des Zweiten Weltkrieges, war sie nie wieder in ihre schlesische Heimat zurückgekehrt, obwohl sie das immer gewollt und lange daran geglaubt hatte, es einmal zu tun.

David musste immer an sie denken, wenn er die waagerecht durchs Land gezogene Strecke vor sich hatte, Wolfsburg, Hannover, Osnabrück, und dann war es nicht mehr weit. Er fragte sich manchmal, was wohl aus ihm und aus seiner Familie geworden wäre, hätte es den Zweiten Weltkrieg, die Vertreibungen und die Flüchtlingsströme aus den Ostgebieten nicht gegeben. Eines erschien sicher, er hatte nicht einmal den leisesten Zweifel, das bizarre Dorf Emlichheim, Ziel seiner Reise, hätte er nach allen Regeln der Wahrscheinlichkeit – von »Murphys Gesetz« einmal abgesehen – im Leben nicht betreten. Und das wiederum hieß, er hätte nie im Leben Grete kennengelernt. Grete.

Heute würde er sie sehen, dachte er, und ihren sicher gewaltig dicken Bauch.

Wie sehr sie sich auf den Kleinen freute, trotz aller Umstände und vielleicht gerade drum.

Grete seufzte, während sie immer noch auf dem Badezimmerboden lag und ihren Bauch streichelte. Seit Wochen schon wusste sie, dass es ein Junge werden würde. Die Ultraschallbilder ließen es genau erkennen, zweifelsfrei, eindeutig. Wenn nichts zu sehen war, blieb die Ungewissheit womöglich bis zur Geburt bestehen, hatte die Ärztin bei der ersten Durchleuchtung gesagt. Die Vermutung tendierte in einem solchen Fall eher Richtung Mädchen, aber es konnte sich auch immer noch um einen Jungen handeln, der es spannend machen wollte. Ihr Kleiner aber hatte nichts verheimlicht, er hatte alles gezeigt, bei jeder Untersuchung. Ein offener Charakter, dachte sie kurz.

Im gleichen Augenblick beugte sie sich wieder vor und erbrach sich ins Klo. Aber viel kam da nicht mehr.

Kaum ließ der Brechreiz nach, machte sich wieder dieser Druck in der Magen-Darm-Gegend bemerkbar. Grete setzte sich auf die Schüssel und versuchte, sich zu entspannen, ruhig ein- und wieder auszuatmen.

Im Dorf herrschte noch immer nahezu Stille, durchbrochen nur vom heiteren Gesang der Vögel, die sich nicht ewig gedulden und schweigend ausharren konnten, auch wenn die Sonne so tief im Westen erst eine knappe halbe Stunde später aufging als in der müden Hauptstadt Brandenburgs.

An der eben umgesprungenen Ampel, die sich vis-à-vis zur Tür befand, wechselte David die Straßenseite und lief an einem Supermarktkomplex entlang, einer gewaltigen, vor Hässlichkeit strotzenden Bausünde jüngeren Datums, an deren Ende große Lastwagen in einer riesigen Halle tagtäglich ihre Waren ablieferten, Richtung Bahnhof Charlottenhof.
Vom Bahnsteig aus konnte man, wenn man weit genug, das hieß bis an den äußersten Rand, vortrat, den Gleisverlauf über mehrere hundert Meter verfolgen und das Herannahen des Zuges beobachten. Das tat David nun und war überrascht, dass der Zug bereits einfuhr. Sein Ticket hatte er online bestellt und in der Klinik ausgedruckt, er brauchte also keine Einzelfahrkarte am Stempelautomaten zu entwerten. Erstaunlich viele Pendler – bedachte man die frühe Stunde – stiegen nun vor und nach ihm in den laut quietschend zum Stehen gekommenen Regionalexpress.
Da ihm die anderen Fahrgäste allem Anschein nach fremd waren, konnte er sich ruhig und entspannt auf den nächstbesten freien Platz setzen, er hatte sich für die obere Ebene des Waggons entschieden. Den Cellokasten – er brauchte immer Platz für zwei – hatte er auf den Sitz vor sich gestellt. Daneben saß ein Mädchen mit Stöpseln im Ohr, David vernahm ein rhythmisches, elektronisches Stottern, das bald durch die ächzenden Geräusche des nun anfahrenden Zuges übertönt wurde. Neunzehn oder zwanzig Jahre alt, schätzte er. Sie war ihm schon beim Einsteigen aufgefallen, Nasenpiercing, schwarz gefärbte Haare mit pinkfarbenen Strähnen, eine Art Palästinenserschal, dabei aber ganz niedliche Gesichtszüge. David hatte als Teenager eine Zeitlang selbst so einen Schal getragen, bis

ihm Sigrun und Alfred dessen politische Bedeutung erklärt hatten.

Die Wärmflasche tat wohl. Jetzt hatte sie Blut im Urin. Was konnte das wieder bedeuten?
Resigniert ließ Grete sich auf die Handtücher nieder, unschlüssig darüber, was nun zu tun sei, und atmete schnell ein und aus. Sie sollte langsamer atmen, tiefer. Und wieder tönen. Aufstehen, umhergehen, tönen. Das Badezimmer verlassen, durch den Flur ins Wohnzimmer – vielleicht doch noch einmal ins Schlafzimmer, ins Bett womöglich? – und tönen. Überhaupt tönen, aber das konnte ebenfalls eine Frage sein. Wieso tönte sie eigentlich schon, wenn sie noch nicht einmal Wehen, geschweige denn Presswehen hatte und damit auch erst – sie wusste nicht, warum – im Verlaufe des nächsten Tages rechnete?
Sie hatte keine Ahnung, sie stand auf, lief und tönte. Es geschah wie von selbst.

Zwei graue Riesen, die ewig wachten, blickten auf die Ziegeldächer der Häuser und die Kronen der ringsum wachsenden Eichen und Kastanien nieder, braune Brocken schluckende Ungetüme, Trolle, steingrau, deren kostbares gelbweißliches Blut durch ihre graumetallene Haut und stählernen Köpfe geschützt war.
Weit über die Region hinaus reichte der Ruf dieser Kolosse, die ihre Umgebung majestätisch überragten. Sie waren hier die unbestrittenen Herrscher. Ob sie im Dunkeln miteinander sprachen, wusste im Dorf niemand genau, doch hatte manch einer schon davon munkeln hören. Ihr nächtliches Sprechen aber glich einem Raunen und Stöhnen, gelegentlich auch einem Tosen, das – so viel musste den mythenabholden Skeptikern, von denen es gar nicht wenige gab, zugestanden werden – auch von anderswoher stammen konnte, irgendwoher aus der weit verzweigten Industrieanlage am Kanal und dessen »Hafen«

genannter Ausbuchtung am nördlichen Ortsausgang, der bald zur kleinen holländischen Gemeinde Schoonebeek führte, einem der ältesten Orte in der angrenzenden Provinz Drenthe. Die Wirkung dieser Riesen war nicht zu unterschätzen, sie hielten das Dorf Emlichheim zusammen wie ein überdimensionaler Magnet, indem sie die Sinne seiner Bewohner auf geheimnisvolle Weise vernebelten – niemand wusste, ob und wie sie elektrische Ladungen in Bewegung versetzen konnten – und ihr Denken nahezu vollständig bestimmten. Erschallte ihr Ruf, und das tat er alljährlich, ob nun leise raunend oder lautstark brüllend, setzten sich die Landbewohner wie ein Heer von automatisierten und gelenkten Ameisen in Bewegung, um ihnen unterwürfig zu dienen. Eine Begegnung mit den Ungetümen wurde für ihre Diener unvermeidlich, Opfergaben legten, luden oder streuten sie ihnen zu Füßen. Das urplötzliche Erblicken ihres Konterfeis konnte dennoch ganz unverhofft verlaufen – und zu Aussetzern führen –, denn weder nächtens noch auch tagsüber verbargen sie sich. Das hatten sie, kraftstrotzend und unermesslich mächtig, wie sie waren, schlichtweg nicht nötig.

Die jeweilige Perspektive entschied darüber, wie sie wahrgenommen wurden. Autos kamen von der Fahrbahn ab. Einem zufälligen Passanten, einem Hundehalter etwa, der seine kleine, kläffende und in unmittelbarer Nachbarschaft gezeugte Promenadenmischung Gassi führte, konnte der Schrecken direkt ins Mark fahren, wenn er auf den baumgesäumten Wegen stehenblieb und sein Blick durch eine Schneise auf die grauen Fratzen dieser beiden monströsen Vielfraße fiel.

Unweit der Riesen, in der Wintershallstraße, schlief Gretes Mutter einen tiefen Schlaf, während ihre Tochter nur wenige Häuser weiter, um die Ecke im Kleikuhlenweg, immer verzweifelter tönte, stöhnte und ächzte.

In diesem besonderen, ja einmaligen Moment warf sich Gisela Piontek, so hieß sie, in ihrem mit weißem Leinen bezogenen

Bett friedlich grunzend von der einen Seite auf die andere, ein Auge im Schlaf zur Hälfte geöffnet.

Ihr Mann, Heinrich Piontek, war nachts einmal zum Pinkeln aufgestanden – ein bis zwei Bier trank er für gewöhnlich zum Abend, seine Frau Gisela bevorzugte Schnaps, heimlichen Schnaps – und hatte sich sofort darauf wieder hingelegt, ins Gästezimmer ihres vor nunmehr vierzig Jahren erbauten Eigenheims in der Wintershallstraße, wo er nächtigte, wenn dort keine Gäste untergebracht waren.

Keine fünfhundert Meter Luftlinie entfernt, in der Tannenstraße, lag die Latein- und Französisch-Lehrerin Alma Kretschmar, Davids Mutter, fest in Morpheus' Armen und träumte.

Auch das frühpensionierte Pastorenehepaar schlief tief – allerdings am anderen Ende des Dorfes, näher an der Vechte als am Kanal, im alten Pfarrhaus. Alfred und Sigrun Corinths Wecker würde in knapp zwanzig Minuten klingeln, um Punkt sechs, und sie an die Forderungen des Tages gemahnen. Unter anderem eine Predigt und eine Konzert-Soirée galt es vorzubereiten.

Christian Rochus, der neue Emlichheimer Landarzt, lag auf dem Rücken, die Decke bis zum Kinn hochgezogen.

Johann Bütering, der Schweinebauer, schnarchte. Sein Hof lag einige Kilometer ortsauswärts, so dass sein Schnarchen, welches durchs Fenster ins Freie drang, die Stille des Dorfes nicht beeinträchtigte.

Weiter im Osten, viel weiter, hinter der Reichshauptstadt Berlin noch, in Richtung des rauen Russlands und die noch friedliche Oder ein Stück herauf gen Süden, ging die Sonne früher auf als im Westen, der nicht nur als geografisches, sondern im Verlauf der Dekaden auch als historisches Ziel triumphieren sollte, Milch und Honig. Die Mutter beobachtete mit scharfem Blick, was sich dort anbahnte. Vor siebzig Jahren verhielt sich Helios zuverlässig und unabänderlich, so wie er es in der Gegenwart immer noch tat, und folgte akribisch seinem in den Himmel geschriebenen Naturgesetz.

Frühjahr 1945. Man trank Muckefuck, der zu besonderen Anlässen mit dem dunklen, dickflüssigen Saft ausgekochter Zuckerrüben gesüßt wurde. Die besonderen Anlässe aber lagen auch schon wieder eine ganze Weile zurück, eine ganze lange Weile, und auch die Erinnerungen an den Muckefuck verblassten langsam, von den Erinnerungen an schwarzen Kaffee, frisch Aufgebrühten, ganz zu schweigen. Gerüchte gab es schon seit Monaten, und die letzten Zeitungen, derer sie habhaft werden konnte und die sie gelesen hatte, waren voller Hetzartikel gewesen – Russen, so der allgegenwärtige und unverwechselbare Tenor Goebbels'schen Klanges, das waren keine Menschen, das waren wilde Bestien.

Die noch immer furchterregenden, von der Ostfront herüberwehenden Geschichten von Vergewaltigungen verdrängte sie, auch die von willkürlichen Erschießungen. Nur nachts, wenn ihre beiden Töchter ruhig an sie geschmiegt in ihren Armen schliefen, beschäftigten sie die Mutter. Wenn die zwei Mädchen friedlich träumten und nicht mehr daran dachten, wie sie Ende Januar im eisigen Frost wimmernd und heimlich ihr warmes Zuhause zurückgelassen und sich nur mit dem Nötigsten bepackt auf den Weg, den langen Marsch, gemacht hatten, die von Osten her drohende Gefahr und ihren fürchterlichen Odem nicht allein im Rücken, sondern längst überall um sie herum.

Viele Frauen wurden in diesen Zeiten vergewaltigt, es stand sozusagen an der Tagesordnung. Das hatte sie sich von anderen Fliehenden sagen lassen, die wie sie seither zu Fuß unterwegs waren, die Schlitten, Handwagen, sogar umgedrehte Tische mit ihrem Hab und Gut hinter sich hergezogen und nach und nach in langen Trecks die glatten, vereisten Straßen bevölkert hatten. Es solle sogar einen Befehl dazu gegeben haben, die Frauen in den eroberten Gebieten zu vergewaltigen.

Alle waren sie überrascht worden. Niemand auf den Straßen hatte damit gerechnet, dass die Russen in Ostpreußen einfallen, geschweige denn, dass sie noch weiter nach Westen vordringen würden – auch das vom Gauleiter Hanke befestigte Breslau war entgegen allen Versicherungen keineswegs sicher gewesen, trotzdem hatte der Mann die Evakuierung fahrlässig verzögert. »Über Schlesiens Grenzen kommen sie nicht hinaus«, hatte er noch mit geschwellter Brust getönt, als es längst zu spät gewesen war. Vom »Bollwerk Schlesien« hatte dieser Fanatiker gesprochen und davon, dass die Schlesier schon 1241 das Abendland vor den barbarischen Mongolen gerettet hätten. »Kampf, Sieg oder Tod«. Aber kein »Volkssturm« konnte die Graubraunen aufhalten. Jetzt trieben sie es toll wie die Tiere.

Sie, alleine, sie hätte sich zu wehren gewusst und sich wie eine lebensmüde Löwin auf die Soldaten geworfen, ihnen die Kehlen zerbissen. Sie hätte sich demütigen, schlagen und erschießen lassen – was galt ihr schon das Leben –, wären da nicht ihre beiden Mädchen, von denen es hieß, dass sie auch nicht sicher waren. Also hielt sie durch. Die Zähne zusammenbeißen konnte sie, ihr Gebiss war fest und gesund. Was andere Frauen aushielten, das konnte sie schon lange aushalten.

Ob auch die deutschen Soldaten in Russland Frauen vergewaltigt hatten? Sie wusste es nicht, wahrscheinlich aber war es. Mensch war Mensch, im Westen wie im Osten.

»Haltet euch die Augen zu«, hatte sie geflüstert und erfolglos versucht, ihre Hände auf die zusammengekniffenen Lider ihrer zitternden und immer wieder ängstlich blinzelnden Mädchen zu legen, als sie den ersten Erfrorenen begegnet waren, Kinder darunter, die zurückgelassen am Straßenrand lagen, weil die Erde gefroren war, weil sie nicht hatten vergraben werden können und die Kräfte und Mittel nicht reichten, die Leichname zu transportieren.

Jetzt, in Decken und Mäntel gehüllt, Tage und Wochen, eine zeitlose Zeit später, öffnete sie ihre Augen und blickte zum Himmel, beobachtete die aufgehende Sonne. Den Glauben an den einen Gott hatte sie lange schon verloren, nein, sie hatte ihn aufgegeben, bewusst aufgegeben. Aber vor ihren frommen Kindern ließ sie sich nichts anmerken, diese Hoffnung, dieses Gefühl naivster, irrationaler und wärmster Geborgenheit, das ihr selbst aus Kindheitstagen vertraut war, wollte sie ihnen nicht nehmen.

Durch die noch kahlen Baumkronen hindurch hatte sie die Sterne sehen und zählen können, eine kühle klare Nacht hatten sie hinter sich, durch Mondschein weithin erhellt.

Wie wenig wusste sie über die mannigfaltigen Konstellationen der Himmelskörper, gerade einmal den Großen Wagen konnte sie dort oben ausfindig machen. Viele Sternbilder waren nach den Fabelwesen der Mythologie benannt, alten Völkern hatten sie zur Orientierung gedient, das immerhin wusste sie und auch, dass sie in der Seefahrt immer noch von Bedeutung waren. Nur nützte ihr das nichts in ihrer gegenwärtigen Situation, versteckt im Gestrüpp, im Dickicht der Wälder. Aber ausweglos war die Lage deswegen noch nicht, sie würden sich schon zusammen durchschlagen, die Mädchen waren tapfer – ob sie ihnen das nun vererbt oder es ihnen eingetrichtert hatte –, sie würden den rechten Weg auch abseits der großen Straßen finden.

Sie versuchte, immer tiefer in den Himmel zu blicken, als könnte sie ihn durchbohren oder zu einer Tat bewegen. Die Augen fielen ihr noch einmal zu. Erschöpft und ausgehungert, wie sie war, träumte sie nun von nichts anderem als einem köstlichen »schlesischen Himmelreich«. Ein satter Seufzer wenigstens im Schlaf.

David hatte eben einen angenehm säuerlichen Apfel verzehrt, jetzt sah er auf die Uhr. Ticktackticktackticktack.
Volle Stunde, aber der filigrane Sekundenzeiger raste auf dem Zifferblatt schon wieder in enormem Tempo voran, was man von dem muffigen Bummelzug, in dem er saß, nicht gerade behaupten konnte.
Er freute sich auf seine Mutter, auf Tante Sigrun und Onkel Alfred, das Konzert am Abend, die Soirée im alten Pfarrhaus.

Noch tobte der Krieg im Osten und auch im Westen und schlug heftig auf sein Epizentrum zurück.
Die kleine Familie hatte sich von ihrem Lager im Dickicht des Waldes in aller Frühe aufgemacht. So früh, darin bestand die Hoffnung, war noch niemand auf den Beinen – und auch kein Flugzeug in der Luft, kein Schatten, der urplötzlich auftauchte, blitzschnell und leise wie ein Aasgeier über den Himmel flog und irgendwann zum Sinkflug ansetzte, um zu feuern oder, in Stadtnähe, Bomben zielsicher auszuklinken.
Ihre Gebete gaben ihnen Kraft, vor allem die Kinder waren bedürftig, ihr Gottesglaube führte sie auf den rechten Weg und leitete sie, nachdem sie den Treck irgendwann – vor wie vielen Wochen es gewesen war, wusste sie nicht mehr – verlassen und sich bei Bekannten der Schwiegereltern einquartiert hatten. Aber auch dort war angesichts des schnellen Vorrückens der russischen Panzerdivisionen die Bedrohung gewachsen. Östlich der Oder, die sie vor Tagen glücklich überquert hatten, gab es keine Sicherheit mehr. Manch ein Gebet war dem verschollenen Vater gewidmet, von dem niemand wusste, ob er

noch lebte oder verschleppt worden war, als Kriegsgefangener, womöglich ins ferne Sibirien.

Die wenigen Gaben, die die überwiegend unbestellten Felder auf den spätabendlichen Diebeszügen der Mutter hergegeben hatten, winzige Kartoffelchen und schrumpelige Rüben, steckten nun in ihrer Schürze. Einmal hatten sie das Glück – und den Schrecken – gehabt, auf eine aus Todesangst schreiende Kuh mit schmerzhaft prallem Euter zu stoßen, die gleich von fachkundigen Händen gemolken worden war – alle Bauern hatten ihr Vieh laufen lassen. Herrliche, fette Milch, wie sie sie seit langem nicht gekostet hatten, körperwarm. Das todgeweihte Tier mitzunehmen, wie es die beiden bettelnden Mädchen verlangten, war nicht infrage gekommen – zu mühselig das Vorwärtskommen mit einer Kuh im Schlepptau, zu groß die Gefahr, vom Feind entdeckt zu werden –, also hatten sie es seinem Elend überlassen. Außer dem kleinen Handwagen mit Habseligkeiten, darunter immerhin einige wenige Stücke wertvollen Erbschmucks – vor allem das eine, gut gehütete, schwanenhafte –, und den bloßen Kleidern am Leibe trugen sie nichts weiter bei sich. Die Blicke der Mädchen verängstigt, die Züge der Mutter klar, wach und noch einmal: entschlossen. Sie war eine zähe Frau und würde ihre Kinder in Sicherheit bringen, kostete es, was es wolle.

Ihr Weg führte sie ein Stück am Fluss entlang – von weitem konnten sie immer größere deutsche Soldatenverbände beobachten und einmal, aus sicherer Deckung, auf der gegenüberliegenden Uferseite russische Soldaten beim Bau einer Brücke –, aber demnächst, wenn denn endlich das kleine Städtchen Frankfurt in Sichtweite geriet, würden sie seinen Verlauf verlassen und einem weiteren Fluss bis in die Nähe der Hauptstadt folgen, die sie ebenfalls nicht betreten wollten, denn überall flogen Bomber. Von dort aber, den Fluss entlang bis zur Elbe, hieß es geradewegs westwärts – vielleicht würden sie Glück haben und einen Zug erwischen, falls noch welche fuhren –, bis der Russe keine Gefahr mehr darstellte.

Einen Tag zuvor erst – es war zu spät gewesen, um in die Böschung zu springen und sich und die Kinder zu verstecken – hatte ein Wagen neben ihnen am Straßenrand gehalten. Einen hochrangigen Offizier hatte sie im hinteren Teil erkennen können, kühlen Kopf bewahrt und den Adjutanten gefragt, wie lange die Front halten würde. Überall die gleiche Verblendung: An der Oder wird sich das Schicksal Europas entscheiden. Gebetsmühlenartig aufgesagt: An der Oder wird sich das Schicksal Europas entscheiden, an der Oder wird sich das Schicksal Europas entscheiden, an der Oder wird sich das Schicksal Europas entscheiden. Gleich, um welchen Preis.

Deutschland, so hingegen der feste Glaube der äußerst verstandesbegabten Mutter, hatte den verbrecherischen Krieg bereits vor Jahren verloren, womöglich schon, als es ihn in unendlicher Dummheit und Niedertracht begonnen hatte. Diese Gedanken zu äußern aber, auch nur die bloße Vermutung offen kundzutun, der Krieg könne verloren sein, bedeutete nach wie vor Todesgefahr. Nicht einmal vor ihren Töchtern, die den Handwagen jetzt ein Stück gemeinsam zogen, konnte die Mutter das Risiko einmal ausgesprochener und fortan nicht mehr rückgängig zu machender Worte eingehen.

Ihnen, allein ihnen zuliebe, gaukelte sie auch noch den verlorenen Gottesglauben vor.

Umsteigen musste David in Berlin, Hauptbahnhof. Ihm blieben dafür nach Ankunft exakt siebzehn Minuten. Zeit genug, um noch eine Kleinigkeit zu frühstücken, im Stehen, verstand sich, und dabei dem Treiben der anderen Reisenden zuzusehen. Neben den Schubert-Noten hatte er auch ein medizinisches Fachmagazin eingesteckt, in dem ein Artikel über eine Studie stand, die sich mit einem erhöhten Krebsvorkommen in der Grafschaft Bentheim, seiner Heimat, beschäftigte.

Punkt sechs Alarm. Ein zufälliger oder beabsichtigter Blick auf die tickende Uhr an der Wand.

Grete konnte es nicht mehr aushalten. Etwas stimmte doch nicht, wenn sie Blut im Urin hatte, mutmaßte sie.

Fencheltee, von dem sie wusste, dass er menstruationsfördernd wirkte. Die letzte Tasse lag schon eine Weile zurück. Aber was war das für ein absurder Gedanke, menstruationsfördernd. Verworfen.

Etwas stimmte nicht. Sie würde jetzt, die unverschämte Uhrzeit hin oder her, Gerlinde Mülstegen anrufen und fragen, ob es schlimm sei, wenn da ein bisschen Blut käme. Wo war das Telefon, wo hatte sie es gelassen?

Ächzend lief sie durch den Flur.

Ach ja, im Schlafzimmer, jetzt fiel es ihr wieder ein. Sie stützte sich an der Wand ab und stöhnte. Im Schlafzimmer. Sie hatte es auf den Nachttisch gelegt. Sie lief ein paar Schritte. Aber da war kein Telefon. Hatte sie es doch nicht auf den Nachttisch gelegt? Hatte sie es etwa im Bett liegen lassen? Grete zog die Decke zur Seite, nichts. Oh nein.

Im gleichen Augenblick hielt sie sich wieder den Bauch, dieses elende Ziehen. Was tun? Was tun ohne Telefon? Sollte sie sich etwas überziehen und zu ihrer Mutter laufen? Den Bademantel und eine Jacke drüber, das ginge am schnellsten. Nein, das kam nicht infrage, schließlich wollte sie ihr Kind nicht plötzlich auf dem Bürgersteig bekommen, vor der versammelten Nachbarschaft als Publikum. Und auch nicht im Haus ihrer Eltern drüben, nicht in Anwesenheit ihres Vaters, vor dem sie sich ein bisschen schämte.

Sie ächzte, wurde wütend, und irgendwie gab ihr dieses Gefühl wieder Kraft. Irgendwo musste das verdammte Ding doch sein. Irgendwann würde das alles ein Ende haben und eine andere, nie geahnte und, der Himmel half, auch nie geplante Zukunft beginnen.

Da lag es, zwischen Bett und Nachttisch. Es war heruntergerutscht und zwischen den am Boden verstreut umherliegenden Büchern, Zeitschriften und DVD-Hüllen gelandet.

Grete ging schwerfällig in die Knie und hob es auf. Im gleichen

Moment wusste sie, dass sie das lieber hätte bleiben lassen sollen. Es zog und schmerzte im Rückgrat und in ihren Eingeweiden, aber sie biss die Zähne fest zusammen. Wenn die Wehen erst einsetzten, würde sie ganz andere Schmerzen aushalten müssen. Den Schmerz umarmen, dachte sie. Einatmen, ausatmen. Nicht die Lippen zusammenpressen. Einatmen, ausatmen. Einatmen, ruhig, durch die Nase. Ausatmen, durch den leicht geöffneten Mund. Dabei tönen. Auf tiefen Tönen ausatmen. Ah! Und: Ja! Und schon ging es wieder, leidlich.

Im Flur hatte sie einen kleinen karierten, aus einem Spiralblock gerissenen Zettel mit den Nummern der Hebamme und, für den Fall der Fälle, des Krankenhauses an die Wand geheftet. Sie tippte Gerlinde Mülstegens Nummer ins Telefon und ließ es mehrfach klingeln, aber niemand nahm ab. Noch war nicht Stichtag, vielleicht rechnete ihre Hebamme nicht mit ihrem Anruf. Dann eben doch ihre Mutter, nun, die würde sich freuen.

Grete wählte erneut, und während es nur ein paar Häuser weiter um die Ecke in der Wintershallstraße klingelte, entspannte sie schon wieder, und ihre leise Angst verwandelte sich in eine allmählich lauter werdende, jede Zelle ihres Körpers nach und nach durchflutende, jauchzende Zuversicht.

Punkt sechs Uhr. Gisela Piontek, mit zerzaustem Haar, schreckte aus dem satten Schlaf hoch, stand mit ihrem beträchtlichen Leibesumfang senkrecht im Bett und war hellwach. Ein paar aufgewirbelte Daunenfedern flogen durchs Zimmer. Sie lauschte, traute der sie umgebenden Stille nicht. Wenige Sekunden vergingen, Bruchteile.

Das Telefon klingelte, das war es. Sie wusste nicht so recht, ob sie durch das Klingeln geweckt worden oder ob sie bereits Augenblicke vorher von allein aufgewacht war. Handeln! Ein schneller Griff, und sie hielt den Hörer in der Hand. Daran, dass es ihre Tochter war, die anrief, hegte sie keinen Zweifel. »Kind, geht es schon los?«

»Mama, es tut mir leid, aber ich glaube, ich brauche jetzt doch ein bisschen moralische Unterstützung.«

»Ich komme sofort«, sagte Gisela Piontek mit dem höchsten Maß an Entschlossenheit, zu dem sie fähig war, legte den Hörer auf, zog sich hastig ihren Bademantel an, der über der Lehne des Korbstuhles neben dem Bett hing, warf sich im Flur ihre fliederfarbene Strickjacke über die Schultern und eilte los.

Keine fünf Minuten später trat sie kurzatmig schnaufend durch Gretes Haustür und schloss ihre Tochter in ihre Arme.

»Na dann mal los!«

Der Zug war pünktlich eingefahren, die frühreife Sonne schien frech und provozierend blendend auf den gebohnerten Bahnsteig, so dass die aussteigenden Fahrgäste schützend ihre Hände vor die Augen legen oder sich von dem grellen Licht abwenden mussten.

David stand bereits ungeduldig auf der Rolltreppe, an ein Vorbeikommen an den anderen Reisenden aber war, mit seinem Cello und dem Rollkoffer beladen, nicht zu denken.

Vielleicht sollten sie doch ins Krankenhaus fahren, sagte Gisela Piontek besorgt – ihr war es nichts mit der Hausgeburt, was, wenn etwas schiefginge? –, aber Grete schüttelte den Kopf. Sie saß wieder auf der Kloschüssel, konnte sich nicht rühren, während ihre Mutter wie ein Phantom ihrer selbst im Türrahmen stand und immer noch schwer atmete.

Noch einen Tee vielleicht, überlegte Grete und sagte es wohl auch.

Die in ein Frotteehandtuch eingeschlagene Wärmflasche, die sie fest an sich drückte, verströmte immer noch eine wohltuende Wärme. Mit irgendetwas musste sie ihre Mutter beschäftigen. Eigentlich war geplant, dass sie, wenn die Geburt losging, die Schmiede an ihrer Stelle aufmachte, wie sie es schon oft für sie getan hatte, wenn ihr etwas dazwischengekommen war – ein Termin in der Kreisstadt, beim Gynäkologen beispielsweise.

Den Ablauf waren sie mehrfach durchgegangen, und Grete hatte betont, wie wichtig ihr diese Art von Unterstützung sei. Insgeheim hatte sie damit erreichen wollen, dass sie sie loswurde und sich trotzdem nicht schuldig fühlen musste.

Helfen, ihre Mutter wollte immer helfen – und überall dabei sein. Sie hatte sich nicht vorstellen können, diese überfürsorgliche, übergewichtige und schwerstneugierige Frau während der Geburt in ihrer Nähe zu wissen. Sollte sie in der Schmiede stehen und ihren Schmuck verkaufen, hatte sie gedacht, Schmuck, den ihre Mutter niemals tragen würde.

Jetzt aber, da es plötzlich so weit war, konnte sie sich nicht gegen dieses Gefühl wehren. Dieses tiefe Gefühl von Geborgenheit und Sich-in-Sicherheit-Wiegen, das sie regelrecht überwältigte, diese unfassbare Wärme in ihrem Inneren, die von ihrer Mutter und, zugegeben, zu einem nicht unbeträchtlichen Anteil immer noch von der Wärmflasche, ausging. Alles vorab Gedachte schien auf einmal keine Rolle mehr zu spielen. Das hier war ein Zustand von einer anderen, neuen Qualität.

»Mädchen, wir schaffen das schon. Die Schmiede kann auch mal einen Tag geschlossen bleiben. Jetzt wird es höchste Zeit, dass wir die Hebamme rufen. Die Mülstegen, oder? Und dann mache ich dir einen Tee.«

Der Intercity verließ den Berliner Hauptbahnhof unmerklich. Sein Sitzplatz war schnell gefunden, und David wusste nicht genau, ob er überrascht sein sollte, als er nun das ganze Abteil für sich allein hatte.

Einmal, vor Jahren, war er die Strecke mit Grete gefahren. Sie hatte ihn besucht, in Berlin, als er dort noch studiert hatte. Als es zwischen ihnen noch unkompliziert gewesen war, weniger kompliziert. Oder nein, irgendwie auch damals schon nicht. Drei Nächte hatten sie am Stück durchgefeiert, in verschiedenen Clubs und Bars. Das war, was man in Berlin im Wesentlichen machte. Viel mehr kam nicht dazu, außer irgendwo

Italienisch oder Vietnamesisch essen zu gehen, einen Latte macchiato zu trinken und vielleicht durch ein paar Galerien in Mitte zu ziehen.

Ein anderes Mal hatte David sie in die Philharmonie geschleppt. Die Berliner Philharmoniker hatten Robert Schumanns spätes, humorvoll romantisches Cellokonzert gespielt und der Lette Mischa Maisky als Solist den durch und durch virtuosen Cellopart übernommen. Der Dirigent fiel David nicht mehr ein, jedenfalls war es nicht Abbado gewesen. Grete war vor allem das stundenlange Anstehen für die Studentenkarten in Erinnerung geblieben, hatte sie später einmal während eines Telefongespräches gesagt. Er hatte nicht gewusst, ob er darüber weinen oder lachen sollte.

Wie lange kannten sie sich jetzt? Seit ihrem sechsten oder siebten Lebensjahr. Oder, nein, Vorsicht, da waren sie sich lediglich zum ersten Mal begegnet, wenn es auch eine große, folgenschwere Begegnung war. Nicht ein Augenblick, der verloren gegangen wäre. Damals, im Sommer 1983, einem sehr heißen Sommer, hatten sie sich kennengelernt. Einem unvergesslichen Sommer im kalten klaren Wasser eines verbotenen Swimmingpools.

Das halbe Land war auf der Flucht. Wie ein mächtiger Gletscher, der nichts als kalte Findlinge hinter sich zurückließ, doch die in rauen, unübersehbaren Mengen, rollte die Völkerwanderung vorwärts.

Die Töchter maulten, sie plagte der Hunger – und den schweren, ungelenken Handwagen mochten sie nicht mehr ziehen. Böse sein oder auch nur einen Vorwurf machen konnte die Mutter ihnen deswegen nicht. Hätten die Pferde nicht den Geist aufgegeben, säßen sie immer noch auf ihrem Bauernwagen. Aber das war Geschichte.

Die letzte Mahlzeit lag lange zurück und war nicht der Rede wert gewesen, geschweige denn zum Sattwerden. Auch ihr Magen knurrte. Sie überlegte, was nun zu tun sei. In die rohen

Wurzeln beißen? Oder doch ein Feuerchen machen und Wasser in dem kleinen, zerbeulten Blechtopf erhitzen? Am Fluss könnte sie mit Schnüren fischen oder nach Krebsen suchen – Krebssuppe, ah –, aber an diesem Uferabschnitt gab es keine Deckung, nicht die geringste Möglichkeit, sich vor den Blicken und den Schüssen des Feindes zu verstecken. Nein, in deren Hände würde sie nicht fallen, sie hoffte auf die Amerikaner.

Ihr Mann, falls er noch lebte, wüsste, wie man mit Schnüren angelte, wie man Fallen stellte und Hasen oder Kaninchen fing.

Ihr Mann, letzte Nachricht Stalingrad. Feldpost. Über zwei Jahre war das schon her, die Schlacht der Sechsten Armee des Führers, Chaos, Trümmer, seitdem kein Lebenszeichen. Immerhin genug Wasser – wegen des vielen Schnees ringsum –, hatte er geschrieben. Sie litten im tiefen Osten im tiefen Winter keinen Durst.

So kannte sie ihn, so hatte sie ihn lieben gelernt. Keine Klage über den Hunger, keine direkte, nur die verräterische Mitteilung, sie würden sogar Pferdehufe auskochen, Wassersuppe, immerhin heiß, und eine Scheibe Brot, das wäre nicht nichts. Schönfärberei mit klaffenden Lücken, aus denen Wahrheitsfunken sprühten.

Die rohe Kraft der übermächtigen russischen Panzer, pfeifende Salven der Stalinorgeln, Granatwerfer, leichte und schwere Artillerie, die Ratsch-bum-Geschütze, Ratsch-bum, Ratsch-bum, Ratsch-bum.

Ein unvorstellbarer Feuerzauber, wenn der Russe aus allen Rohren schoss. Geschützdonner und Flakstöße. Sie, die Landser, wüssten sich schon zu helfen, hatte dieser selbstsichere, leichtsinnige Mann geschrieben. Noch wäre nichts verloren, der Führer kümmere sich persönlich um die Operation.

Der Führer, ausgerechnet. Ihren Kopf hatte sie geschüttelt und schüttelte ihn wieder, schüttelte ihn noch. Napoleon sei bis zu den Knien durch Blut gewatet, Hitler würde es bis zum Hals stehen. Wer hatte das noch gesagt?

Dieser Schlager Lale Andersens, diese Zeilen, die ihr Mann zitierte.

Es geht alles vorüber, es geht alles vorbei, auf jeden Dezember folgt wieder ein Mai. Es geht alles vorüber, es geht alles vorbei, doch zwei, die sich lieben, die bleiben sich treu …

Nun, der Mai war nah, nur von ihrem Mann fehlte jede Spur. Sie summte den anderen Schlager und dachte an die Worte *Wenn sich die späten Nebel drehn, werd' ich bei der Laterne stehn wie einst lala lala …*

Von wegen.

Die allwissende Sonne war längst aufgegangen, ihre Strahlen fielen auf die Tulpen und bereits verblühenden Narzissen.

Da standen sie nun und gähnten, die grau-gefräßigen Riesen, in voller Pracht und Größe. Kalte, kraftmeiernde Stärkesilos, bis zum Rand gefüllt mit einer hellgelblichen Masse, deren klebrige Konsistenz unendlichen Profit verhieß.

Riesen horteten Gold, das war ihre Berufung, nicht nur der Sage nach und schon gar nicht allein in der über Jahrhunderte nacherzählten altdeutschen Rheinmythologie. Kartoffeln, Erdäpfel oder Grundbirnen, die Goldnuggets der nördlicheren »Grafschaft«, wie diese unsymmetrisch in die Niederlande ragende Gegend am Ende der Welt genannt wurde – Fuchs und Hase –, enthielten vor allem Wasser, zu etwa einem Fünftel aber auch einen kostbaren Stoff namens Stärke, ein aus mehreren Einfachzuckern bestehendes Polysaccharid, aus dem die Riesen ihre Kraft schöpften. Um diesen Schatz zu schürfen, mussten ihre Handlanger, emsige, rotgesichtige Zwergenwesen, einen wirkungsvollen Zerstörungsapparat in Gang setzen und ihrer Maschine Dampf machen. Schnell rotierende, mit scharfen Sägezähnen besetzte Zylinder zerrieben die Kartoffeln unter Wasserzufluss zu feinstem Brei. Dieses von langer Hand geplante, ausgeklügelte Verfahren führte dazu, dass Struktur und Zellen der unterirdisch wachsenden Knollen bald vollständig zerrissen und zur Freude der Zwergenwesen winzige, Leukoplasten genannte Körner zutage traten, Stärkekörner, die sie vor den wachsamen Augen der Riesen horteten. Einmal bloßgelegt, wurden sie per Knopfdruck wieder gewaschen und im weiteren Verlauf bei einer Temperatur von knapp sechzig Grad Celsius getrocknet, um in sublimierter Nuggetform – oder wahlweise von gewaltigen Walzen zerdrückt und zu klarem weißen und geschmacksneutralem Mehl gesiebt – den Riesen vor die Füße gelegt und auf ihren Befehl hin zu Markte getragen zu werden. Grafschafter Goldnuggets.

Im Westen die Niederlande – im Osten grenzte das katholische Emsland an den winzigen Landstrich. Eine Insel, deren unsymmetrische Form auf der Landkarte vage an einen ausgetretenen Stiefel oder hohen Schuh erinnerte, aus dem, um neunzig Grad geneigt, gerade jemand sein Bier trinken wollte – und Bier trank man in der Grafschaft gelegentlich aus Stiefeln.

Draußen, im Garten des alten Pfarrhauses, blühten die Birnen und immer noch einige späte Forsythien, der Duft von Hyazinthen lag in der Luft.
Sigrun Corinth kam eben aus dem Bad und summte eine Melodie, eine Kantilene aus irgendeiner Klaviersonate von Beethoven. Sie freute sich auf ihren Neffen, den sie erst vor zwei Wochen in Potsdam besucht hatte, nicht zuletzt, um den Schubert zu proben.
Alfred Corinth, er hatte Kräutertee aufgebrüht, saß bereits am Frühstückstisch und studierte die Titelseiten der abonnierten Zeitungen, »taz«, Frankfurter Rundschau und die obligatorischen Grafschafter Nachrichten, für die sie beide schon dann und wann einmal einen Artikel verfasst hatten. Ratlos über das zentrale Thema der Schlagzeilen schüttelte er den Kopf, als er Sigrun das Wohn-Esszimmer betreten sah.
»Hast du gut geschlafen?«
»Ich habe geträumt.«
Es spielte keine Rolle, wer wem diese ritualisierte Frage stellte.

Weitere Erklärungen, etwaige Schilderungen des Geträumten blieben aus.

Alfred Corinth, der dieser Tätigkeit lange nachgegangen war, hatte schon vor Jahren aufgehört, seine Traumprotokolle zu führen, auch wenn sich das Interesse an der Aufschlüsselung der meist rätselhaften Bilder nie gelegt hatte. Über die Art und Ausrichtung des Traumes gab nun die jeweilige Miene des anderen Ausdruck. In einer guten, von Verständnis geprägten Ehe reichten oftmals Blicke aus, Worte mussten nicht viele gemacht werden. Im Falle von Sigrun und Alfred Corinth hieß das aber nicht, dass sie nicht miteinander redeten.

Was für ein schöner, sonniger Tag. Gerlinde Mülstegen, Hebamme von Beruf, steckte in einem dünnen, weißen Nachthemd, rieb sich die Waden und gähnte. Es war spät geworden gestern.

Von ihrem Handy, dessen Klingeln sie eine Stunde zuvor aufgrund ihres gesunden und außergewöhnlich tiefen Schlafes nicht gehört hatte, nahm sie noch keine Notiz.

Tannenstraße. Alma Kretschmars erster Gedanke nach dem Aufwachen galt nicht ihrem Sohn, sondern Grete, worüber sie sich ein bisschen wunderte.

Davids Mutter, die sich langsam von der Bettkante erhob, war die Sache nicht geheuer. Diese Unklarheit, wer denn nun der Vater ihres Kindes war. Diese Vermutungen, Ahnungen, Befürchtungen, diese ganz spezielle Gretchenfrage. Sie öffnete das Fenster zur Straße, atmete frische Landluft.

Und musste es nicht bald so weit sein, würde sie nicht bald ihr Kind bekommen? Sie konnte schlecht bei den Pionteks anrufen und sich bei Gisela nach dem Stand der Dinge erkundigen. Erst recht nicht nach dem, was zwischen ihr und Heinrich vorgefallen war – auch wenn Gisela davon nichts wusste. Nein, das konnte sie unmöglich tun. Außerdem durfte man ihr gegenüber ohnehin keine Andeutungen machen, was die Vaterschaftsfrage anbetraf. Das hatte sie vor Wochen einmal getan, als sie sich im Supermarkt begegnet waren, und Gisela wäre beinahe an die Decke gegangen.

Ob der Johann Bütering? Nein, nein, die Grete hatte Geschmack. Schließlich war sie einmal mit *ihrem* Sohn gegangen und manchmal dachte sie, sie waren doch irgendwie immer noch wie ein Paar.

David, dachte sie nun. Natürlich. Bevor sie ihn vom Bahnhof abholen würde, wollte sie noch verschiedene Besorgungen machen, Einkäufe vor allem, um etwas Schönes zum Mittag zu kochen. Zeit blieb dafür genug, sie hatte sich die letzte Stunde unter dem Vorwand, in der Kreisstadt einen Arzttermin zu haben, freigenommen.

Einen »Arzttermin«, in gewisser Weise stimmte das sogar.

Heinrich Piontek, in der Wintershallstraße, war durch das dröhnende Zuschlagen der Haustür geweckt worden, blieb aber noch liegen.

Er hatte keine Ahnung, wohin seine Frau so früh unterwegs war – die Mülltonnen rausstellen? Aber war das nicht gestern? – und kümmerte sich auch nicht weiter darum. Draußen hörte er einen Hahn krähen, drinnen die Uhren ticken und dachte an Alma Kretschmar. Im Lehrerzimmer würde er ihr sicher begegnen, in der großen Pause, vielleicht schon vorher. Alma Kretschmar …

Da fiel es ihm ein. Natürlich. Grete, seine Tochter. Das Kind. Und er? Er würde Großvater werden.

Damit hätte sie ihn ruhig noch ein paar Jahre verschonen können, fand er und stand auf.

Christian Rochus, der Allgemeinmediziner des Dorfes Emlichheim, der Herkunft nach Heppenheimer, also Hesse, nicht Niedersachse, hatte schlecht geschlafen. Ein quälender Albtraum. Immer wieder war er die Nacht hindurch wach geworden, hatte sich wie wild herumgewälzt und wie ein Hund geschwitzt. Hoffentlich roch er nicht auch wie einer, dachte er und fuhr sich mit der Hand über seinen am gestrigen Abend erst wieder sauber rasierten Schädel. Lieber freiwillige Vollglatze als unfreiwillige Halbglatze.

Wenigstens zwitscherten draußen die Vögel, und ja, die Sonne schien bereits. Irgendwo krähte ein lebenslustiger Hahn, und ein anderer, weiter entfernt, antwortete heiser.

Christian Rochus schüttelte sich, als würde er damit die Bilder loswerden wie Wasser aus dem nassen Fell, und richtete sich auf.

Ein Blick auf die Uhr verriet ihm, wie spät es war. Und es war viel zu früh. Die ersten Sonnenstrahlen hatten ihn geweckt. Aber noch einmal einschlafen kam nicht infrage, er war jetzt wach, nichts ging mehr.

Bald, fiel ihm ein, würde es ein Jahr werden, dass er hier, in diesem erbärmlichen Emlichheim, versauerte. In diesem apokalyptischen Ärmlichheim. Diesem Erbärmlichheim.

Obwohl er nicht an Transzendentes glaubte, schon gar nicht an einen jenseits aller menschlichen Erfahrung liegenden, übergeordneten Weltenschöpfer – als Agnostiker konnte er allerdings auch nicht ganz ausschließen, dass es einen gab –, wusste er sich inzwischen ein lebhaftes, wenn auch abnormes Bild davon zu machen, was es hieß, gottverdammt zu sein oder gottverlassen. Hier, an diesem Ort, brauchte es kein Zweifeln mehr. Dabei gab es ganze vier Gotteshäuser im Dorf, sage und schreibe vier Konfessionen. Nein, das stimmte nicht. Ein paar Kilometer weiter, in dieser abgelegenen, seltsamen Siedlung namens Neugnadenfeld, gab es noch eine fünfte. Er hatte immer gedacht, er sei evangelisch. Schlicht und einfach. Davon war er ausgegangen. Aber hier, in der Grafschaft Bentheim, besaß das wenig Aussagekraft. Evangelisch. Das bedeutete für sich noch gar nichts. Auf das spezifizierende, alles entscheidende Attribut kam es an, den zappelnden Wurmfortsatz – und was sich inhaltlich genau dahinter verbarg, wussten streng genommen nur die eingefleischten Theologen, Menschen-

und Seelenfischer, Angler, Hakenwerfer, Proselytenmacher allesamt.

Die Corinths, das nette Pastorenehepaar, bei dem er am Abend eingeladen war, hatten über sein ungläubiges, irritiertes Nachfragen die vielen Kirchen betreffend schallend gelacht.

Er griff nach dem Buch auf seinem Nachttisch und schlug es an der Stelle auf, an der er vorm Einschlafen zu lesen aufgehört hatte. Ein mit Notizen beschriebener Zettel lag zwischen den Seiten. Bis der Wecker klingelte, konnte er noch liegen bleiben. *Die große reformierte Kirche im Ortszentrum bestand aus Bentheimer Sandstein,* las er, *der einige Dutzend Kilometer entfernt in den ans Münsterland grenzenden Steinbrüchen geschlagen und über die Vechte, den zum IJsselmeer fließenden Fluss am südlichen Ende des Dorfes, hertransportiert worden war. Der schlichte, aber in seiner Massivität und Größe doch eindrucksvolle Bau stammte aus dem Mittelalter und war in vorreformatorischer Zeit der heiligen Maria Magdalena geweiht gewesen.*

Vorreformatorische Zeit. Die meisten hier waren reformiert. Reformiert. So sagte man das, wenn man sich einordnen wollte. Nicht evangelisch. Dabei war man doch als Lutheraner genauso reformiert, dachte er, auch wenn er sich das alles mehrfach hatte erklären lassen, von Sigrun und Alfred Corinth, von denen auch das ausgeliehene Buch stammte.

Die beiden kannte er schon seit seinen ersten Tagen in der Praxis, die ersten Menschen, deren Sprache er auf Anhieb verstanden und die ihn auf Anhieb verstanden hatten – viele seiner Patienten versuchten es zunächst auf Plattdeutsch und schwenkten erst um, wenn sie merkten, dass er sie ratlos anstarrte. Allerdings verstand er auch das »Hochdeutsch« der Dorfbewohner nur schlecht. Innerlich hatte er schon resigniert, bis das Pastorenehepaar, zunächst Alfred Corinth mit einem Hexenschuss, dann, wenige Tage später, auch Sigrun Corinth mit einer chronischen Sinusitis, in seiner Sprechstunde aufgetaucht war. Seitdem plauderten sie regelmäßig miteinander, und seit einigen Wochen wurde Christian gelegentlich von ihnen eingeladen – zu einem kleinen Abendessen oder einfach zu einer Teerunde am Nachmittag, wo er auch andere, kultiviertere Dorfbewohner kennengelernt hatte – unter anderem einen jungen Theologiestudenten, an den er immer wieder denken musste, und Alma Kretschmar, die trotz ihres Alters auffällig attraktive Latein- und Französischlehrerin des örtlichen Gymnasiums und jüngere Schwester Sigrun Corinths.

Die in Emlichheim herrschende konfessionelle Vielfalt hatte sein Interesse geweckt – inzwischen handelte es sich schon um eine mit einem gewissen Spleen behaftete Neugier –, auch im Zusammenhang mit den kruden, unheimlichen Dingen, die hier im Dorf geschahen und von denen er als Arzt unfreiwillig, aber unvermeidlich Zeuge wurde.

Gegen Ende des sechzehnten Jahrhunderts hatte die Gemeinde, wie fast alle Gemeinden der Grafschaft Bentheim, das reformierte Bekenntnis angenommen, las er weiter. Also noch in demselben Jahrhundert, in dem Martin Luther der Legende zufolge seine Thesen am Hauptportal der Schlosskirche zu Wittenberg angeschlagen hatte.

1517, die Jahreszahl hatte er sich fest eingeprägt, zu Schulzeiten schon. Andere auch. 1492 zum Beispiel – die Entdeckung Amerikas durch Christoph Kolumbus. 1517 – Thesenanschlag und Reformation. 1789 – Französische Revolution. 1939 – Beginn des Zweiten Weltkrieges mit dem deutschen Überfall auf Polen, Westerplatte, Einmarsch der Wehrmacht. 1945 – Kriegsende, Flucht, Vertreibung. Und so weiter und so fort. Jahreszahlen hatte er sich schon immer gut merken können.

Das Gehöft am Horizont war belebt, es herrschte farbenfroher Betrieb. Sie sahen es schon von weitem. Bestellte Äcker, Kuhweiden – sanfter Nebel, der aufstieg –, fettes, grünes Gras, weißbraune Gänse – es mussten Pommerngänse sein –, ein großes Pferd, das vor einen hochbeladenen Wagen gespannt wurde. Aber auch hier würden sie nicht unterkommen.

Die Mutter – blaue Augen, die blonden Haare zu einem strengen Dutt zusammengebunden – spähte in die Ferne und warf auch einen sorgenvollen Blick zurück in die Richtung, aus der sie gekommen waren. Sie dachte an das Flugzeug, das plötzlich hinter ihren Rücken über einem Tannenwäldchen aufgetaucht und wieder verschwunden war, um zu wenden, um zurückzukommen, sie ins Visier zu nehmen und mit dem Maschinengewehr auf sie zu feuern. Sie hatten sich ins Nadeldickicht geworfen und gesehen, wie es vom Boden des Weges gespritzt hatte, wenn die Salven eingeschlagen waren.

Jetzt herrschte Ruhe. Den Fluss hatten sie hinter sich gelassen und den Handwagen im Gebüsch am Ufer unter ein paar Zweigen versteckt. Sicherheitshalber, man wusste schließlich nie. Das Land westlich der Oder bot zwar vorübergehend Schutz und ein wenig Zeit zum Atemholen, es war aber von den Flüchtlingsscharen so übervölkert, dass an eine Unterkunft kaum zu denken war. Man musste schon großes Glück haben. Vom Feind fehlte immerhin jede Spur. Keine Flieger, keine Bomben. Seit Tagen schon herrschte Ruhe, doch noch wollte die Mutter nicht hoffen. Es wäre verfrüht, sich in Sicherheit zu wiegen. Aber bald, bald würde es soweit sein. Bald hätten sie es geschafft. Keine Russen mehr im Nacken, dafür würden sie den Amerikanern oder den Engländern in die Arme laufen. Es spielte keine Rolle, Hauptsache westwärts, ihnen entgegen. Je näher sie dem Gehöft kamen, je mehr Menschen sie sahen, Landsleute, desto entschlossener wurde sie. Viel aber war nicht mehr übrig, viel hatte sie nicht mehr einzutauschen.

Gerlinde Mülstegen stand reglos in der Küche, schaute aus dem Fenster auf die gegenüberliegende Straßenseite und fragte sich, ob ihre aufmerksamen Nachbarn davon nichts mitbekamen, dass sie abends oft so spät erst heimkehrte. Vor allem die alte Brügging, diese Spinne im Netz, die für gewöhnlich jedes noch so leise Treiben in der näheren Umgebung genauestens registrierte, wie ein menschlicher Bewegungsmelder, dessen

Sensoren auch durch Mauern und Wände drangen. Wenn sie nicht im Vorgarten Unkraut jätete und jeden Tag aufs Neue zwischen den peinlich genau und in regelmäßigen Abständen voneinander entfernt gesetzten Tulpen hindurchharkte, stand sie im unsichtbaren Winkel hinterm Fenster versteckt, um Straße und Nachbarhäuser genauestens im Blick zu haben. In Ostdeutschland hätte man sie sofort als frühere Stasi-Informantin identifiziert, hier im Westen blieben ihre Schnüffeleien reine Befriedigung niederer Triebe. Aber auch sie machte Meldung. Zwar keiner Behörde, dafür all jenen gegenüber, die sie beim Einkaufen traf, besonders vorm Blumenladen, oder die ihren Gartenzaun passierten und auf einen kurzen Tratsch stehenblieben.

Die alte Brügging war über alles informiert – und sie informierte alle, ob man es wissen wollte oder nicht. In Emlichheim sah jeder jeden, ein Panoptikum. Hatte dieses Spinnentier – und Gerlinde Mülstegen tat es nicht leid, sie als ein solches zu bezeichnen – einmal eine Witterung aufgenommen, ließ es nicht mehr locker, bis es an der richtigen Stelle, da wo es wehtat, zubeißen oder zustechen konnte. Und wenn sie das nicht vermochte, versprühte sie anderweitig ihr Gift oder spann weiter ihre Netze.

Sie war in ihren Bademantel geschlüpft und hielt nun die große Tasse mit Milchkaffee fest umklammert, während sie durchs Fenster starrte.

Das Handy vibrierte auf dem Küchentisch. Um diese Zeit. Der Schreck durchfuhr sie wie ein Elektroschock. Erinnerung, Erkenntnis. Grete, es war Grete. Es ging los, das Kind kam.

»Grete, ich komme, ich komme sofort, bin schon unterwegs.«

»Ich wollte nur fragen, ob es schlimm ist, wenn ich da ein bisschen Blut im Urin habe …«

»Fünf Minuten, ich bin in fünf Minuten bei dir.«

Fünf Minuten – das würde sie nicht schaffen. Sie schaute auf die Uhr, kurz nach halb. Anziehen, Sachen zusammenpacken, sich aufs Fahrrad werfen, losfahren. Acht Uhr wäre realistisch.

»Sie kommt!«

Grete hielt die Tasse mit heißem Tee in der Hand. Ihre Mutter atmete heftig, sie konnte keine Sekunde ruhig auf der Stelle stehenbleiben.

»Ich werd' noch wahnsinnig.«

Ein paar Seufzer, ein paar Schritte durch den Flur, und sie machte sich daran, die Wohnung ihrer Tochter, die ihrem kritischen Hausfrauenblick noch nie hatte standhalten können, aufzuräumen.

»Wie es hier aussieht«, stöhnte sie.

Unter anderen Umständen wäre Grete explodiert, aber sie hatte eher das Gefühl, sie würde implodieren, wenn sie sich jetzt zu sehr aufregte. Sie war selber schuld, sie hatte ihre Mutter schließlich angerufen und hergebeten, statt sie wie verabredet in die Schmiede zu schicken.

Vielleicht sollte jemand ein Schild in die Tür hängen: »Wegen Geburt geschlossen.« Aber jeder aus dem Dorf wüsste, wenn die Schmiede geschlossen blieb, ohnehin sofort Bescheid, was los war. Sie erwartete ein Kind, das war allgemein bekannt – und seit einigen Monaten auch nicht zu übersehen. Dass es zum Kind keinen Vater gab, war ebenfalls kein Geheimnis. Jedenfalls keinen Vater, von dem man es mit Sicherheit gewusst hätte. Ihr war klar, wie die Dorfbewohner sich die Mäuler zerrissen, wie sie es kaum aushalten konnten, wie sie bis zum Bersten gespannt waren, wenn ihre Neugier nicht gestillt wurde. Diese bohrenden Blicke, diese fragenden Gesichter überall. Allen voran ihre eigene Mutter. Und natürlich, auch Alma Kretschmar und Sigrun – Alfred weniger –, denen sie das gar nicht übelnehmen konnte, blickten manchmal ernst und fragend.

Allein ihr Vater hatte seltsamerweise nie eine Frage gestellt, sie stattdessen einfach in den Arm genommen und fest an sich gedrückt, als sie ihm und ihrer Mutter die »frohe« Botschaft überbracht hatte – ein halbes Jahr war das her.

Nicht wenige Emlichheimer sind altreformiert …

Und da lag auch der Hund begraben, dachte Christian Rochus, der es in seinem Bett ausgesprochen gemütlich fand. Allerdings spürte er einen bitteren Geschmack im Mund, als hätte er auf einen Obstkern gebissen. Bevor er weiterlas, sollte er sich lieber die Zähne putzen, dachte er. Aber etwas hielt ihn in den Federn, er hatte sich festgelesen.

Die altreformierte Kirche – wie er wusste, eine konservative Freikirche, die ihre frommen und frömmelnden Mitglieder fest im Griff hatte – *war im neunzehnten Jahrhundert von reaktionären Sektionisten gegründet worden, denen die liberalen Gedankenströmungen und Reformen innerhalb ihrer Glaubensrichtung entschieden zu weit gingen und die sich von ihnen absetzen wollten, kostete es, was es wolle – und in letzter Konsequenz hatte es die Abspaltung von der reformierten Konfession gekostet.* Die Anhänger dieser Gemeinschaft, deren an der Mühlenstraße, der Nord-Süd-Achse des Dorfkerns, gelegene Kirche eher einem Zirkuszelt als einem Sakralbau glich, wurden hier gelegentlich auch »Koksche« genannt, und es kursierten Sprüche wie: »Siehst'en Kokschen fliegen, schieß ihn ab und lass ihn liegen …«, oder: »Die Sonne scheint, die Blumen sprießen, heute gehen wir Koksche schießen …« Warum, stand nicht in diesem ansonsten recht informativen Buch.

Es stand wohl auf einem anderen Blatt, dachte Christian. Er würde am Abend die Corinths danach fragen. Das nahm er sich gerade vor, als plötzlich doch noch der Wecker klingelte. In einer halben Stunde musste er nebenan in der Praxis sein, die seine beiden Helferinnen bereits geöffnet hatten. Auch im Labor wurde längst fleißig gearbeitet, aber durch die Wand konnte er nichts hören. Vermutlich saßen sogar schon Patienten im Wartezimmer.

Viele kamen in seine Sprechstunde, weil sie sonst nichts zu tun hatten oder mit sich anzufangen wussten – meistens handelte es sich dabei um verwitwete Damen älteren Jahrgangs, die ihm dann kleine Geschenke mitbrachten, Pralinen, saisonales Obst

und Gemüse aus dem Garten oder eine Flasche selbstgemachten Aufgesetzten. Aber es kamen auch Frauen mittleren Alters und jüngere, nur die Männer machten sich rar.
Vor diesem Hintergrund sei der Arztberuf dem Beruf eines Seelsorgers durchaus verwandt, hatte Alfred Corinth gemeint, als Christian ihm gegenüber das Phänomen der Patienten, die nur mit ihm über das eine oder andere Wehwehchen reden wollten, einmal zur Sprache gebracht hatte.

Das Dorf lebte auf im frischen Frühling. Durch die urwüchsige Denne, abseits, in Vechtenähe, tönte der einsame Ruf des Kuckucks, der auf eine günstige Gelegenheit lauerte, sein Ei in ein fremdes Nest zu legen. Früher hatten hier die Pfauen geschrien und ihre Räder geschlagen.
Längst schlief niemand mehr, zu dieser Stunde wirklich niemand, in keinem noch so abgelegenen Emlichheimer Schlafzimmer.

Heinrich Piontek war aufgestanden, hatte den Wasserkocher eingeschaltet und sich auf die Terrasse begeben, um eine Zigarette zu rauchen, bevor er frühstücken, die Zeitung lesen, seine Uhren mustern und anschließend zur Schule fahren würde.
Kein Grund zur Eile. Die erste Stunde hatte er frei.

Zahllose Autos und einzelne Traktoren fuhren hin und her und hielten an Ampeln, während Schulkinder und ältere Schüler mit ihren Fahrrädern die Straßenseiten wechselten. Der Weg zur Schule, zur Arbeit, ins Büro oder ans Fließband, in die Maschinenfabrik, zur Emsland-Stärke oder weiter, nach außerhalb, Richtung Aatalstraße, zur Wartung einer Gaspumpe, die ihr Soll nicht erfüllte. Die Bäckereifilialen hatten den ersten Sturm bereits überstanden, es gab kaum noch Brötchen in den Auslagen, aber der Bäcker war längst dabei, neue Bleche in die Ofenröhren zu schieben und sich anschließend dem klebrigeren Konditor-Handwerk zu widmen, Mohnschnecken,

Marmorkuchen, Obstböden und Herrentorten warteten darauf, gebacken und verziert zu werden. Auch die Zeitungen waren noch nicht restlos ausgetragen, der Bote musste langsam mal in die Pedale treten, von der Wintershallstraße in die Mühlenstraße abbiegen.

Alma Kretschmar – sie hatte sich kürzlich beim Emlichheimer Frisör die Haare schneiden und rot färben lassen – betrat das Lehrerzimmer, in dem es heftig nach frisch aufgebrühtem Kaffee roch. Einige wenige Kollegen saßen schon da und grüßten sie beiläufig.

Sie mochte diesen aromatischen Duft, trinken aber würde sie das dünne, saure Gebräu aus der brummenden Plastikmaschine in der Ecke niemals. Morgens trank sie ohnehin lieber Tee, grünen Tee, erst nach Schulschluss gönnte sie sich eine Tasse Espresso – hundert Prozent Arabica-Bohnen natürlich.

Sie hatte nur zwei Stunden Unterricht, Latein in der siebten und Französisch in der neunten Klasse, das war alles in allem stressfrei zu bewältigen. Danach folgten normalerweise zwei Freistunden und noch eine fünfte, letzte, mit den anstrengenden Zehntklässlern, die Stunde, die sie sich heute freigenommen hatte, weil sie David abholen wollte – die Busfahrt vom Bentheimer Bahnhof nach Emlichheim konnte sie ihm nicht zumuten. Mit dem Auto dauerte die Fahrt kaum eine Dreiviertelstunde. Außerdem konnte sie es nicht erwarten, ihn zu sehen und ihn während der Fahrt schon auszufragen über alles, was es Neues gab, in Potsdam und Berlin, in möglichen Liebesdingen und natürlich auch in seiner Klinik.

Das letzte Mal am Telefon hatte er bedrückt geklungen. Aber Sigrun, die ihn kürzlich erst besucht hatte, rund zehn Tage war es her – Alma dachte jedes Mal mit einem gewissen Neid an das enge Verhältnis zwischen ihrer Schwester und ihrem Sohn –, war der festen Überzeugung gewesen, es gehe ihm gut. Ihm gehe es gut, er sehe gut aus, die Arbeit erfülle ihn, hatte sie berichtet. Nur von einer Frau fehlte weit und breit jede

Spur. Oberflächlich betrachtet. Aber das könne sich ändern, vielleicht bald schon.

Alma Kretschmar hasste es, wenn ihre ältere Schwester, wie so oft, in Rätseln sprach. Es machte sie ganz fuchsig.

Kurz vor acht war Gerlinde Mülstegen endlich im Kleikuhlenweg.

Ihr Fahrrad hatte sie an die Hauswand gelehnt, abzuschließen brauchte sie es nicht.

»Höchste Zeit«, sagte Gisela Piontek, als sie ihr, immer noch in Bademantel und Strickjacke, die Tür öffnete, allerdings nicht schnippisch, wie es manchmal ihre Art war, sondern erleichtert und gleichzeitig unsicher fragend.

Beim Schließen der Tür warf sie noch schnell einen Blick hinaus, hörte die Autos von der Mühlenstraße her, aber bis auf ein paar Schulkinder auf dem Bürgersteig war niemand zu sehen.

Die Hebamme roch eigenartig, fand sie. Eine Mischung aus Hippie und Bioladen, am liebsten hätte sie sich die Nase zugehalten. Diese Gerlinde Mülstegen – mit dem Rest der Familie hatte sie so gar nichts gemeinsam. Die Mülstegens waren Altreformierte. Und was für welche.

Ein schwarzes Schaf, dieses Mädchen – ein durchaus hübsches Schaf, musste sie zugeben, das ja, mit den langen schlanken Beinen, diesem gebärfreudigen Becken und den rotbraunen Haaren, die sie heute zu einem Pferdeschwanz zusammengebunden hatte.

»Hallo«, ächzte Grete.

»Schauen wir uns das erst einmal an«, antwortete Gerlinde Mülstegen ganz ruhig und entspannt lächelnd, während sie ihre Utensilien und Instrumente auspackte und auf den Fliesen ausbreitete. Grete, auf ihrem Lager aus Handtüchern liegend, sah gut aus, den Umständen entsprechend gut. Allerdings auch eindeutig nach Wehen, das erkannte sie sofort. Nach heftigen Wehen.

»Wir brauchen warmes Wasser und einen Waschlappen, am besten mehrere.«

»Ich hole sie«, sagte Gisela Piontek, froh, das Bad für einen Moment verlassen zu können und in die Küche eilend.

Gerlinde Mülstegen untersuchte Grete und legte auch das Herztonmessgerät an.

»Ich habe einmal hineingesehen«, sagte sie. »Der Muttermund ist schon geöffnet, sieben Zentimeter.«

»Heißt das …?«

»Ja. Und wie.«

Ach so, dachte Grete wie aus allen Wolken fallend. Erst jetzt wurde ihr klar, dass die Geburt längst begonnen hatte. Das waren also Wehen? Sie hatte es sich schlimmer vorgestellt. Im gleichen Moment krümmte sie sich wieder, als ginge es mit dem neugewonnenen Bewusstsein nun richtig los. Es gab nicht einmal mehr Wehenpausen. Krampfartig zogen sich ihre Eingeweide zusammen. Die Krämpfe kündigten sich wenige Augenblicke vorher an, im Anschluss entspannte sie sich wieder.

»Den Schmerz umarmen, stimmt's?«

»Ja.«

Gerlinde Mülstegen lachte.

»Es geht schon los, Mama«, sagte Grete, hielt sich den Bauch und tönte wieder tief und dunkel. Dieses Mal aber schloss sich Gerlinde Mülstegen ihr an und tönte mit.

Gisela Piontek stand mit hochrotem Kopf und einer großen Schüssel in der Tür, das Wasser dampfte.

Knapp fünfhundert Grafschafter Bauern lieferten jedes Jahr im Sommer und Spätsommer über eine halbe Million Tonnen Kartoffeln an die Stärkefabrik. Ihre Felder lagen in meist symmetrisch-monotoner Formation ums Dorf herum angeordnet, begrenzt von Entwässerungsgräben, an deren Rändern immerhin Birken und Schlehensträucher wuchsen und Fasanen und Feldhasen Unterschlupf boten.

Zu den Kartoffeln der Grafschafter Bauern kamen noch einmal rund dreihunderttausend Tonnen von knapp dreihundert landwirtschaftlichen Betrieben aus dem angrenzenden, erzkatholischen – und daher von den überwiegend protestantischen Emlichheimern beargwöhnten und gemiedenen – Emsland. Knapp einhundertfünfzigtausend Tonnen außerdem von Bauern, die ihre Felder jenseits von Grafschaft und Emsland bestellten.

Die Äcker rings um Emlichheim waren überwiegend bereits im Herbst gepflügt und vor wenigen Wochen nur noch mit der Egge aufgelockert worden, das reife Pflanzbett war nun trocken, abgesetzt und von Erdklumpen, so genannten Kluten, befreit. April bedeutete Aussaatzeit, nur wenige Bauern hatten ihre Kartoffeln schon im März in die Erde gebracht. Überall setzten nun riesige, von Traktoren gezogene Pflanzmaschinen die Knollen in zehn Zentimeter Tiefe und schlossen den Boden anschließend in Dammform, um die ideale Bodenbeschaffenheit zu gewährleisten.

Pendler, die über die Wilsumer Straße und den Haftenkamper Diek zur Arbeit in die Kreisstadt fuhren, sahen auf beiden Seiten der Straße die Bauern, die immer früh auf den Beinen waren, auf den Feldern fuhrwerken. Die nur langsam fahrenden Trecker wurden auf der Straße regelmäßig, wenn zu viel Gegenverkehr das Überholen unmöglich machte, zu einem großen Ärgernis.

»Das Herz schlägt ganz normal«, sagte Gerlinde Mülstegen ausatmend, und Grete lächelte.

Für den Kleinen würde es ein Schock sein, aus der warmen Geborgenheit im Bauch nun in die kalte Welt geworfen zu werden. Sie wusste, draußen war es warm – die Sonne, sie hatte die Sonne lachen gehört –, dennoch fror sie ein bisschen. Sie nahm alle ihre Kräfte zusammen und … nein, für den Vulkanausbruch war es noch nicht so weit.

»Kind, willst du dich nicht lieber ins Bett legen?«, fragte Gisela Piontek, um überhaupt etwas beizutragen.

Aber ihre Tochter, die sich mit beiden Händen am Waschbeckenrand festhielt und mit einem Fuß auf der Kloschüssel
stand, schüttelte den Kopf. Das Badezimmer war ihr Nest,
hier würde sie von jetzt an bleiben und ihren Sohn zur Welt
bringen, sie konnte sich keinen weiteren Ortswechsel mehr
vorstellen.

»Mama, ich bleibe.«

Kaum waren die Worte gesprochen, krampfte sich in ihr wieder
alles zusammen. Sie presste, tönte, während Gerlinde Mülstegen mit ihr sprach und sie mit einem feuchten, warmen
Lappen abtupfte.

Verändert hatten sich die Intensität und die Aufkommensweise
des Schmerzes, es war seit einer Weile kein gleichmäßig und
andauernd ziehender mehr, sondern ein stetig in Wellen wach-
sender, roher Schmerz, der aber ab einem bestimmten Punkt,
wenn er seinen Zenit erreichte und kaum noch auszuhalten
war, wieder nachließ. Die Natur hatte das praktisch eingerichtet – einer von zahllosen, zusammenhangslosen Gedanken, die
Grete kamen. Den leichten Schmerz konnte sie verwinden,
dafür dauerte er an. Der heftige Schmerz brachte sie an ihre
Grenzen, dafür ließ er gleich wieder nach.

Es war ein aushaltbarer Schmerz, auch wenn er noch so stark
wurde. Aushaltbar, denn es war ein sinnvoller, ein lebensstif-
tender, ein guter Schmerz. Den Schmerz umarmen, das Leben
bejahen, ein Kind zur Welt bringen. Schon weil das Krankenhaus Krankenhaus hieß, hatte sie nicht hinwollen. Schließlich
war sie nicht krank, sondern voller Leben.

Und wieder kam der Schmerz, krampfartig.

Hippocampus. David grübelte, während Häuser, Wiesen und
Wälder an seinen Blicken vorüberzogen und zusehends ver-
schwammen.

Er wusste nicht, warum, aber der Begriff war ihm eben in den
Sinn gekommen, er hatte aber vergessen, worum es sich dabei
genau handelte. Lateiner war er ja, schon von Haus aus – er

hatte dank seiner Mutter in den alten Sprachen immer ge-glänzt: hippos, griech. »Pferd«; campus, lat. »Feld« –, aber dass er diese simple Zusammensetzung nicht wörtlich zu nehmen hatte, war auch klar. So konnte man es nicht herleiten. Nein, es hatte irgendetwas mit dem menschlichen Gehirn zu tun, mit der Erinnerung… Das war es eben.

Der Begriff war ihm zum ersten Mal während seines Medi-zinstudiums in Berlin begegnet. Er gab ihn in die Suchmaske seines Smartphones ein.

Die Arztlaufbahn eingeschlagen zu haben hatte er nie bereut, auch wenn der Abschied von seiner Musikerkarriere, die Er-kenntnis, dass es zum professionellen Cellisten nicht reichte, schmerzhaft gewesen war. Dass es nicht gereicht hatte – dieser Gedanke plagte ihn mitunter immer noch. Die Tagesform, die Nervosität. Vielleicht hätte er an einem anderen Tag das Vorspiel im Konservatorium gemeistert, schwer zu sagen. Seine Cellolehrerin war genauso zuversichtlich gewesen wie seine Mutter, seine Tante Sigrun und ja, am Ende auch er selbst es gewesen waren…

Der Hippocampus ist ein Bestandteil des Gehirns und zählt zu den evolutionär ältesten kortikalen Strukturen. Er befindet sich im Temporallappen und ist eine zentrale Schaltstation des limbischen Systems. Es gibt einen Hippocampus pro Hemisphäre, stand in der Wikipedia.

Er scrollte die Seite, von der er wusste, dass ihr nicht mit hundertprozentiger Sicherheit zu trauen war, weiter hinunter.

Ab 1706 wurde ein Hirnteil nach dem Seepferdchen (lateinisch Hippocampus) benannt…

Aha, Seepferdchen! Wie hätte er darauf auch kommen sol-len…

… welches seinerseits seit den 1570er Jahren in latinisierter Form nach dem Meeresungeheuer Hippokamp aus der griechischen My-thologie (griechisch ἱππόκαμπος, von ἵππος, ›Pferd‹ und κάμπος, ›Monster‹) bezeichnet wurde, dessen vordere Hälfte ein Pferd, der hintere Teil ein Fisch ist.

Interessant, aber das war es auch nicht. David scrollte weiter, Informationen über Informationen reihten sich aneinander.

Das Subiculum ist das Übergangsfeld vom dreischichtigen, archicorticalen Hippocampus zum sechsschichtigen Neocortex. Es liegt zwischen der CA1-Region und dem Cortex entorhinalis.

Weiter. Nein, stopp. Ja, jetzt hatte er es.

Funktionelle Aspekte.

Das war es.

Er las den Abschnitt ganz. Im Hippocampus flossen Informationen aus verschiedenen sensorischen Systemen zusammen, die verarbeitet und von dort zum Cortex zurückgesandt wurden. Damit war der Hippocampus für die Konsolidierung des Gedächtnisses von Bedeutung, also für den Transfer von Gedächtnisinhalten aus dem Kurzzeit- ins Langzeitgedächtnis. Dort blieben auch die ältesten Erinnerungen erhalten. Der Hippocampus war eine Erinnerungen generierende Struktur …

Christian Rochus betrat die Praxis durch den versteckten Hintereingang – er musste ein paar Schritte durch den Garten gehen, zwischen seiner Wohnung und seinem Arbeitsplatz gab es idiotischerweise keinen Durchgang, obwohl sich beide in demselben Haus befanden –, grüßte die beiden Helferinnen an der Rezeption, seinen Kollegen, Doktor Albert Müller, und ging durch einen kleinen Flur direkt in sein Sprechzimmer, wo er sich den weißen Kittel überzog und ein Stethoskop um den Hals hängte. Als Nächstes fuhr er den Computer hoch. Aus dem Wartezimmer hörte er ein Kind schreien.

Minuten später trat der erste Patient durch die Tür, aber Christian Rochus war mit seinen Gedanken immer noch woanders, bei der konfessionellen Vielfalt, der musikalischen Soirée und den Corinths. Dieses Pastorenehepaar war ein Lichtblick im unermesslichen Dunkel der Region – wie Grete ein Lichtblick war.

Die Corinths stammten ebenfalls nicht von hier. Allein dass

sie eine musikalische Soirée gaben, stempelte sie in diesem kulturlosen Umfeld zu Außenseitern, zu Sonderlingen – wie er einer war.

Sigrun und Alfred Corinth standen vorm Esstisch, auf dem die Zeitungen ausgebreitet lagen, und schüttelten mit den Köpfen.

Alma Kretschmar lief zum Klassenraum der 7a.

Heinrich Piontek hörte die Uhren schlagen. Leise von unten, aus dem Wohnzimmer: »Kuckuck, kuckuck ...«

Grete strahlte, Gerlinde Mülstegen lächelte und Gisela Piontek überlegte mit gerunzelter Stirn, ob sie nicht die Wohnung ihrer Tochter endlich einmal ordentlich durchsaugen sollte.

Die alte Brügging zog die Jalousien hoch und warf einen ersten Blick durchs Fenster auf die Straße.
Nichts. Aber das war um diese Zeit nicht ungewöhnlich.

Wenige Kilometer ortsauswärts, Richtung Hoogstede, ging Johann Bütering die Schweine füttern, per Knopfdruck.

Der weit aus dem Osten, aus der Heimat des Angelus Silesius stammende Pastor Riemenschneider war nach monatelanger Kriegsgefangenschaft in Texas – glücklicherweise waren es die Amerikaner gewesen, die ihn erwischt hatten – erst im Jahr 1946 in der beschaulichen deutsch-niederländischen Grenzregion angekommen und wie die anderen verarmten und ausgemergelten Flüchtlingsseelen, die hier, am anderen Ende des Landes, nicht willkommen waren, mit seiner Frau in einer schäbigen Barackensiedlung einige hundert Meter außerhalb des Ortes untergebracht worden.

Dünen prägten damals die noch unbebaute Landschaft jenseits des nördlichen Emlichheimer Dorfrandes, und Wiesenschaumkraut blühte weißlich und blassrosafarben, seltener auch in kräftigem Purpur, in den feuchten, bei Vechtehochwasser regelmäßig überschwemmten Auen bis weit in den Mai hinein. Hier und da wuchs ein zierliches Vergissmeinnicht, das seinen hübschen Namen trug, weil es einer mittelalterlichen Sage nach einst Gott gebeten hatte, es nicht zu vergessen.

Riemenschneider, ein kleiner, gedrungener und hartnäckiger Lutheraner mit kurzem Hals und wachen, stahlblauen Augen, Kettenraucher, war früh aufgebrochen und maß nun die im Sonnenschein und unter freiem, heiterem Himmel recht idyllische Umgebung mit Blicken.

Ein knappes Jahr lebte er bereits hier, in Emlichheim, und er hatte Pläne, kühne Pläne. Die Lethargie, in die viele seiner Landsleute nach dem sich nun bereits zum zweiten Mal jährenden Kriegsende – und es sollte noch knapp vier Jahrzehnte dauern, bis sich der Begriff »Befreiung« dafür durchsetzen würde – verfallen waren, lag ihm nicht. Er war eher einer vom Typ Hummeln im Hintern und mit den primitiven, immer noch allseits anzutreffenden Nazilumpen und ihrem bodenlosen »Hitlerismus«, so personifiziert sah er das damals noch, hatte er ohnehin nie viel am Hut gehabt – den von den deutschen Gräueltaten entsetzten Amerikanern hatte er das während seiner Gefangenschaft allerdings so schnell nicht weismachen können.

Ein Jugendlager schwebte ihm vor, eine christlich-humanistisch orientierte Bildungsstätte für den Nachwuchs, der das Land wieder aufbauen sollte. Die Zukunft wollte er gestalten, statt in ein klägliches Lamento über Vergangenes auszubrechen. Und wo anfangen, wenn nicht bei und mit den verwirrten jungen Leuten, deren unmündiges Denken bis vor kurzer Zeit noch systematisch von den entsprechenden Organisationen der Nazi-Partei vernebelt worden war. Selbst den Jüngsten unter ihnen, allesamt grün hinter den Ohren, zartgrün, wie es die frischen Blätter junger Triebe waren, musste man immer noch gelegentlich den Kopf waschen, andere beherzt an die Hand nehmen. Religiöse, aber auch politische Bildung wollte er ihnen angedeihen lassen, kurz: Aufklärung, helles Licht in die verdunkelten Hinterstübchen einlassen und den Boden für neue, mündigere Ideale aufbereiten.

Eine Baracke im Sperrgebiet hätte er dafür bekommen sollen, die war ihm versprochen worden, als er im provisorischen Verwaltungsgebäude danach gefragt und stur und dickschädelig – wie es eben so seiner Art entsprach – im Büro sitzen geblieben war. Aber dann war da diese Familie gewesen, völlig verarmt, zwölf Kinder und kein Dach über dem Kopf, da hatte er sie ihnen überlassen.

Immer noch richtete er seinen ganz eigenen Blick auf die sonnenbeschienenen Dünen ringsum und malte sich Verschiedenes aus – auch an den Bau einer Kirche hatte er schon einmal gedacht, einer eigenen, lutherischen Kirche. Es würde dauern, bis die Zeit hier in der Fremde für sie, die Lutheraner, vorüber wäre, bis sie in ihre Heimat zurückkehren würden. Monate konnte es dauern, Jahre wären wahrscheinlicher. Wenn sie überhaupt jemals in ihre Heimat zurückkehren konnten, die sie so plötzlich hatten verlassen müssen. Doch die Hoffnung, diese nicht totzukriegende Tugend, gaben seine Schäfchen nicht auf, und auch er, ihr Hirte, der die paulinischen Worte aus dem Korintherbrief immer im Ohr hatte, in dem der Apostel das Hohelied Salomons zitierte, gab die Hoffnung nicht auf, wie er auch Glauben und Liebe nie aufgegeben hatte, nicht die Hoffnung auf eine Rückkehr in die schlesische Tiefebene, in die schöne Stadt Breslau, und nicht die Hoffnung auf eine Unterstützung durch die reformierte Gemeinde dieses Dorfes, die ihnen in ihrem stolzen Gotteshaus, in dem es Platz genug für alle gab, die Zeit ihres Verbleibes über, solange sie hier eben ausharrten, immerhin Unterschlupf und Raum für eigene Gottesdienste gewähren würden. Wie sonst, dachte er, hätten seine Schäfchen ihm, ihrem tatkräftigen Seelsorger, vertrauen können?

Riemenschneider lief die paar Schritte zum Firmensitz der Wintershall. Er war beim Direktor angemeldet. Ein früher Zitronenfalter taumelte auf Augenhöhe durch die Lüfte, und der Pastor blieb noch einmal stehen, um ihm nachzusehen. Der Schmetterling, Symbol der Auferstehung und des ewigen Lebens. Das ermunterte ihn.

Es war nicht weit von den Dünen bis zum Nordrand des Dorfes, wo sich die Ölaufbereitungsanlage, das Kesselhaus, Werkstatt und Magazin sowie das Büro befanden, das er nun betrat. Trotz erheblicher, im Wesentlichen aus dem herrschenden Materialmangel resultierender Startschwierigkeiten florierte das Erdöl- und Erdgasunternehmen.

Der Direktor stand auf und begrüßte seinen Gast mit misstrauischen Blicken. Er wusste, mit wem er es zu tun hatte.

»Guten Morgen, Herr Pastor.«

»Guten Morgen.«

»Wie kann ich Ihnen helfen?«

Riemenschneider sah sich um, während der Direktor stramm stehen blieb und nicht wusste, wie er sich verhalten sollte. Die blutjunge Geschichte der Emlichheimer Erdölgewinnung war dem Pastor durchaus vertraut, und er wusste auch genauestens Bescheid über die desolaten Lebensbedingungen der Arbeiter, die zum Teil in Lagern weit außerhalb des Dorfes untergebracht waren. Vor genau vier Jahren hatte es ortsauswärts Richtung Holland eine erste Tiefbohrung gegeben, und man war in den porösen Sandsteinschichten fündig geworden. Laufend gefördert wurde seit dem letzten Kriegsjahr. Rund fünfundzwanzig Millionen Tonnen Öl sollten in dem Hauptfeld stecken, hatte er munkeln hören. Der Eisenbahnanschluss war unmittelbar nach den ersten Bohrungen angelegt worden. Die Arbeit der anfänglich eingesetzten Kriegsgefangenen und Zwangsarbeiter wurde jetzt von Vertriebenen erledigt, er kannte die gesamte Belegschaft persönlich, einige stammten aus derselben Stadt wie er. Sein Wort galt unter ihnen etwas, und das wusste er.

Riemenschneider setzte sich unvermittelt und unaufgefordert, was den immer noch stehenden Direktor dazu bewog, seine militärisch steife Haltung – geschlossener Mund, der Blick frei geradeaus, Achtung! – aufzugeben und ebenfalls Platz zu nehmen. Der Pastor erzählte ihm vom Schicksal der Großfamilie, und dass ihm vom Kreisjugendpfleger zwei Nissenhütten versprochen worden waren, nachdem er den Bedürftigen die Baracke im Sperrgebiet überlassen hatte.

»Sie benutzen doch auch diese provisorischen Wellblechhütten als Werkswohnungen!?«

»Ja, in der Tat, Herr Pastor, die Firma Wintershall …«

»Sie könnten mir doch sicher beim Ausbau zweier Nissenhütten helfen!?«

»Sicher, das ist sicher möglich, wie …«

»Ich brauche Material, Baumaterial. Könnte ich welches von Ihnen bekommen? Sie können doch helfen, oder?«

»Ja, das machen wir«, antwortete der Direktor, der allerdings keine Ahnung hatte, wie und wann er die Unterstützung, die er eben zugesagt hatte, gewähren sollte. Er blickte ein bisschen ratlos drein.

Riemenschneider waren von seinen Schützlingen so viele Geschichten über Demütigungen während und nach ihrer Ankunft hier am Ende der Welt berichtet worden – von den am eigenen Leib erfahrenen ganz zu schweigen –, dass sich in ihm eine gewisse Wut angestaut hatte, die er als Mann von Kultur freilich zu beherrschen wusste. Und nicht nur das, er machte sie sich zunutze, er baute seine Autorität darauf auf. Ihm würde das nicht noch einmal passieren, er würde sich niemals wieder erniedrigen und als Zigeuner, Polacke oder Gesindel beschimpfen lassen. Er war kein bescheidener Bittsteller mehr – das kam noch hinzu –, er hatte Anspruch auf das, was er forderte. Seine kleine lutherische Gemeinde wuchs stetig, immer mehr Flüchtlinge trafen in der Region ein und leisteten dem enormen Arbeitskräftemangel Abhilfe. Ohne sie würde hier kaum etwas aufgebaut und erneuert werden, alles würde brachliegen, alles, nichts würde gedeihen – vielleicht abgesehen von den Kartoffeln, die hier überall angebaut und in der noch zu Weimarer Zeiten gegründeten Kartoffelmehlfabrik zu Stärke verarbeitet wurden. Er, der Pastor der Vertriebenen, besaß das Recht, zu fordern. Zumal von dieser Erdölfirma, die ihr Florieren allein dem Einsatz seiner fleißigen Schäfchen zu verdanken hatte.

Riemenschneider lächelte ein Lächeln, als wären die vereinigten Filmkameras Hollywoods auf ihn gerichtet. Statt »Flüchtlingspastor« hätte man auch genauso gut »Wintershallpastor« zu ihm sagen können.

David sah aus dem Zugfenster. Die verzweifelten Blicke der Großmutter, des Kindes. Er wurde sie nicht los und dachte auf einmal, er wusste nicht warum – aber natürlich, das ergab einen Sinn –, an Äskulap, den alten, mythischen Gott der Heilkunst. Asklepios, wie er auf Griechisch hieß, war von Hermes, dem Schutzgott der Reisenden, ungeboren aus dem ermordeten Leib seiner Mutter geschnitten, zu Chiron, dem heilkundigen Kentauren gebracht und von diesem aufgenommen und unterrichtet worden. Fortan hatte er nicht nur die Medizin, Chirurgie und Kräuterkunde beherrscht wie kein zweiter, sondern auch über starke magische Kräfte verfügt. Mit dem Blut der Medusa, das er von der Göttin Athene bekommen hatte, war er sogar in der Lage gewesen, Tote wieder zum Leben zu erwecken.

David seufzte. Was der Bibel zufolge auch Jesus mit Gottes Hilfe gelungen war, blieb der Medizin immer noch versagt – von einer Reanimation, sei es durch eine schnelle Mund-zu-Mund-Beatmung und Herzdruckmassage oder durch den elektrischen Defibrillator, einmal abgesehen. Streng genommen aber war die Herz-Lungen-Wiederbelebung etwas ganz anderes. Sie hätte in dem Fall, den er hinter sich hatte und der seitdem so schwer auf ihm lastete, ohnehin nichts mehr vermocht. Magie, die schon eher. Zaubern müsste man können. Aber Äskulap war mit seiner kühnen und zauberhaften Tat, dem finsteren Hades einen Toten zu entreißen, nach Meinung der Götter entschieden zu weit gegangen. Auf Hades' Beschwerde hin hatte dessen Bruder Zeus den Heiler seinerseits mit dem Tod bestraft, indem er seinen mächtigen, von Zyklopen geschmiedeten und unerbittlichen Blitz auf ihn herabschleuderte. Aus, vorbei – wie Grete so gerne sagte. Wo der einmal einschlug, wuchs kein Gras mehr.

Den Göttern nicht ins Handwerk pfuschen, dachte David, während der Zug durch die Landschaft raste. Aber damit hatte es doch nichts zu tun. Menschliches Versagen? Ja und nein. Die Dinge geschahen, wie sie geschahen, niemand war perfekt. So perfekt wie ein Gott, ein Herrscher über Tod und Leben. Aber hätte er denn etwas tun können?

»Was wollt ihr hier?«

Eine dumpfe Stimme, eine dumme Frage, wenn man den Anblick der Mutter und ihrer Töchter bedachte, und sie waren sicherlich nicht die Ersten, die hier Halt gemacht hatten.

»Milch und Brot.«

Es half nichts, um den heißen Brei herumzureden. Fast musste sie lachen. Heißer Brei, genau das wär's doch. Nichts anderes wäre ihr in diesem Moment lieber gewesen. Fast hätte sie es gesagt, und die Vorstellung erheiterte sie. Galgenhumor, aber sie verzog keine Miene. Nur ihre Zähne blitzten.

Ein kurzer, uneindeutiger Blick des Bauern.

Der Hof konnte sich sehen lassen, sicher einer der reicheren in der Umgebung, das imposante Haupthaus, die Gesindehäuser, Ställe und Scheunen. Die Mutter kannte sich aus, die Größenordnung stimmte. Das war in etwa, was sie zu bewirtschaften gehabt, was sie zurückgelassen hatte. Es war schade um ihn, um jeden Hof, aber immerhin wurden Vorkehrungen getroffen.

Der Bauer machte trotz des seltsamen Tonfalls, den sie bereits kannten, einen verhältnismäßig angenehmen, ja, einen sittlich gepflegten Eindruck. Die Mutter hatte gelernt, in den Mienen der Menschen zu lesen, auch wenn sie sich noch so verschlossen gaben. Verrohung, wie sie auch unter Deutschen grassierte, roch sie auf wenige Meter. Von diesem hier drohte keine Gefahr. Trotzdem, sie musste vorsichtig sein.

»Wir betteln nicht, wir zahlen.«

Der Bauer nickte und machte ein Zeichen, ihm zu folgen.

Sie liefen zwischen Scheune und Stall hindurch auf den Hofplatz. Das Pferd, ein prächtiger Brauner mit üppiger schwarzer Mähne, wieherte unzufrieden, als ahnte es, welche Last es in Kürze schleppen würde. Aber als die Mutter wie selbstverständlich seinen Hals klopfte – einen Moment schien es, als würde der Bauer über diese Geste lächeln –, schnaubte der Hengst gutmütig aus den feuchten Nüstern.

Ihre Kaltblüter hatten sie zurücklassen müssen. Vermutlich lebten sie nicht mehr, vermutlich hatte sie der Russe gefressen. Ein großer dunkelbrauner Hahn krähte tief und krächzend, er beäugte die um ihn versammelten Hennen, und auf einmal wurde ihr schwer ums Herz. Barnevelder, die hatten sie zu Hause auf ihrem Hof auch gehabt.

Wenn sie je ankommen würde, wo auch immer das sein mochte, sie würde wieder Hühner halten.

»Wann geht es denn los?«

Der Bauer sah sie an, knurrte etwas, das sie nicht verstand, aber sie fragte nicht weiter.

Einige, gar nicht so wenige Dorfbewohner, Flüchtlinge oder Nachfahren von Flüchtlingen, die aus Schlesien, Pommern oder Ostpreußen stammten, waren lutherisch und er wohl auch, lutherisch, dachte Christian Rochus, während gerade eine betagte Dame, die alte Frau Brookschnieder, die ihn regelmäßig in seiner Sprechstunde konsultierte, auf ihn einredete.

Allerdings stammte er nicht von Vertriebenen ab oder wusste zumindest keine bei sich in der Familie – seine Eltern, Großeltern, Urgroßeltern und Ururgroßeltern hatten, soweit er informiert war, immer schon im südlichsten Zipfel Hessens, am Dreiländereck, gelebt und dort, unten in Heppenheim, Wein angebaut, köstlichen Wein, hellgrünen Riesling überwiegend, von dem er Alfred und Sigrun Corinth einmal eine Kiste mitgebracht hatte. Christian Rochus hatte es schon als Kind geliebt, durch die Weinstöcke zu schlendern.

Er sah, wie sich die Winkel des fadenschmalen Mundes der alten Brookschnieder bewegten, hörte ihr aber nur halb zu. Lutheraner und Flüchtlinge, das waren in Emlichheim Synonyme. Es gab auch noch Katholiken, ebenfalls eine Minderheit, über deren Ursprung er aber nichts wusste. Wozu die Herrnhuter drüben in Neugnadenfeld zählten, wusste er genauso wenig, wahrscheinlich lagen die irgendwo zwischen den Konfessionen, deren polymorphe Anhäufung hier in der Kartoffelregion einen ganz schwindelig machen konnte.

Seine Stammpatientin sah ihn erwartungsvoll an, und er nickte.

»Ich schreibe Ihnen hier einmal etwas auf, Frau Brookschnieder, Sie kriegen ein Rezept, gut?! Ausnahmsweise. Das sind Tropfen, die nehmen Sie schön einmal morgens und dann abends noch einmal vor dem Schlafengehen. Regelmäßig. Das ist wichtig.«

»Dröppel?«*

»Ja, das sind gute Tropfen.«

»Geewt Ij mij dann kinne Spritze, Dokter?«

»Nächstes Mal, Frau Brookschnieder, nächstes Mal kriegen Sie wieder eine Spritze. Versprochen. Aber nur, wenn's schlimmer wird, und nur, wenn Sie regelmäßig die Tropfen …«

»Seggt is, Dokter, woar ick nou nett hier bin …« Sie holte tief Luft. »De Grete Piontek, dat Wicht, van Gisela en Heinrich Piontek de Dochter, de kenn Ij doch ock!? De behaundel Ij doch ock, of nich? Ick hebb eär ja hier all sitten seen. Müdd de nich soa sachies, ick meen eär Kijnd? En de Frau Brügging, de van'n Voulzeler Möllenweg, de kenn Ij joa ock, de heff seggt, Ij wann'n konns tehoape in de Stadt west, Ij, Herr Dokter, en de Gret Piontek …« Noch einmal holte sie tief Luft und versuchte, den Landarzt mit Blicken zu durchbohren. »At men bloos wüss, wel de Va is …«

Christian Rochus hätte angesichts dieser Dreistigkeit am liebsten seinen Kopf mit einem lauten Knall auf den antiken Schreibtisch fallen lassen. Emlichheim – wie war er hier bloß gelandet? Immer schon hatte er der Provinz entkommen wollen, um sein Leben in Frieden zu leben, fernab von allen Belästigungen und brodelnden Gerüchteküchen, am liebsten in einer Großstadt, an einem lebendigen Ort, an dem einen die Menschen in Frieden ließen. Er war ein Heppenheimer, da gab es keine Zweifel, trotzdem hatte er in der hessischen Provinz wie ein Fremder unter den Alteingesessenen gelebt,

* »Tropfen? – Geben Sie mir denn keine Spritze, Herr Doktor? – Sagen Sie, Herr Doktor, wo ich gerade da bin … – Die Grete Piontek, die Jungsche, von Gisela und Heinrich Piontek die Tochter, die kennen Sie doch auch!? Die ist doch auch bei Ihnen in Behandlung, oder? Ich habe sie ja schon hier sitzen sehen. Müsste die nicht langsam, also ihr Kind? Und die Frau Brügging, die vom Volzeler Mühlenweg, die kennen Sie ja auch, die hat gesagt, sie wären neulich zusammen in der Stadt gewesen, also Sie, Herr Doktor, und die Grete Piontek … – Wenn man nur wüsste, wer der Vater ist!?«

sogar wie ein Fremder in der eigenen Familie, das klassische schwarze Schaf, aufgegeben, geächtet, verstoßen – jedenfalls seinem Gefühl zufolge. Gleich nach dem Abitur war er nach Frankfurt gezogen, um dort seinen Zivildienst zu absolvieren, und hatte dann im »Weltdorf« Heidelberg Medizin studiert. Das malerische Neckarstädtchen war trotz seines Renommees zwar nicht wirklich die Welt, aber immerhin doch weltläufiger als die hessische Provinz – die zugegebenermaßen nicht sehr weit entfernt gelegen hatte. Dass er aber einmal einen Ort grauenvoller finden würde als die beengte Gegend, in der er zwangsweise hatte aufwachsen müssen, hätte er sich nicht träumen lassen. Von Heppenheim nach Emlichheim? Wie's kam, dachte er, ergab für ihn keinen Reim.

»Ich wünsche Ihnen gute Besserung, Frau Brookschnieder«, sagte er kurz angebunden, erhob sich und reichte der alten Klatschtante die Hand.

Als er sich wieder in seinen Stuhl fallen ließ und die Tür hinter ihr zufiel, bemerkte er, dass sie ihr Rezept auf dem Tisch hatte liegen lassen. Er warf es in den Papierkorb.

Die Mutter tauschte einen Ring gegen ein halbes Pfund Butter, das sie schnell in ihre Schürze gleiten ließ.

Ein Erbstück. Der goldene Ring mit dem roten Stein stammte von ihrer Mutter, die ihn wiederum von ihrer Großmutter bekommen hatte. Eine ihrer Töchter hätte ihn bekommen sollen, sei's drum, unten im Handwagen, gut versteckt und eingewickelt, lag immer noch die goldene Schwanenbrosche.

»Ich musste auch einen Hof zurücklassen«, sagte die Mutter und deutete auf die vor den Wagen gespannten Pferde. Sie dachte an das große Gut, die luxuriösen Verhältnisse, die modernen und geräumigen Stallanlagen, deren Wände alle gekachelt waren.

Der Bauer sah sie an, wütend, als hätte er von diesen Geschichten die Schnauze voll.

»Ach ja?«

»Heidau, nahe Breslau.«

Schon viele Schlesier seien hier durchgekommen, hunderte, sagte der Bauer mürrisch und spuckte aus. Dass es jetzt wohl bald ihnen an den Kragen gehen würde, knurrte er, und auf einmal verwandelte sich die Wut, die ihr aus seinem Gesicht entgegengeschlagen war, in Furcht. Oder hatte es sich von Anfang an um Furcht gehandelt?

Die Alten, die Schwiegereltern, die blieben da, die seien nicht fortzukriegen, schon des Viehs wegen, hörte sie ihn sagen. Ein wenig taute er auf. Schlimmeres, als erschossen zu werden, blühte ihnen schließlich nicht mehr, und wer wusste schon, was passierte. Er hatte ganz offensichtlich keine Ahnung. Aber er, seine Frau und die drei Kinder, sie würden nicht mehr warten. Niemand könne mehr mit Gewissheit sagen, wie lange die Front noch halten werde.

»Wir haben sie beim Brückenbau gesehen, keine zwanzig Kilometer von hier«, sagte die Mutter, die wusste, wie heikel es immer noch war, solche Dinge zu äußern.

»Ach ja?«

»Truppen werden zusammengezogen.«

Der Bauer musterte sie und die beiden Mädchen.

»Ich weiß nicht, was in mich gefahren ist und warum ich das jetzt sage, aber hinten auf dem Wagen ist noch Platz. Ihr könnt mitfahren. Das schadet jetzt auch nicht mehr. In einer Stunde geht es los. Besser, ihr seid dann hier. Gewartet wird nicht.«

»Wir werden da sein«, sagte die Mutter aufgeregt und dachte an den Handwagen, der geholt werden musste.

Zuerst wollte sie allein gehen, doch ihre beiden Mädchen waren zu ängstlich, sie wollten nicht ohne ihre Mutter auf dem fremden Hof zurückbleiben.

»Also gut, gehen wir zusammen«, sagte sie und lief mit ihren Töchtern über die immer noch taunasse Wiese zurück gen Osten, zum Fluss.

Dicke Luft im Schulzimmer. Alma Kretschmar stand vor ihrer Lateinklasse. Die Nasen der Schüler steckten tief in den Büchern – »Redde rationem, Orationes« – und niemand wagte, über den Buchrand hinauszuspähen, aus Furcht, die wachsame Lehrerin könnte es bemerken und sie oder ihn aufrufen und dazu auffordern, einen Satz vorzulesen oder gar zu übersetzen. Der letzte Vokabeltest war, von einigen Ausnahmen abgesehen, miserabel ausgefallen.

»Es will also niemand freiwillig lesen?«

Keine Regung. Wenn's nur das Lesen wäre, aber damit alleine war es in den seltensten Fällen getan.

Alma Kretschmar schüttelte den Kopf.

»Das gibt es doch nicht.«

Ihr wurde die schläfrig-träge Luft im Klassenraum allmählich zu dick, also ging sie resoluten Schrittes aufs Fenster zu und öffnete es, wobei sie sich mit ihrem gesamten Gewicht – viel wog sie indes nicht – dagegenstemmen musste, es klemmte.

Frische Luft von draußen, sie hätte vor dem Unterricht schon lüften sollen, das hatte sie versäumt. Sauerstoff für sie und die Schüler. In den Büschen am Schulhofrand tschilpten die Spatzen, Felsenbirne und Birken blühten.

»Also, wer möchte vorlesen?«

Sie ging langsam durch die Reihen und sah sich ihre Schüler an, die da alle faul und feige hinter den Buchdeckeln kauerten.

»Matthias, würdest du bitte!«

Matthias Wischnewski gehörte zu ihren intelligentesten, begabtesten Schülern, gleichzeitig auch zu ihren schüchternsten. Sie hatte ihn aufgerufen, weil sie wusste, dass er lesen konnte und es, wie sie vermutete, eigentlich auch ganz gerne tat. Er klang trotz Stimmbruchs angenehm und sprach auch nicht in dem breiten, plumpen Tonfall und mit dem rollenden R der Region, das sie allerdings auch von einigen Flüchtlingen aus den früheren Ostgebieten kannte, so wie seine noch dazu eher dumpfen Mitschüler Torsten Ratering, Berthold Engbers oder Daniela Baarling es taten. Der Kleine war klug und sensibel und schon deshalb ein Außenseiter. Das tat ihr leid, sie mochte ihn, und sie kannte seinen Vater ziemlich gut – da war einmal etwas zwischen ihnen gewesen – und auch seinen Großvater, den alten Wischnewski, der aus derselben Ecke Schlesiens geflohen war wie ihre Mutter und der so lange, Jahrzehnte über, die Wintershall geleitet hatte. Als klugem und fleißigem Schüler wurde es seinem Enkel, auf den sein Großvater hätte stolz sein können, in der Klasse schwergemacht.

Jetzt las er vor, das altersgemäße Krächzen in seiner Stimme dabei so gut es ging balancierend: »*Marcus et Cornelia in horto ambulant. Subito Cornelia serpentem videt et clamat: Marce, Marce! Serpentem video!*«

»Sehr schön, Matthias! Und jetzt übersetzen wir das mal …«

David war einmal aufgestanden und durch den Zug gelaufen, eilte nun aber in sein Abteil zurück. Auch wenn er den Gedanken, jemand könne sein Cello klauen, als absurd verworfen hatte, hatte er ihn doch gedacht.

Zwei Wochen zuvor war Sigrun für ein paar Tage bei ihm zu Besuch in Potsdam gewesen, um die Arpeggione-Sonate zu üben. Seit er denken konnte – und seine Erinnerung reichte weit zurück –, waren seine Tante und Alfred schon verheiratet und lebten, aus Gründen, die er nie hatte nachvollziehen können, nach Stationen in West-Berlin und im Ruhrpott in den Sechzigern – wo Alfred als Studentenpfarrer tätig gewesen war –, und sogar einigen Monaten in Afrika – Brot für die Welt – wieder in Emlichheim, seit vielen Jahren schon, und schienen dort, das verstand er noch weit weniger, sogar glücklich zu sein, glücklich und zufrieden in ihrem alten Pfarrhaus mit dem riesigen Wohnzimmer, dem Flügel – einem großen schwarzen Steinway –, den Bücherregalen und dem idyllischen, von Eichen, hochgewachsenen Rhododendren eingefassten Garten.

Seine Tante, das wusste er, war als kleines Mädchen zusammen mit seiner Großmutter unmittelbar nach Kriegsende in einem

Flüchtlingstreck an der holländischen Grenze angekommen, sie hatte kaum Erinnerungen an Schlesien und kannte nur diesen Flecken als Heimat.

Aber schön war es doch damals für sie nicht gewesen, nach der Ankunft, dachte David. Jedenfalls, wenn er den finsteren Erzählungen seiner verstorbenen Großmutter und auch seiner Mutter, dem Nesthäkchen der kleinen Familie, Glauben schenken durfte, die zu dem Zeitpunkt allerdings noch nicht geboren, schon gar nicht geplant war und über deren Vater oder Erzeuger niemand etwas wusste – David hatte keinen Großvater, immer nur seine Oma gekannt, und die hatte das Geheimnis um die Zeugung seiner Mutter mit ins Grab genommen. Er hatte auch keinen Vater, jedenfalls wusste er von keinem. Irgendwie schien das in der Familie zu liegen.

Jetzt hörte er die Zugdurchsage.

»Sehr geehrte Damen und Herren, in Kürze erreichen wir Hannover. Sie haben dort Anschluss an eine…«

Das galt nicht ihm, er konnte bis Bad Bentheim sitzen bleiben.

Sigrun Corinth saß am Flügel und blätterte in den Noten.

Alfred hatte sich ins Arbeitszimmer zurückgezogen, um die Predigt für Sonntag vorzubereiten, die er als pensionierter Pfarrer nur ausnahmsweise halten würde. Die Schlagzeilen ließen ihn nicht los, dieser neue Nationalismus. Er würde der Gemeinde heftig die Leviten lesen, hatte er zu Sigrun gesagt, bevor die Tür hinter ihm zugefallen war, und die Leute müssten es über sich ergehen lassen, ob sie es hören mochten oder nicht.

»So ein geballter Unsinn, dass ich nicht lache…«

Dass die Menschen aus ihrer eigenen Geschichte nichts lernten, nicht lernen wollten. Er konnte es nicht begreifen, es machte ihn fassungslos.

Sigrun plante, den Vormittag über am Klavier zu üben. Nachmittags würde dann David vorbeikommen, und sie könnten die Sonate noch einmal zusammen durchspielen, bevor es dann am Abend so weit war. Nur hatten sie noch keine Uhrzeit ausgemacht.

Das Essen für die Soirée, ein paar kalte Platten, hatte sie schon vor Tagen bestellt. Der Nordhorner Feinkostladen würde am frühen Nachmittag liefern. Der Wein und auch der Sekt waren kaltgestellt. Sie hatte an so vieles zu denken, dass sie sich gar nicht richtig aufs Klavierspiel konzentrieren konnte. Aber sie musste, sie wollte sich schließlich nicht blamieren. Die Gäste würden es zwar vermutlich nicht merken, wenn sie sich an den kniffeligen Stellen verspielte, aber David, der würde es merken, und ihm, ihrem Lieblingsneffen, war sie eine gute Begleitung schuldig.

David kam die Begegnung mit dem Geschäftsführer des Klinikums wieder in den Sinn.

»Das geht hier alles seinen sozialistischen Gang«, hatte der mit breitem Grinsen gesagt. Genau das waren seine Worte gewesen, als er ihn vor wenigen Tagen mit den verschiedenen Mängeln und Begehrlichkeiten auf der Station konfrontiert hatte, mit dem Notstand, der auch für den unentschuldbaren Vorfall mit der Wöchnerin und dem Neugeborenen verantwortlich war, die durch die halbe Klinik hatten hetzen müssen, ohne behandelt zu werden. Die Blutungen, die die Mutter wieder bekommen hatte. Die unterlassene Herzuntersuchung. Das Versäumnis, dem Säugling Blut abzunehmen, die Mutter in ein Bett zu legen.

»Machen Sie sich da mal keine Sorgen, Herr Doktor Kretschmar, das geht hier alles seinen sozialistischen Gang!«

Gerlinde Mülstegen tauchte den Lappen ins heiße Wasser, das ihr Gisela Piontek eben gebracht hatte, um gleich darauf eilig in der Küche oder dem Wohnzimmer zu verschwinden und klar Schiff zu machen, wie sie sagte.

Es wäre nicht das erste Kind, das stehend zur Welt gebracht wurde, und es würde auch nicht mehr allzu lange dauern. Rund eine Stunde hatte sie geschätzt, als sie vorhin gekommen war und den Muttermund untersucht hatte. Sieben Zentimeter, dafür hatte sie schon kräftig gearbeitet in den letzten Stunden. Was für eine Frau, diese Grete, keine andere hätte so lange gewartet, keine andere hätte so lange ausgehalten, jedenfalls keine, die sie kannte.

»Ich müsste mal aufs Klo«, sagte Gisela Piontek, die schon wieder in der Tür stand, atemlos und verwirrt. »Es ist dringend.«

»Mama, du glaubst doch wohl selber nicht, dass ich jetzt das Bad für dich freimache!?«, fauchte Grete.

Gisela Piontek, mit aufgerissenen Augen und hochrotem Kopf, sah abwechselnd ihre Tochter und die Hebamme an und rang um Fassung.

»Dann, dann laufe ich, dann laufe ich schnell nach Hause – und bin gleich zurück! Ich bin gleich zurück. Ich bin sofort wieder da!«

Grete sah ihre Hebamme an.

»Ich müsste allerdings auch mal«, sagte Gerlinde Mülstegen.

»Mach doch, mich stört es nicht. Hauptsache, du lässt mich nicht allein«, entgegnete Grete, und noch während ihr das letzte Wort über die Lippen kam, zogen sich ihre Eingeweide wieder schmerzhaft zusammen, und ihr Körper erbebte.

David hatte nicht die Ruhe, länger in dem Buch zu lesen, das Sigrun ihm bei ihrem Besuch geschenkt hatte. Seltsame Sprache, seltsame Orthografie, fand er. Der lakonische Titel sprach ihn an. Schließlich befand er sich gerade selbst auf der Reise ins hinterletzte Kaff der Welt, und wenn nicht sein Leben insgesamt, so erschienen ihm doch die letzten Tage wie ein sturmgeschütteltes Krisenmeer, durch das er sich wie auf einem leckgeschlagenen Boot hindurchmanövrierte, ohne zu erkennen, wo vorne und wo hinten war.

Er hatte noch mit niemandem über den Vorfall in der Klinik gesprochen.

Sigrun hatte gesagt, dass ihn die letzte Seite überraschen werde.

Er schlug sie auf. Bentheim. *Unt ich knirrschde mit den Zähn'n, daß sie erschraak*. Gibt's ja gar nicht. *Sie war immer froh, wenn Sie die City Nordhorns hinter sich hatte; und die Neuenhauser Schtraße erreicht.*

Heinrich Piontek lief über das menschenleere Schulgelände, vorbei an der Sporthalle, die er aufgrund des Schweißmiefs, der dort ständig in der Luft lag, lieber mied. Er besaß, obwohl er rauchte, eine feine Nase.

Durch eine offenstehende Tür drangen Schreie von Schülern, lautes Scheppern, dumpfe Töne von Bällen, die über den Linoleumboden sprangen, die Trillerpfeife eines Sportlehrers oder einer Sportlehrerin, die dem lärmenden Treiben ein Ende bereitete. Volleyball, alles drehte sich in diesem Ort immer um Volleyball, dachte er und verscheuchte die Bilder der dicken, kräftigen Schenkel der Spielerinnen, von denen einige seine Schülerinnen gewesen waren – immerhin zweite Bundesliga.

Jetzt drang ein frischer, harziger Duft in seine Nase – so intensiv, dass er sich umdrehte. Er sah aber nichts weiter als einige Forsythienbüsche und einen Strauch mit rosafarbenen Blütentrauben.

Bequemerweise und trotz des herrlichen Wetters war er mit dem Auto gefahren und hatte es auf dem Parkplatz hinter dem Schulzentrum, zur Vechte raus, geparkt. Aus dem Physik- und Chemietrakt – durch die Fenster konnte er die Klassen und Kollegen beim Unterricht erkennen – musste er später einige Kisten mit Materialien entsorgen. Als er um die Ecke bog und das Lehrerzimmer des Gymnasiums anpeilte, suchte sein Blick den ersten Stock. Er wusste, dass Alma Kretschmar dort gerade die siebte Klasse in Latein unterrichtete, aber er sah sie nicht. Es wäre ja auch zu schön, wenn sie ausgerechnet in diesem Augenblick, als er den Schulhof überquerte, dort am Fenster stünde.

Jeden Moment würde die nervtötend schrille Klingel das Ende

der ersten Stunde und den Beginn einer kurzen, fünfminü-
tigen Pause verkünden. Heinrich Piontek kam sich vor wie
ein Teenager, dennoch blieb er an der Treppe stehen, um die
Gelegenheit einer Begegnung nicht verstreichen zu lassen.
Dieter Fluthwedel, ein Englischlehrer, öffnete als Erster die Tür
seines Klassenraums und kam die Treppe heruntergelaufen.
Johlende Schülerscharen stürmten ihm hinterher.
»Moin, Heinrich!«
»Guten Morgen, Dieter, ich, äh …« Heinrich Piontek stotterte.
»Ich warte auf Alma …«
»Tu dir keinen Zwang an …«
Fluthwedel grinste, als ahnte er irgendetwas, aber er grinste
immer, als ahnte er irgendetwas, und lief nun weiter die paar
Schritte zum Lehrerzimmer.
Heinrich Piontek blieb stehen, sah nach oben, aber Alma
Kretschmar kam und kam nicht. Stattdessen liefen nun die
pubertierenden Neuntklässler die Treppe hoch. Natürlich, jetzt
fiel es ihm wieder ein, es hatte ja diesen Raumtausch gegeben.
Was war er nur für ein Trottel. Die Neunte hatte jetzt dort
oben Französisch.
Niedergeschlagen folgte er Fluthwedel. Was sollte es, in fünfundvierzig Minuten war ohnehin große Pause.

Der Weg zurück zum Fluss, der nahe der Insel Usedom in die
Ostsee mündete, war nicht weit – ein kleines Stück nur gen
Osten –, trotzdem drängte die Mutter ihre Töchter, sich zu
beeilen. Die Sonne blendete sie, wenn sie aufschauten. Bislang hatten sie sich um diese Zeit von ihren Strahlen immer
den durchgefrorenen Rücken wärmen lassen und sie erst am
Abend als leuchtenden Glutball langsam vor sich am Horizont
verschwinden sehen.
Der Bauer würde auf sie warten, auch wenn er Gegenteiliges
gesagt hatte. Eine Weile würde er warten, sie hatte es in seinen Augen gesehen. Aber zur Not setzten sie ihren Weg eben
wie gehabt allein oder jetzt auch im Strom der vielen anderen

Flüchtlinge fort, und je weiter sie kamen, je weiter es sie trieb, desto sicherer waren sie. Doch etwas beunruhigte sie, eine innere Stimme ermahnte sie zur Eile.

Sie hätten den Handwagen nicht zurücklassen dürfen, oder zumindest hätte sie die Brosche an sich nehmen müssen, sagte sie sich jetzt. Das war keine gute Idee gewesen, überhaupt keine gute Idee. Die eine, eiserne Regel: Es galt nicht nur, vorwärtszublicken, sondern sich auch stetig vorwärtszubewegen. Jeder Schritt zurück war ein Schritt in die falsche Richtung, mithin ein Schritt zu viel.

Als sie ihr Nachtlager erreichten, atmete die Mutter auf. Hier war niemand gewesen, alles war, wie sie es zurückgelassen hatten. Das eingedrückte Gras, das Gebüsch, die Zweige, mit denen sie den Handwagen versteckt hatten. Die Mädchen warfen sie zur Seite und zogen den Wagen hervor, niemand hatte sich daran zu schaffen gemacht.

So, jetzt aber keine Zeit verlieren.

Die Mutter blickte über den Fluss, auf die andere Uferseite. Nichts. Oder doch? Hatte sie doch etwas gesehen, dort drüben? Einen Schatten zwischen den Bäumen, eine flüchtige Bewegung? Tier oder Mensch? Sie kniff die Augen zusammen, spähte und ihre Mädchen taten es ihr nach. Nein, sie durfte sich und sie jetzt nicht wahnsinnig machen.

»Kommt, Kinder. Zieht den Wagen. Wir müssen zurück.«

Der Erdäpfel ärgster Feind und damit auch jener der beiden grauen Riesen am Ortsausgang im Norden Emlichheims, der aus Colorado, Amerika stammende Kartoffelkäfer, war in der ebenerdigen Umgebung des gewundenen Vechteflusses längst ausgestorben – ausgerottet anfänglich durch Arsen, später durch Pestizide – und stellte keine Gefahr mehr dar, schon seit Ende des Krieges, der die Flüchtlingsströme aus den Ostgebieten brachte, nicht mehr, anders als zeitweilig in der DDR. Doch hatte es andere Zeiten gegeben – einige greise Einwohner erinnerten sich noch, und auch die Riesen wussten davon –, Zeiten der Bedrohung und Existenzangst, als ganze Schulklassen auf die Äcker geschickt wurden, um die gelb-schwarz-gestreiften Käfer und ihre fetten roten, schwarzköpfigen Larven in großen Schraubgläsern einzusammeln, um sie bei der Gemeinde abzuliefern und einen Obolus zu kassieren. »Sei ein Kämpfer, sei kein Schläfer, acht' auf den Kartoffelkäfer«, lautete seinerzeit die Parole der Wehrmacht. Von amerikanischen Flugzeugen sei er als biologische Waffe abgeworfen worden, tönte es wiederum aus den Propagandaapparaten des alles beherrschenden NS-Regimes.

Dicht auf dicht saßen die Insekten auf Flur und Feldern, auf Bäumen und Sträuchern, sogar auf den Häusergiebeln. Innerhalb kürzester Zeit fraßen sie riesige Löcher in die Blätter der Pflanzen, fraßen ganze Äcker kahl. Auf Nachtschattengewächse – und Kartoffeln gehörten zu dieser weit verzweigten, polymorphen Familie – hatten sie es abgesehen und sich mit der Landnahme der europäischen Siedler im Wilden Westen – Colorado, USA – auf die blättrigen und blühenden Auswüchse der goldenen Knollen, die ohne ihr Laubwerk im Boden verrotteten, spezialisiert.

Ende des neunzehnten Jahrhunderts, über den Rotterdamer Hafen, drüben, in den Niederlanden, waren sie eingefallen und hatten Jahrzehnte später wie eine vom Himmel gesandte Plage auch in der Grafschaft Bentheim gewütet. Sie klebten. Zur Warnung ihrer Fressfeinde sonderten sie ein ekelhaftes Sekret ab und stanken, wie sonst nur die Riesen selbst stanken. Doch die Riesen schüttelten sich, wenn sie an diese Geschichten dachten, denn sie fürchteten sich vor eben jenen Krabbeltieren, die ihre Kartoffeln – den von ihnen sorgsam behüteten, goldgelben Hort – gefährdeten. Und die Geschichten über Kartoffelkäfer jagten ihnen Angst ein.

Auf dem Weg hinaus, vom Wintershallgelände auf die Straße oder vielmehr den breiten Feldweg, der ihn zurück ins Dorfzentrum führte, kam Riemenschneider eines seiner Gemeindemitglieder entgegen, ein bekanntes Gesicht, dem er nur zu gerne begegnete. Er lächelte und hob die Hand zum Gruß.

»Morgen, Wischnewski, wie ist das Befinden?«

»Guten Morgen, Herr Pastor, na ich werde nicht klagen. Das könnte Ihnen so passen.«

Riemenschneider lachte.

Wischnewski war ein hochgewachsener, stolzer Mann, ein Gutsbesitzer, der sein Land, zahllose Hektar, sein Vieh, prächtige Pferde und Kühe, seine gesamte Habe hatte zurücklassen müssen.

»Ist schon eine Maloche, nicht?«

»Tag und Nacht keine Ruhe, ständiges Kommen und Gehen, durch den Schichtwechsel. Wenn ich an meinen Hof in der Heimat denke, das war auch harte Arbeit, aber da wusste man wenigstens noch, wofür man's tat …«

»Wir haben alle viel verloren, und wir müssen alle hart anpacken, denken Sie an den Herrn Amtsrichter …«

»Jaja. Oder den Herrn Major …« Jetzt lachte Wischnewski. »Der eitle Mann steht auch mit seiner ausgebeulten Blechschüssel neben uns in der Schlange und wartet auf seine Ration Pilzsuppe oder Steckrübeneintopf.«

»Aber sind Sie nicht ein bisschen spät dran, Wischnewski?«

»Ja, die Kinder sind krank, und auch meine Frau hat's erwischt. Da musste ich mich kümmern.«

»Gehen Sie zur Arbeit, Mann! Ich sage meiner Frau Bescheid, die wird später nach den Ihren sehen.«

Riemenschneider sah ihm eine Weile hinterher.

Gutsbesitzer, Breslauer Großbürger, der Richter, der Major – sie alle waren hier gestrandet, hatten alles verloren, wurden in Baracken eingepfercht oder in Wohnungen und Höfen zwangseinquartiert. Er selbst hatte mit seiner Frau nur unter dem Schutz alliierter Besatzungssoldaten und vorgehaltener Maschinenpistolen seine Bleibe beziehen können und den freundlichen Gastgeber unterdessen Worte wie »Flüchtlingsschwein«, »Zigeuner« oder »Polacke« zischen hören – und hörte es noch. Frisch entnazifiziert, hatte dieses erbärmliche Subjekt auch gleich mit dem so hehren Gedanken der »Volksgemeinschaft« abgeschlossen, genauer: der »Volks- und Rassegemeinschaft«, den es noch kurze Zeit vorher so übereifrig und in alle Richtungen propagiert hatte. Ein »Führer«, ja, aber ein Volk, von wegen, dachte Riemenschneider und verscheuchte die Bilder aus seinem Kopf.

Den Blick lieber nach vorn richten. Es gab doch Grund zum Optimismus. Schon jetzt waren die Flüchtlinge allen Anfeindungen zum Trotz unverzichtbar – und von denen, die genau hinsahen, auch entsprechend geachtet, mehr und mehr. Die Dorfbewohner wären ganz schön aufgeschmissen, wenn sie, die Fremden aus den Ostgebieten, wieder dorthin abzögen. Arbeit gab es genug, nur zu wenig Hände, die anpackten.

Riemenschneider überlegte auf dem Weg nach Hause hin und her. Die Wintershall würde beim Ausbau der Hütten helfen. Den Direktor hatte er gar nicht weiter zu überzeugen brauchen. Nur konnte er deshalb noch lange nicht davon ausgehen, dass sich sein Plan so einfach umsetzen ließe, denn der Materialmangel betraf viele, nicht zuletzt auch die Erdölfirma.

Er lief gerade an der alten Mühle vorbei, die nicht mehr in Betrieb war, über die Mühlenstraße auf den Sportplatz zu, als ihm Meyerhoff einfiel. Sein alter Glaubensbruder, natürlich, das war die Lösung aller Probleme. Meyerhoff, mit dem er sich während der Kriegsgefangenschaft in Texas angefreundet hatte, war Spross einer alten Zementdynastie. Dem würde er einen Brief schreiben und ihn um Hilfe bitten.

Es musste zu einer ähnlichen Uhrzeit gewesen sein wie dieser, am frühen Vormittag – genauer erinnerte sich David nicht –, als vor etwa einem Monat die alte Frau mit dem übergewichtigen Kind, ihrer Enkelin, in der Notaufnahme des Potsdamer Klinikums aufgetaucht war.

Sie war aufgebracht gewesen. Dem Kind, der Tochter ihrer

Tochter, gehe es schlecht, es sei kurzatmig, hatte sie gesagt und dabei heftig mit den Armen in der Luft herumgefuchtelt.

Eisiger Schneeregen, dunkles Grau, Restwinter. David hatte Dienst dort unten in der Notaufnahme, während seine libanesische Kollegin die Intensivstation betreute. Er kümmerte sich um den ganzen Rest. Wenn ein Kind in die Rettungsstelle gebracht wurde, war es seine Aufgabe, es sich anzusehen, in jedem Fall, auch wenn es auf der Station eigentlich genug zu tun gab und auch wenn der Fall zunächst harmlos aussah.

David untersuchte das schweigende Mädchen, das ihn mit großen Augen ansah. Er hörte auch die Brust ab. Es stimmte, es war kurzatmig. Bei ihrem Gewicht aber wunderte ihn das nicht.

Sie sei so schnell aus der Puste, erklärte die alte Frau aufgeregt, als hätte sie es nicht eben, Sekunden zuvor, erst erklärt. Sie sei kaum belastbar und könne auch am Sportunterricht nicht teilnehmen. Da stimme etwas nicht. Der Herr Doktor müsse etwas unternehmen.

»Da stimmt doch etwas nicht ...«

Ihre Tochter, die Mutter des Kindes, sei erst vor ein paar Jahren gestorben, im Alter von fünfundvierzig Jahren, das sei doch kein Alter, und niemand wisse, warum. Sie sei auch so schlapp gewesen.

»Hören Sie, Herr Doktor?« Was, wenn jetzt ihrer Enkelin dasselbe Schicksal blühte? »Herr Doktor?«

David fasste sich. Ärzte wie er hatten es tagtäglich mit aufgeregten, hysterischen Eltern – allerdings seltener Großeltern – zu tun, die sich um das Wohlergehen ihrer Kinder sorgten, gelegentlich auch um deren Leben fürchteten und in der Klinik Alarm schlugen, manches Mal lautstark oder mit kaum unterdrückter Aggressivität. In der Regel handelte es sich dann aber um eine Lappalie. Natürlich konnte sich unter hundert harmlosen Fällen, die er gleich wieder nach Hause schickte, auch einer verstecken, der wirklich dramatisch war, dramatisch und lebensbedrohlich. Das Schicksal jedes Arztes. Es gab Situationen, in denen sofort reagiert werden musste, in denen jede Minute zählte. Aber Kurzatmigkeit und Leistungseinschränkung – er sah das Mädchen an –, nein, diese banale Symptomatik war kein wirkliches Wunder angesichts des Übergewichts, das eher für ein sträfliches Versagen ihrer Erziehungsberechtigten, in diesem Fall der Großmutter, sprach. Zu viel Fett, zu viel Zucker. Man müsste das Mädchen ein paar Wochen auf Diät setzen, wollte er sagen.

»Wie lange geht es schon so«, fragte er die alte Frau, setzte sich und bat sie und das Kind, sich ebenfalls zu setzen.

Die Frage schien sie zu überfordern.

»Es geht schon ein paar Monate so, aber …«

»Darf ich Sie fragen, was Sie dazu bewogen hat, *heute* in die Rettungsstelle zu kommen? Warum kommen Sie *jetzt* her?«

Er erhielt keine Antwort. Ohne einen akuten Vorfall aber gab es für ihn auch keinen akuten Handlungsbedarf.

Mit der aufsteigenden Sonne und auch dem Fluss und den Bäumen, den nunmehr fernliegenden Wäldern im Rücken fühlte sie sich wieder sicherer. Sie liefen den von Büschen gesäumten, holprigen Feldweg entlang zurück in Richtung des Hofes. Die Mädchen zogen den Handwagen.

An einer Biegung entschied sich die Mutter für die Luftlinie, die sie über ein noch nicht bestelltes Feld führte, auf dessen festen braunen Boden immer noch die blassen Stoppeln des letzten Herbstes standen, Überbleibsel von Getreide. Es würde schneller gehen, querfeldein, auch wenn sie dafür einen kleinen Entwässerungsgraben überqueren mussten.

Ihre Töchter zuerst, sie sprangen hinüber und fassten wieder den Griff des Wagens, den die Mutter in den Händen hielt. Von hinten stemmte sie ihn nun mit aller Kraft hoch und dem anderen Ufer entgegen, während die beiden Mädchen von dort aus zogen. Ein Ruck und – geschafft. Die kleinen

Räder bekamen Halt. Mit einem großen Schritt folgte nun die Mutter ihren Töchtern über das Rinnsal, in dem einige Erdkröten schwammen.

Sie liefen über das Feld, immer noch in Flussnähe. Der Bauer und das Pferdegespann warteten auf sie. Die Reise würde nun, zu Pferd und Wagen, zügiger verlaufen. Wenige Tage nur, und sie wären in Sicherheit, in vorläufiger Sicherheit, dachte die Mutter, und noch während sie das dachte, fiel von irgendwoher ein Schuss.

Sie sah sich um – er kam von der anderen Feldseite, aus einer Hecke –, und sah wieder zurück. Eine ihrer Töchter sank zu Boden. Die Jüngere bemerkte es nicht, sie blickte erschrocken in die Richtung, aus der der Schuss gefallen war, und zog weiter den Wagen ins offene Feld. Die Mutter griff nach ihrer Hand, riss das Mädchen zurück, stieß sie wieder von sich.

»Lauf, Sigrun. Zurück zum Weg.«

»Mama!«

»Lauf, habe ich gesagt.«

Sigrun rannte.

Die Mutter kniete sich vor das andere Mädchen, das noch at-mete, schlang ihre beiden Arme um sie, hob sie auf und folgte der kleinen Sigrun die wenigen Meter zurück zum Feldweg.

Sie stapfte durch den Graben und fiel hinter dem ersten Ge-sträuch, das ihr einen Sichtschutz bot, in die Knie. Blut, überall Blut, sie hielt das tote Kind, ihr Mädchen, fest in den Armen.

»Hier, Kind, nimm, sieh sie dir ruhig an«, hatte Davids Groß-mutter einmal auf einer Geburtstagsfeier gesagt und ihr die Schwanenbrosche gereicht. Grete schoss die Szene während einer Wehenpause in den Sinn.

Die Schwanenbrosche – seit ihr Auge dieses fein gearbeitete Schmuckstück erblickt hatte, dieses aus dem Paris der zwan-ziger Jahre stammende Familienerbstück, war sie der Gold-schmiedekunst verfallen. Alma Kretschmars und Sigruns Mutter hatte es aus dem fernen Schlesien hierher an die holländische Grenze gerettet. Eine goldene Art-déco-Brosche, die ein Schwanenpaar mit zum Herz verschlungenen Hälsen darstellte. Die filigranen Flügel dieser Allegorie der reinen Liebe waren übersät von winzigen weißen Edelsteinen, Diamanten, die an den Federspitzen fülliger wurden. Auch die Köpfe waren mit kleinen, funkelnden Steinen besetzt. Grete konnte sich noch genau daran erinnern, an die elegant geschwungene Form, das kostbare Material, an jedes Detail von der prunkvollen Flügelspitze bis zum zierlichen Schnabel, sie hätte die Brosche blind zeichnen und auch reproduzieren können, wenn auch nicht so perfekt wie das Original.

Sie waren noch fast Kinder gewesen, junge Jugendliche, und sie hatte ihre Blicke nicht mehr abwenden können, bis Emma Arndt – so hieß die stolze, strenge, aber auch unendlich gutmütige und immer melancholisch dreinblickende Dame, Davids Großmutter – die Brosche von ihrem anthrazitfarbenen Strickkostüm gelöst und ihr, dem mit weit aufgerissenen Augen staunend davor stehenden Mädchen, in die bebenden Hände gedrückt hatte.

»Hier, Kind, nimm, sieh sie dir ruhig an. Sie hat schon der Mutter meines Mannes gehört, Sigruns und Almas Großmutter. Sie steckt voller Erinnerungen.«

Grete hatte ihre Hand ausgestreckt und Emma Arndt die wertvolle goldene Schwanenbrosche in sie hineingelegt.

Der Zug passierte die Porta Westfalica – die Weserscharte – und das oberhalb des imposanten Durchbruchstals zwischen Wiehen- und Wesergebirge auf dem Osthang des Wittekindsbergs erbaute, protzig nationalistische Kaiser-Wilhelm-Denkmal. David blickte in die vertraute Ferne, die auch eine Tiefebene, ja ein riesiges, von den Mittelgebirgen bis zu den Küsten der Nordsee und der Ostsee reichendes Tiefland war.

Ihre Enkelin habe über ein Druckgefühl in der Brust geklagt, hatte die alte Frau gesagt. Ein Druckgefühl in der Brust. Hätte sie doch etwas anderes gesagt. Dieses Symptom gab es nicht, das gab es eigentlich bei Kindern nicht. Wenn ein Kind sagte, es drücke in der Brust, konnte man verdammt noch mal davon ausgehen, dass es nichts war, nichts Ernstes.

Zunächst hatte Grete angefangen, Kunstgeschichte zu studieren. Nur war ihr dieses akademische Gerede über Kunst, das so ahnungsfrei war von dem, was es wirklich bedeutete, schöpferisch tätig zu sein, schon von der ersten Seminarsitzung an auf den Wecker gefallen. In dem Jahr, als sie die Universität endgültig hinter sich gelassen und sich dazu durchgerungen hatte, ihren lang gehegten Traum zu verwirklichen – sie hatte dafür gespart und sich einen Teil ihres Erbes auszahlen lassen –, wurde mit einer Novellierung der deutschen Handwerksordnung das Goldschmiedehandwerk aus der Zulassungspflicht entlassen. Weder Meisterbrief noch Gesellenprüfung waren mehr vonnöten, um eine Schmiede zu betreiben. Doch Grete hatte damals der ganz große Ehrgeiz gepackt, wenn schon, denn schon – so hatte sie eigentlich immer gedacht. Sie war durch die Mühen der Ebenen gegangen und hatte am Ende einer harten, schweren, vor allem auch körperlich anspruchsvollen und erschöpfenden Ausbildung eine Meisterprüfung abgelegt – es brauchte neben der Initialbegeisterung, künstlerischer Phantasie und Geduld motorisches Feingefühl, immense Kraft und für spezielle Lötarbeiten mit dem Mundlötrohr auch eine gesunde, starke Lunge –, sie war beurkundete Goldschmiedemeisterin.

Die Lateinstunde mit der siebten Klasse war wie erwartet angenehm, die Französischstunde mit den präpotenten Pubertierenden überraschend glimpflich verlaufen, stellte Alma Kretschmar erleichtert fest und gab den unberechenbaren Neuntklässlern noch einige Hausaufgaben mit auf den Weg, unter anderem die Marseillaise sollten sie auswendig lernen, wofür sie ausnahmsweise einmal keine Entrüstung erntete, packte ihre Sachen zusammen, verstaute sie in ihrer Tasche, entließ die ungeduldigen Schüler in die große Pause und folgte ihnen eilig die Treppe hinunter ins Freie. Einen Moment blieb sie stehen, ließ sich die Sonne ins Gesicht scheinen und atmete den verwirrenden Frühlingsduft ein, in den sich Aromen von jungem, frischem Grün, Erdigem, Harzigem und natürlich Frühblühendem mischten.

Um nicht gesehen zu werden, mied sie den am Lehrerzimmer vorbeiführenden Flur durchs Gymnasium und machte einen Umweg über den Hof von Real- und Hauptschule, wo ihr jetzt hunderte von Schülern entgegenströmten.

Ihr Wagen parkte auf dem großen Platz hinter den Haltestellen, wo um diese Zeit keine Busse fuhren. Die Frittenbude, die nach Schulschluss von ganzen Schülerscharen bevölkert wurde – es gab dort nicht nur Pommes frites und Hamburger, sondern auch eine immense Auswahl an Süßigkeiten –, hatte noch nicht geöffnet. Alma Kretschmar blickte, bevor sie einstieg, in Richtung des Meppelinkschen Hauses, eines alten, restaurierten Gebäudes im klassizistisch-niederländischen Stil, in dem früher ein Eine-Welt-Laden betrieben worden und seit einiger Zeit die Musikschule untergebracht war. Ein schönes Haus, fand sie. Hätte die Gemeinde, also der für so gut wie alles, was im Dorf geschah, verantwortliche Gemeinderat, in den letzten Jahrzehnten besser auf die alte Bausubstanz achtgegeben, vielleicht wäre aus Emlichheim ein hübsches Dörfchen geworden, hübsch wie die holländischen Dörfchen auf der anderen Seite der Grenze.

Heinrich Piontek saß im Lehrerzimmer, das sich nach und nach füllte, starrte zur Tür und wartete.

Irgendwann stand er auf, ging zur Kaffeemaschine in die Küchenecke und schenkte sich eine Tasse ein. Lauwarm. Am liebsten hätte er den Kaffee zurück in die Tasse gespuckt. Das auch noch, das passte. Er trank ihn trotzdem, aus resignierter Schicksalsergebenheit, und realisierte, dass er Alma Kretschmar an diesem Vormittag vermutlich nicht mehr zu Gesicht bekommen würde.

Plötzlich fiel ihm seine Tochter ein, die bevorstehende Geburt seines Enkelkindes. Er schämte sich, dass er nicht früher an sie gedacht hatte.

Gleich als er zu Hause angekommen war, schickte Pastor Riemenschneider seine Frau zu den Wischnewskis, um dort einmal nach dem Rechten zu sehen. Der Alte sehe nicht gut aus, sagte er und berichtete von den Krankheitsfällen in der Familie. Vielleicht könne sie etwas Anständiges zu essen auftreiben? Es sei nicht leicht, unter Menschen zu leben, die keine Nächstenliebe kennen, sagte sie, lächelte aber, nickte und ging, nachdem sie ein paar Kleinigkeiten in einem Korb zusammengepackt hatte.

Riemenschneider blickte ihr nach. Sie hatte nicht ganz unrecht, auch wenn es den einen oder anderen Bauern gab, der gelegentlich mit Essbarem aushalf. Viele Dorfbewohner sähen es am liebsten, wenn sie alle wieder verschwänden. Nein, willkommen waren sie in Emlichheim nicht. Riemenschneider wusste das. Nächstenliebe sah anders aus. Dabei gaben sich die Menschen hier so übermäßig religiös. Doch wenn es um Taten ging, blieb auch der christlichste aller christlichen Gedanken eine leere Worthülse.

Über einem Stuhl hing sein an den Ellenbogen durchwetztes Hemd. Seine Frau hatte Flicken darüber genäht, so dass er es wieder tragen konnte. Am liebsten wäre er mitgegangen, hätte sie begleitet, um auf dem Weg mit ihr zu reden und ihr von seinem Treffen mit dem Direktor der Wintershall zu berichten, von seiner Idee, Zement zu erbitten. Seine kühnen Vorhaben kannte sie alle. Außerdem war es so ein schöner, sonniger Tag. Aber er hatte zu tun und setzte sich an den wackeligen Küchentisch. Er griff nach Stift und Zettel und schrieb an Meyerhoff, den Zementerben.

»Ich bin in Emlichheim gelandet. Können Sie mir nicht zum Ausbau zweier Nissenhütten vierzig Tonnen Zement besorgen?«

Die Mutter konnte sich nicht bewegen, sie war unfähig, einen Entschluss oder überhaupt einen zusammenhängenden Gedanken zu fassen. Und doch musste sie etwas tun. Nur, wenn sie sich jetzt aufrichtete, sagte ihr Verstand, wenn sie jetzt mit ihrer Tochter weiterlief, riskierte sie, noch einmal ins Schussfeld der Russen am andern Flussufer zu geraten.

Sie wagte es nicht. Sie wagte es nicht, und sie konnte es nicht. Sie konnte ihr totes Kind hier nicht zurücklassen.

Emsiger Betrieb im Dorf. Wie in einem Bienenstock. Auch wenn nun keine Schüler mehr unterwegs zur Schule waren. Nur einige Gymnasiasten verließen verbotenerweise das Schulgelände und liefen zur Bäckerei am Ortsausgang nahe der Vechtebrücke, um sich dort ein Schokobrötchen zu kaufen, vor allem aber, um überhaupt etwas Verbotenes zu tun – unter Schülern, die etwas auf sich hielten, eine Frage der Ehre. Aus der Backstube kamen unterdessen immer neue Lieferungen Brot und Kuchen.

In der Apotheke des Ehepaars Waldau – zweihundert Meter Luftlinie – hatte sich eine kleine Schlange gebildet – viele hielten ein Rezept von Doktor Rochus oder von Doktor Müller in der Hand, für Tropfen, für Pillen oder für ein Asthmaspray. Ein Kind überzeugte seine Mutter von der hohen Qualität des Traubenzuckers – mit dem Argument, dass schließlich der Blutzuckerspiegel gegen Mittag sinke. Es gab die zu Bonbons gepresste Glukose hier in verschiedenen Geschmacksrichtungen und in buntes Zellophan eingewickelt. Eine Sorte durfte sich die Kleine, die eben im Labor der Arztpraxis eine Spritze bekommen hatte, aussuchen, aber die Wahl zwischen Johannisbeere, Apfel, Zitrone, Kirsche und Banane war keine leichte.

Vor dem Blumenladen standen in schwarzen Plastikpaletten Stiefmütterchen und Tausendschön, in schlichten Vasen diverse Tulpen und Hyazinthen, auch blühende Sträucher für den Osterstrauß. Die alte Brügging lungerte davor herum und tat so, als suche sie etwas Bestimmtes, dabei wartete sie nur auf andere Kundinnen, um Neuigkeiten und Klatsch in Erfahrung zu bringen. Was für ein Glück für sie, wenn auch kein wirklicher Zufall: Die alte Frau Brookschnieder näherte sich ihr und stieg von ihrem Fahrrad ab.

»Ick segge dij, denn Dokter was dat, den Rochus.«[*]

»Nee, wat du nich seggs.« Die alte Brügging zog sie an ihrem Ärmel zu sich und sah sie neugierig an. »Wat dann?«

»Joa, ick bin effies doar west. En ick mött dij noch wat anners vetellen …«

Autos fuhren ins Dorf hinein, andere hinaus in Richtung Nordhorn oder Uelsen, viele hatten ein gelbes Kennzeichen.

Früher, in den Achtzigern, waren die Emlichheimer zum Einkaufen und Tanken über die Grenze gefahren, weil dort Kaffee und Sprit und einige andere Dinge billiger gewesen waren. Heute verhielt es sich umgekehrt, die Holländer kamen in Scharen, nicht nur um Einkäufe in den Supermärkten zu machen, die am Vormittag brummten, sondern auch um hinter der Grenze sesshaft zu werden, da die Immobilien- und Grundstückspreise auf der deutschen Seite seit Jahren bedeutend niedriger waren.

Wenige Tage später hielt Pastor Riemenschneider bereits einen Brief mit der Antwort des Zementerben in der Hand.

Er öffnete ihn hastig und las die erfreulichen Zeilen:

»Ich geb mir alle Mühe und habe an das Werk in Ihrer Nähe geschrieben, Ihnen zu helfen.«

»De dree groten Ungemaake, dat bint de Wildschwiene, de Eärpelkäfer en de Flüchtlinge«,[**] sagte, auf seine Mistgabel

---

[*] »Ich sage dir, der Arzt war das, der Rochus.« »Nee, was du nicht sagst. Was denn?« »Ja, ich bin eben da gewesen. Und ich muss dir noch was anderes erzählen …«

[**] »Die drei großen Übel, das sind die Wildschweine, die Kartoffelkäfer und die Flüchtlinge.«

gestützt, der alte Bütering in einem seiner nur mehr wenigen wachen Momente zu seinem ältesten Enkel Johann, der gerade vom Füttern der Schweine zurückkam und den Hof, den er schon vor Jahren übernommen hatte – sein Vater war an einem Hirnschlag gestorben –, überquerte.

»Och Opa, wat vetäilst du doar wäar van dumm Tüch?«*

»Ick vetell kinn dumm Tüch, ick weet wal, dat du achter dat Wicht ankickst, achter dat junge Ding ut Pommern…«**

Johann Bütering blieb wie angewurzelt stehen und starrte seinen Großvater skeptisch an. Er traute ihm nicht. Manchmal dachte er, der Alte täusche seine Demenz nur vor.

Gretes Eltern waren Schlesier, sie stammten nicht aus Pommern. Ganz abgesehen davon, wie konnte sein Großvater von Grete wissen? Er konnte nicht von ihr wissen. Aber wenn doch, woher kam das? Und wie kam er auf das, was er eben gesagt hatte?

Christian Rochus wollte gerade den nächsten Patienten hereinbitten, als der Anruf durchgestellt wurde. Ein Hausbesuch sei fällig, sagte die Sprechstundenhilfe, ein Notfall, der es nicht in die Praxis schaffen würde, er müsse fahren, Doktor Müller übernehme seine Patienten.

Alma Kretschmar fuhr an der Bentheimer Therme vorbei, sie konnte den Bahnhof schon sehen – die Fahrt hatte länger gedauert als gewöhnlich, gut, dass sie nicht noch den Einkauf gemacht hatte.

Wenn die Ampel nicht auf Rot sprang, war sie in einer Minute und gerade rechtzeitig da.

---

* »Ach Opa, was erzählst du da wieder für einen Mist?«
** »Ich erzähle keinen Mist, ich weiß wohl, dass du der Jungschen hinterherguckst, der Jungschen aus Pommern…«

»Ick glöawe dat nich«,* sagte die alte Brügging zur alten Brook-
schnieder und lächelte überlegen. »Denn is wisse van de annere
Kaunte.«
»Men du hess doch vetäilt, dat de tehoape noa Notthoarn
föart bint.«
»Dumm Tügg. Dat doot' de jungen Löö vandage soa.«

---

* »Ich glaube das nicht. Der ist todsicher vom andern Ufer.« »Aber du hast
doch erzählt, dass die zusammen nach Nordhorn gefahren sind.« »Dummes
Zeug. Das machen die jungen Leute heutzutage so.«

Den entscheidenden Strich tat Napoleon, Kaiser der Franzosen, der nicht nur die verheerenden Völkerschlachten über die Grenzen der Grande Nation brachte – zugegebenermaßen befand sich das belgische, südlich von Brüssel gelegene Waterloo nicht in unmittelbarer Nachbarschaft der hollandnahen Grafschaft Bentheim –, sondern auch halbwegs liberale Reformen, die allerdings im Widerspruch zu einer Gängelung der Presse, sprich: Zensur, standen, sowie den Code civil, eine Sammlung ansehnlicher Bürgerrechte von hoher, wegweisender Gültigkeit. Dem ehrgeizigen kleinen Korsen schwebte nichts Geringeres vor, als eine weitreichende Neugestaltung, ja eine umfassende Neuordnung des feingliedrigen und in seiner Feingliedrigkeit auf ewig und nur allzu leicht erschütterbaren Kontinents Europa vorzunehmen.

Ludwig van Beethoven, dessen dritte Sinfonie ursprünglich einmal den Titel »Bonaparte« tragen sollte, aus Begeisterung für den französischen »Empereur«, komponierte gerade – und bereits halbtaub – sein gleichnamiges fünftes Klavierkonzert, als Napoleons Truppen Wien mit heftigem Artilleriefeuer belegten und der kecke Eroberer gemeinsam mit seiner versammelten Heeresleitung, den prächtig epaulettierten Generälen der Grande Armée, in einem geräumigen Zelt vor einem Tisch stand, auf dem eine riesige Karte der europäischen Länder, Bünde und zersplitterten Fürstentümer ausgebreitet lag. Es herrschte große, bunte Konfusion – auf der Karte wie im Zelt –, und Napoleon, der wenige Minuten zuvor erst einen mittelschweren Epilepsieanfall überstanden hatte, hielt ein hölzernes Lineal und einen dünnen Crayon in der zittrigen, mitnichten verkrüppelten Hand, die in diesem Moment ausnahmsweise einmal nicht in seiner Weste steckte.

Das Frühstück lag schon eine ganze Weile zurück, und der kaiserliche Magen knurrte, bis zum Mittagessen aber würde es noch dauern – das hatte Bonaparte sich von seinem Adjutanten, den er zur Erkundung in die Feldküche nur wenige Zelte weiter befehligt hatte, soeben berichten lassen. Missmutig beugte er sich über die Karte, maß sie sorgfältig mit Blicken, legte mit der einen Hand das lange Lineal, mit der anderen den – von ihm, aber nicht aus Hunger – angeknabberten Crayon an und tat entschlossen und beherzt den entscheidenden Strich, der es wie in vielen anderen Fällen auch in diesem durchaus verdient hätte, Streich genannt zu werden.

Auf dem Lineal lastete der ganze Druck seines Daumens als Bürgschaft der Stabilität, für die er zu sorgen gedachte – es gab für ihn bekanntlich nichts Schlimmeres als die Vorstellung, abzugleitschen, auszugleiten, überhaupt zu rutschen und, hier wuchs seine Panik, den Halt und das Gleichgewicht zu verlieren. Um die einmal geschaffene Stabilität nicht gleich wieder zu gefährden, zeichnete er also die Linie, deren Verlauf zunächst symmetrisch gerade, ja annähernd senkrecht geplant war, kurzerhand um seinen feinen kleinen, das Lineal um vielleicht zwei Zentimeter überragenden und somit ein – wenn auch überwindliches – Hindernis bildenden Daumen herum.

Die Linie, die der französische Kaiser zog, markierte – mit einem Streich ein neues Reich – die neue Grenze zwischen Deutschland, das damals freilich noch keine Einheit darstellte, und den tiefer gelegenen Niederlanden.

Der in letztere hineinragende Daumen umfasste exakt das Gebiet der heutigen Niedergrafschaft mit dem eng verwobenen Dörfertriumvirat Uelsen, Neuenhaus und Emlichheim samt ihren ausgedehnten Gemeinden und diversen skurrilen bis obskuren Nebenorten – bei genauer Betrachtung des Grenzverlaufes ist sogar der durch das zwanghafte Knabbern brüchig und rissig gewordene Daumennagel Napoleons zu erkennen, der die feine, vom Crayon gezogene Grafitlinie ein weiteres Mal auf Abwege führte.

So war zu Beginn des neunzehnten Jahrhunderts die noch heute gültige Demarkationslinie entstanden – mit der klaffenden Daumenrisskerbe zwischen den desolaten Kuhkäffern Laar und Wielen. So hieß es jedenfalls in der Bevölkerung, auch wenn es in den Lehrbüchern nicht geschrieben stand.

Allein, im urigen Heimatmuseum Emlichheims, untergebracht im Dachgeschoss des hübsch restaurierten Bauernhauses »Ringerbrüggen« direkt im Ortszentrum – dort, wo auch der lokale Heimatverein tagt –, finden sich hinter einer schweren, metallbeschlagenen Eichentür in einem für die Öffentlichkeit nur zu besonderen Anlässen zugänglichen Raum in einer abgeschlossenen Glasvitrine das Lineal und ebenjener angeknabberte, ominöse und seinerzeit von dem geheimen Gesandten, Reichsgrafen und späteren Fürsten Ludwig Wilhelm Geldricus Ernst zu Bentheim und Steinfurt vom Feldboden im Zelt des französischen Heerführers aufgehobene Crayon.

Der Intercity aus Berlin kam pünktlich um zehn Uhr vierunddreißig in Bad Bentheim an – um nach kurzem Aufenthalt in diesem allerletzten Bahnhof vor der Grenze weiter in Richtung Amsterdam zu fahren.

Die Züge aus Holland, die auf dem gegenüberliegenden Gleis einrollten, wurden hier regelmäßig von der blau uniformierten Polizei mit Maulkorb tragenden Schäferhunden kontrolliert. Hatte jemand auf dem Weg von Amsterdam nach Berlin zufällig schwarze Hautfarbe – oder auch nur zu dunkle Haare und Augen –, konnte er fast sicher sein, von den Grenzwächtern gefilzt zu werden. Die jugendlichen Grafschafter jedoch besorgten sich ihr Haschisch und Marihuana im wesentlich näher gelegenen Enschede.

David stand mit seinem Gepäck im Gang. Durchs geöffnete Fenster konnte er schon das Auto seiner Mutter sehen – der kleine Peugeot stand frecherweise vorne, an den Bushaltestellen, wo das Parken eigentlich verboten war.

Alma Kretschmar trug einen dunkelblauen, bis zum Knie reichenden Jeansrock, eine dunkelblaue Jeansjacke und um den Hals ein hellblaues Seidentuch – roter Lippenstift, dezentes Puder, die kurz geschnittenen Haare waren leuchtend rot gefärbt. Sie öffnete gerade die Wagentür, stieg aus und hastete in Richtung der Gleise.

Der Zug verursachte beim Bremsen einen ohrenbetäubenden Lärm. Wenige Augenblicke später hielt er. David, der ganz vorne im hintersten Wagen stand, öffnete die Tür, hievte den Cellokasten durch die schmale Öffnung hindurch, zog seinen Koffer hinter sich her und trat blinzelnd auf den sonnenbeschienenen Bahnsteig.

Er nieste unvermittelt und sah in den strahlendblauen Himmel. Die Sonne schien warm, sehr warm, vielleicht wärmer als zu Hause in Potsdam, aber das konnte er nicht wirklich beurteilen, so früh wie er aufgebrochen war.

Den Kopf hatte Gerlinde Mülstegen schon gesehen, aber der Kleine verschwand immer wieder, entglitt ihr, rutschte weg, er rutschte wie aus eigenem Antrieb zurück in den Bauch, dabei hatte bisher alles so ausgesehen, als würde er schleunigst das Licht der Welt erblicken wollen, das durch die Fenster ins Badezimmer fiel. Doch, er wollte heraus, nur zögerte er. Sie wusste nicht, warum, es konnte verschiedene Gründe dafür geben. Sie überprüfte noch einmal die Herztöne. Alles war in Ordnung, dem Kind ging es gut. Nun musste es aber langsam kommen.

»Pressen, immer schön pressen. Ja, genau.«

Grete heulte urplötzlich ein leises »Aua«.

»Es ist normal, dass es wehtut. Es ist gut, dass es wehtut. Atmen. Ruhig atmen. Ein und aus und ein und aus.«

Noch ein heftiger Krampf – und Grete entspannte schon wieder. Die Presswehen waren sehr kurz, zu kurz, dabei brauchte es sie, um pressen zu können. Sie blickte auf.

»Du duftest so herrlich!«

Die Hebamme lachte, sie kannte das. Unter der Geburt redeten die Frauen viel, und sie redeten viel Absurdes.

»Ich reibe dir mal den Bauch ein.«

»Den Bauch?«

»Ja, keine Angst, es ist nur ein homöopathisches Mittel, das die Wehen anregt. Nichts Schlimmes. Du kannst auch einmal die Position wechseln, wenn du willst!? Dich hinsetzen oder hinlegen!?«

»Ist etwas nicht in Ordnung?«

»Nein, nein, das wird schon…«

Tee, einen Schluck Tee vielleicht? Die Tasse stand in Reichweite, neben dem Zahnputzzeug auf der Ablage unterm Spiegel. Sie griff danach und trank einen Schluck. Das tat gut. Auch die Hand auf ihrem Bauch tat gut, das Öl, mit dem sie eingerieben wurde.

Schon ging es wieder los, Gerlinde Mülstegen redete ruhig auf sie ein.

Während Grete sich zusammenkrümmte und am Waschbeckenrand festkrallte, sah sie aus dem Augenwinkel ihre Mutter, wie sie mit sorgenvoller Miene in der Tür stand und sich vor- und zurückbeugte, um besser zusehen zu können.

»Hier, Frau Piontek, schauen Sie mal», hörte Grete plötzlich Gerlinde Mülstegen sagen und spürte, wie ihre Mutter Anstalten machte, sich hinzuknien und ihr zwischen die Beine zu gucken.

»Ja? Oh.«

»Wenn Sie jetzt gucken. Schauen Sie mal, da können Sie den Kopf schon erkennen, die Haare.«

»Dunkle Haare.«

Gisela Piontek traten Tränen in die Augen, sie atmete heftig. Grete aber platzte der Kragen. War das hier ein Zoo und sie ein Tier, das man besichtigen konnte wie eine Kuh beim Kalben? »Du sollst dich um mich kümmern, verdammt noch mal«, keifte sie.

Die Hebamme lachte und wandte sich ihr sofort wieder zu, während Gisela Piontek in den Flur flüchtete und begann, wie eine Besessene den Boden zu schrubben.

Meyerhoffs Antwort, zuverlässig, schnell und lakonisch, hatte Riemenschneider euphorisiert, und der Brief des Zementwerk- direktors, den sein Freund und Lagergenosse kontaktiert hatte, ließ auch nicht lange auf sich warten. Wenige Tage nur hatte es gedauert, und er befand sich in der Post. Innerlich jubelnd eilte er zurück, um seiner Frau die Botschaft vorzulesen: »Ich fahre morgen wegen einer Zementlieferung für Kanada nach Düsseldorf. Ich denke, dass wir die vierzig Tonnen abzweigen können.«

Geschafft, jetzt konnte es endlich beginnen.

Riemenschneider stand da, den Brief in der Hand, als könne er es selbst nicht ganz fassen. Dieses Gefühl, das in ihm aufstieg wie die Wärme eines hochprozentigen, vollmundigen Schnap- ses – Kirschwasser, Williamsbirne oder Himbeergeist –, die sich allmählich und wohlig im Bauch ausbreitete. Er sah sich um. Alles hatten sie zurücklassen müssen, all ihr Hab und Gut, und nach Kriegsende weder eigenen Wohnraum noch auch nur einen Quadratzentimeter Land besessen. Inzwischen gab es immerhin ein festes Dach über dem Kopf – wenn auch für die meisten ein notdürftiges, eines, das sich nicht wesentlich von demjenigen unterschied, das er während der Gefangenschaft in Texas über dem Kopf gehabt hatte, eine wellenförmige, zum Halbkreis gebogene Blechplatte.

Lager, Baracken, übereinander gestapelte Kaninchenställe, ein paar gackernde Hühner und hunderte von Menschen, Frauen, Männer, Kinder, auf engstem Raum, eingeschlossen, ausgegrenzt, gefangen, beleidigt, bestohlen, verbannt, iso- liert, ernüchtert, verletzt, deprimiert, verarmt, desillusioniert, heruntergekommen, gedemütigt, ausgemergelt, misshandelt, geschlagen, vergewaltigt, amputiert, hungrig und teilweise krank – aber sie lebten, sie lebten.

Riemenschneider wusste, dass überall in der amerikanischen und der britischen Besatzungszone diese »Nissenhütten« ge- nannten Wellblechkonstruktionen aufgestellt worden waren. Anders wäre man der Flüchtlingsflut niemals Herr geworden, die auch 1947 immer noch – und ohne, dass ein Ende absehbar gewesen wäre – anhielt, täglich wurden es mehr. Am Rande der Siedlungen standen die Hütten, waren die provisorischen Lager eingerichtet, häufig mit einem hunderte von Metern breiten Korridor dazwischen, der die Flüchtlinge von den Einheimischen sorgfältig trennte. Da gab es nichts drum herumzureden oder zu beschönigen. Sie waren nach ihrem schlesischen »Exodus« die Parias des Dorfes – selbst diejenigen, die in den Häusern der Anwohner untergebracht waren und also Ausnahmen bildeten –, aber sie lebten. Sie lebten.

Es gab Land, sandiges, düniges Land, das ihm für die Verwirklichung seiner Pläne zur Verfügung gestellt wurde, und nun, endlich, war auch das nötige Baumaterial in Reichweite. Es war nicht nur so, dass Riemenschneider mit dem Jugendlager, der Bildungsstätte, die er im Sinn hatte, etwas Gemeinnütziges schaffen wollte – er wollte auch ein Zeichen setzen, ein symbolkräftiges, lebendiges und hoffnungsvolles, Bedeutung stiftendes Zeichen, mit dem er seine geschundene, erniedrigte und beleidigte Gemeinde dazu ermutigen wollte, sich wieder zu erheben, aufrecht zu gehen, den Kopf hochzuhalten. Sie waren noch wer.

Seine Frau lächelte, er hatte einen Arm um sie gelegt. Vor ihr stand eine winzige Porzellanvase mit einem selbst gepflückten Sträußchen Vergissmeinnicht darin. Auch die Dame, die mit ihr am Tisch saß und Tee trank, lächelte. Es handelte sich um das kleine, zierliche Fräulein Rosen, eine mit dem Pastorenehepaar geflohene, ebenfalls aus Breslau stammende Organistin, die während der Gottesdienste des Pastors oben an der Orgel saß und andächtig spielte.

Als Riemenschneider so begeistert dastand, zwischen den Frauen, und niemand etwas sagte, stimmte das Fräulein Rosen ein Lied an, und plötzlich sangen sie alle zusammen: »Ein feste Burg ist unser Gott, ein gute Wehr und Waffen. Er hilft uns frei aus aller Not, die uns jetzt hat betroffen.«

Christian Rochus' Arztkoffer stand auf dem Beifahrersitz. Er fuhr die Dorfstraße entlang, ließ den Supermarkt und die Sparkasse hinter sich, bremste vorm Kreisverkehr, bog in die Bahnhofsstraße ab und fuhr weiter nach Norden, Richtung Schoonebeek.

Ihm graute es vor dem Hausbesuch in den Weusten, der echten Walachei. Ihm graute es immer vor den Hausbesuchen auf dem Land, seit er vor noch nicht ganz einem Jahr gemeinsam mit seinem Kollegen Albert Müller die Emlichheimer Praxis übernommen hatte und, nun ja, Landarzt geworden war – etwas, das er sich nie hatte träumen lassen.

Alma Kretschmar lenkte ihren Peugeot auf den Parkplatz des Nordhorner Supermarktes, Ecke Kistemakerstraße, um endlich die fürs Mittagessen notwendigen Einkäufe zu tätigen, die sie aus Zeitgründen noch nicht hatte erledigen können.

Sie sah ihren Sohn an, aber David war wie abwesend.

»David?«

Er reagierte nicht.

»David, wollen wir?«

»Oh, äh, ja.«

Sie stiegen aus.

»Was für ein traumhafter Tag«, sagte Alma Kretschmar, als sie den Supermarkt betreten hatten.

Sie seufzte, griff nach einem Salatkopf, nach Fenchel, Staudensellerie, Tomaten und Möhren und legte alles in den Einkaufswagen, den sie weiter vor sich her schob. Aus dem Tiefkühlschrank nahm sie eine Packung mit Lachsfilets und einen Beutel mit Riesengarnelen.

»Wie geht es denn Grete überhaupt? Hast du schon etwas gehört?« Sie drehte sich zu David um. »Ist alles in Ordnung?«

»Ja, schon«, antwortete er. »Nein, irgendwie auch nicht. Vielleicht erzähle ich es dir später.«

Je näher Christian Rochus, der die Oelstraße entlangfuhr, den Niederlanden kam, desto mehr Ölpumpen bekam er zu Gesicht. Früher war das alles Sperrzone, hatte er gelesen, eingerichtet von den britischen Besatzern, um nach Kriegsende den Gebietsansprüchen der Niederländer entgegenzuwirken, entvölkertes Niemandsland, aus dem man selbst das Vieh vertrieben hatte. »Betreten strengstens verboten«, hieß es auf großen Warnschildern. »Halt – Sperrgebiet – Es wird unmittelbar geschossen«, Ausnahmen – wie etwa für die Ölarbeiter der Wintershall – nur mit Sonderausweis.

Er bog rechts in die Aatalstraße ab und erblickte bald den Hof, den zu erreichen er sich scheute, da er ihn und seine Bewohner, allen voran den Bauern, bereits kannte. Den Wagen parkte er neben dem großen grünen Dielentor.

Er sah sich um. Rein äußerlich machte das Anwesen einen tadellosen Eindruck. Rötliche, fleischfarbene Klinkersteine mit hellen Fugen, rote Dachziegeln, grüne Tore und Türen mit weißen Rahmen, ebenfalls weißgerahmte Fenster mit grünen Läden – das typische, traditionelle Grafschafter Bauernhaus, von dem es nicht mehr allzu viele gab –; die Scheune, in deren Ziegelwänden braune Balken eingearbeitet waren, hatte einen frisch gestrichenen, prächtigen Holzgiebel. Aus großen Steinkübeln rankten Blumen.

Über den Hof lief ihm ein großer schwarzer Schäferhund entgegen. Er bellte, aber hatte gutmütige Augen und wedelte freudig mit dem Schwanz. Einige Hühner scharrten in der Nähe eines offenen Silohaufens – die weiße Plane war zurückgeschlagen –, und in dem Moment, als Christian Rochus die Autotür zudrückte, krähte ein Hahn.

Der Hund stürzte auf ihn zu, machte Bocksprünge, beschnupperte seine Schuhe und Hosenbeine, und Christian Rochus hielt ihm seine geöffnete Hand entgegen. Für einen kurzen Moment legte das Tier seine Schnauze hinein und ließ sich von ihm kraulen. Da erschien sein Herrchen.

»Aus, mach Platz!«, schrie der Bauer und warf mit einer Kar-

toffel nach dem Hund, der laut aufjaulte und sich unverzüglich
trollte.
»Guten Tag, Herr ...«
»Kommen Sie, Dokter. Da entlang.«

Die Grafschaft, unendliche Weiten, dachte David. Felder, die
sich an Felder reihten, Äcker an Äcker und Weiden an Weiden,
keine Hindernisse des Blickfeldes bis zum verwaschenen, ne-
bulösen Horizont. Morgens schon war zu sehen, wenn abends
Besuch kommen würde, so in etwa musste es sich für Fremde
anfühlen, die hier durchkamen und die notwendigerweise der
Verdacht beschleichen musste, es mit etwas Außerirdischem
zu tun zu haben.
Die Sonne schien auf den grauen und braunen Boden, aus
dem überall frisches Grün spross.
David lehnte seinen Kopf ans Fenster, diese Eintönigkeit der
Landschaft.
»Und was ist eigentlich mit Grete?«
»Ja, Grete ...« David sah wieder aus dem Fenster.
Über die Umgehungsstraße waren sie, Mutter und Sohn, an
Neuenhaus vorbeigefahren. Kilometerlang ging es geradeaus,
schnurgerade, die Vechtetalstraße und den im Volksmund auch
»Franzosendiek« genannten Haftenkamper Diek in Richtung
Nordwest, den schwarzen, wegweisenden Krähen am Himmel
hinterher. Nur Abergläubische hielten sie für Unglücksboten,
dachte David.

Es roch muffig, vermutlich wucherte irgendwo schwarzer
Schimmel in den Wänden.
Christian Rochus saß auf einem knarrenden Stuhl vor dem
Krankenbett, während er vorsichtig den hier, in dieser finsteren, weil fensterlosen und ziemlich abgelegenen Kammer
untergebrachten Familienspross abtastete und die rundliche,
wortkarge Bäuerin aufmerksam und besorgt über seine Schulter
blickte.

99

Ihr Ehemann hatte das feuchtwarme Zimmer, dessen Decke äußerst niedrig hing, gleich wieder verlassen und war vermutlich in den Schweinestall, die Scheune oder auf den Acker zurückgekehrt. Er kümmerte sich nicht um solche Sachen, schon gar nicht um diesen missratenen Sohn, diesen Krüppel oder was zum Teufel er war, der da leichenblass und ächzend mit hohem Fieber vor sich hin siechte.

Christian Rochus hatte es während seiner Hausbesuche schon häufiger beobachtet, die gut geratenen Kinder wurden anders behandelt als diese Fälle, die hier auf den Höfen außerhalb des Dorfes existierten, sorgsam vor den Blicken der Nachbarn verborgen, die sie immer noch »Missgeburten« nannten. Es waren einige, und manche von ihnen hatten noch nie den elterlichen Hof verlassen, manche, so schien es, nie das Tageslicht erblickt. Über die Ursache der in der Region so verbreiteten Fehlbildungen, der geistigen und körperlichen Behinderungen, der Entstellungen, war er sich im Klaren – jeder war hier schließlich auf irgendeine mehr oder weniger verwickelte Weise mit jedem verwandt, mal näher, mal entfernter.

Dieser arme Bursche, der hier zitternd vor ihm lag, hatte neben einem angeborenen Herzfehler und einem extrem verwachsenen Klumpfuß auch asymmetrische, außergewöhnlich weit auseinanderstehende Augen, die noch dazu in unterschiedliche Richtungen blickten – freundliche, hilfesuchende Augen. Ihm musste dringend geholfen werden.

Bei einem früheren Besuch hatte er ihn einmal laufen sehen – es war kein Laufen. Auch konnte der Junge nicht sprechen, aber Christian Rochus wusste nicht mit Sicherheit zu sagen, ob sich das auf anatomische Ursachen zurückführen ließ. Was er wusste und was ihn auch – zumal wenn er an den Vater, den Bauern, dachte – beruhigte, war, dass sein Patient normalerweise wochentags am frühen Morgen von einem Sonderbus abgeholt, zur Lebenshilfe in die Kreisstadt gefahren und am Nachmittag wieder hierher, ins Nirgendwo, zurückgebracht wurde, eine relativ glückliche Ausnahme.

Er hatte seine Untersuchung abgeschlossen, seine Diagnose war eindeutig. Es war akut.

Draußen bellte irgendwo der Hund, während sein Patient die Augen aufriss und ächzte. Die Bäuerin litt mit ihrem Sohn, rutschte unruhig auf dem Stuhl umher.

Der Blinddarm. Höchste Zeit. Der Junge musste sofort ins Krankenhaus.

Riemenschneider war ungeduldig geworden. Seit Tagen hatte er nichts mehr von der Zementfabrik gehört, und er rauchte mehr denn je. An Zigaretten herrschte dank der alliierten Besatzer kaum Mangel. Immer zur gleichen Uhrzeit lief er zur Poststelle, um zu erfragen, ob endlich Neuigkeiten eingetroffen waren. Bis es eines Tages so weit war.

»In Anlage übersenden wir Ihnen den Lieferschein über vierzig Tonnen Zement«, schrieb der Werkdirektor, der ihm schon einmal geschrieben hatte. »Wir müssen Sie darauf aufmerksam machen, dass Eisenbahnwaggons nicht gestellt werden können. Der Zement kann nur lose geliefert werden. Er ist bis zum Fünfzehnten des Monats abzuholen.«

Was war das? Hatte er richtig gelesen?

Riemenschneider steckte sich eine weitere Zigarette an, kratzte sich am Kopf und las die Nachricht noch einmal, Wort für Wort.

Doch, da stand es. Aber wieso sollten für den läppischen Haufen Zement, den er für den Ausbau der beiden Nissenhütten brauchte, mehrere Eisenbahnwaggons vonnöten sein?

»Ach du lieber Himmel!« Er biss sich auf die Zunge.

»Was hast du denn?«, fragte seine Frau.

»Ich weiß nicht … Sag mal, wo hat denn die Große ihr Rechenbuch?«

Riemenschneiders Frau drückte es ihm in die Hand, und er schlug es auf, während sie ihm den Brief aus der Hand nahm, um nachzulesen, was ihn da so verwirrt hatte.

»Eine Tonne sind gleich zwanzig Zentner.«

Riemenschneider schlug sich vor die Stirn. Er hatte die Maß-
einheit verwechselt. Anstelle von vierzig warteten nun achthundert Zentner loser Zement auf eine Abholung, von der er keine
Ahnung hatte, wie sie zu realisieren war. Achthundert Zentner!

Grete war beschäftigt. So und nicht anders fühlte es sich an,
dachte sie. Geburt – das hieß also, man hatte viel zu tun. Insofern merkte sie auch nicht, wie die Zeit voranschritt – eine
halbe Stunde, eineinhalb Stunden, zwei Stunden, sie konnte
es nicht mehr unterscheiden.
Immer wieder maß die Hebamme die Herztöne. Alles in Ordnung, alles gut. Sie wurde nicht müde, das zu betonen.
Die Position war perfekt, das wusste Grete seit dem Geburtsvorbereitungskurs, auch wenn sie es sich nicht hatte vorstellen
können. Sie machte doch alles richtig. Aber warum der Still-
stand, warum tat sich nichts?
Gerlinde Mülstegen, die vorhin schon einen Positionswechsel
vorgeschlagen hatte, wiederholte den Vorschlag und insistier-
te. Grete gab nach. Sie ließ das Waschbecken los, glitt, mit
ihrer Hilfe, langsam herunter und legte sich seitlich auf ihr
Handtuchlager, sie ließ sich fallen, sank. Auf einmal fühlte
sie sich unendlich bedürftig, klammerte sich an die Hand,
die die Hebamme ihr reichte. Hätte sie ihn bitten sollen zu
kommen? Gestern. Vorgestern. Nein, er würde schon seine
Gründe haben. Aber fühlte er nichts, spürte er nichts? Wo war
er? Wie konnte das sein?
Und wieder… Grete ächzte, knirschte, biss sich an einem Stück
Handtuch fest und presste.
»Ein Stück nur, noch ein kleines Stück. Der Kopf muss raus,
bei der nächsten Wehe muss er raus, hörst du.«
»Mama«, rief sie, und Gisela Piontek ließ sich sogleich an ihrer
Seite nieder, um ihrer Tochter beizustehen.
»Bleib«, sagte Grete. Sie reichte ihr die andere, freie Hand,
lächelte und drückte sie.
»Vielleicht richtest du dich ein bisschen auf?«

Gerlinde Mülstegen half ihr. Jetzt lag Grete, den Handtuchzipfel noch immer im Mund, auf dem Rücken, halb aufgerichtet, ihren Oberkörper im Arm ihrer Mutter, deren Hand sie hielt. Und noch einmal. Sie biss fest zu, drückte, presste, so fest sie konnte.

»Der Kopf!« Gerlinde Mülstegen jetzt. »Pressen. Er kommt. Pressen. Ja, so ist es gut. Weiter. Nicht aufhören.«

»Kind, nicht aufhören«, feuerte sie jetzt auch ihre Mutter an, der die Tränen beim Anblick des winzigen Kopfes aus den Augen strömten, so dass sie ihn nur noch verschwommen sah. »Der Kopf, ich habe ihn, er kommt...«

Nachdem der Krankenwagen samt Rettungsdienst mit Blaulicht und Martinshorn vorgefahren war und den Jungen ohne seine weinend auf dem Hof zurückgebliebene Mutter in die Klinik der Kreisstadt abtransportiert hatte, wollte Christian Rochus nicht gleich in die Praxis zurückfahren.

Er fuhr eine Weile herum, ziellos durch die Gegend, hielt in einigen Kilometern Entfernung an einem Feldwegesrand und stieg aus.

Innehalten. Durchatmen. Die milde Frühlingsluft, was für ein Kontrast.

Seine Augen wanderten über die Wiese. Hühner sah er, Unmengen an Hühnern und anderem Geflügel. Das Federvieh erinnerte ihn an sein Zuhause, an seine gluckenden Eltern, seine krähenden, scharrenden Brüder und gackernden Schwestern. Der Mustergeflügelhof – auch darüber hatte er sich schlau gemacht – war ihm bei einem seiner letzten Hausbesuche schon aufgefallen, aus der Ferne, von der Landstraße aus. Gänse, Enten und Hühner in unterschiedlichsten Arten und Spielformen. Als suchten sie einen Ausweg, huschten aufgebrachte, wahrscheinlich durch sein Erscheinen aufgescheuchte Perlhühner hektisch am Zaun hin und her. Aber einen Ausweg aus was? Alles sah hier vorbildlich aus, mustergültig. Das waren freilaufende, glückliche Tiere, auf vielen hundert Quadratmetern Sand und Gras und Büschen und Bäumen unter freiem Himmel.

Christian Rochus hatte eine Entscheidung getroffen und stieg wieder ins Auto, um noch einmal zu dem Hof zurückzukehren.

Coevorden-Piccardie-Kanal hieß der künstliche, nach Holland führende Wasserlauf, der früher eine Wasserstraße gewesen war – benannt nach dem anno 1600 in Bentheim geborenen reformierten Pastor und neuzeitlichen Geschichtsschreiber und und und … Johan Picardt.

Fuhr man am Kanalufer entlang, gelangte man irgendwann nach Coevorden, wo man Lakritze kaufte, durch die Einkaufsstraße schlenderte oder ein Softeis aß. Im Sommer, wenn die Luft tropisch schwül wurde, wenn man sie beinahe mit den Händen fassen und sie zwischen den Fingern spüren konnte, wenn das Schilf hoch stand und die Bäume dunkelgrün waren – zum Teil neigten sich ihre Äste schwer über das grüne, algige Wasser –, konnte einen schon einmal das Gefühl beschleichen, einen Dschungel zu durchqueren.

Der Kanal war Teil eines ausgeklügelten Drainagesystems – angelegt zur Entwässerung der endlosen Moore, die es in der Region gegeben hatte und die nur in imaginierter Form die Zeiten überdauert hatten, deren Präsenz in der Luft lag, zäh, wabernd, morastig und jeden Schritt, jeden Gedanken irgendwann in die feuchte, ewig schmatzende Tiefe ziehend –, es hatte hier aber vor langer Zeit auch Schiffe gegeben, die fuhren, Transit für den Güterverkehr, und Güter hatte damals im Wesentlichen Torf bedeutet, der im Umland traditionellerweise gestochen worden war. Das wusste jeder, das war: verinnerlicht.

Heute standen die Schleusen nicht mehr in Betrieb, und die Brücken waren für die Schifffahrt viel zu niedrig. Dafür gediehen Wasser- und Uferpflanzen, gelbblütige Teichrosen, weiße und rosafarbene Seerosen, Schwertlilien und Pfeilkraut, Sumpfdotterblumen natürlich, Rohrkolben, Schilf, und manchmal begegnete einem eine seltene Orchideenart. Richtig Glück hatte man, wenn dann noch ein schillernder Eisvogel als seltener Gast auf dem Ast einer Weide saß und einen winzigen Fisch im Schnabel hielt.

Märkische Heide, ringsum märkischer Sand. So weit das Auge reichte. Bis zur Spree, die sie in Richtung Berlin führen würde, war es nun nicht mehr weit. Vor ihnen erhoben sich schon die Dächer von Fürstenwalde über die friedliche Landschaft, der Turm des Domes Sankt Marien. Nach ihrer Heimat strebende Kraniche zogen am Himmel vorüber, über Flächen und Seen, gefolgt von Singschwänen und Wildgänsen in pfeilförmiger Formation, deren heiser knarrende Rufe sich unter das laute Trompeten der großen, über die Geschehnisse am Boden erhabenen Schreitvögel mischten.

Die Sonne stand schon annähernd im Zenit, als die in dunklen Gedanken versunkene und nun nach oben, ins Blau aufblickende Mutter, die die Kraniche als mythische Glücksvögel, aber auch als Verkünder von Krieg und Tod kannte, erstmals seit Stunden wieder das Wort an ihre unentwegt schluchzende Tochter – die, die ihr geblieben war – richtete.

»Weine nicht, Sigrun, spare dir deine Tränen.« Hart und knapp, aber sie hielt es für das Beste. »Wer weiß schon, was uns noch bevorsteht.«

Am Tag zuvor hatten sie den Leichnam, so gut es mit bloßen Händen eben ging, im immer noch frostigen Boden halb vergraben, halb mit Steinen und Zweigen bedeckt und bis zum Einbruch der Nacht im sicheren Gebüsch am Fluss ausgeharrt. Nach Einbruch der Dunkelheit waren sie schließlich aufgebrochen, den Weg Richtung Westen allein angetreten und nicht noch einmal zum Hof des hilfsbereiten Bauern zurückgekehrt, der längst ohne sie aufgebrochen sein musste.

Stramm waren sie marschiert, wenige Stunden nur, als sie plötzlich, in totaler Finsternis, Trommelfeuer und schwere Geschütze aus der Ferne gehört hatten, aus östlicher Richtung, von wo sie flohen. Sie stoppten, blickten zurück. Kurz darauf ein loderndes Flammenmeer an der Oder, rotes Leuchten am nachtschwarzen Horizont. Angst, ihre heftig schlagenden Herzen, die niederschmetternde Ahnung von kampfbereiten sowjetischen Sturmtruppen, von Panzern, die sie mit ihren Ketten überrollen würden. Angriffe aus den Brückenköpfen, Großkaliber und Panzerkanonen, Steilfeuer. Die schutzlosen Ortschaften, Güter und Gehöfte, auch der Hof ihres Bauern, in grell züngelnden, weithin sichtbaren Flammen. Zunder. Die vollständig brennende Oderniederung, das Ende trügerischer Sicherheit. Aufgerissene Augen, in denen sich das Inferno spiegelte. Das Zittern und Beben der Häuser durch den Luftdruck berstender Granaten. Die langsam aufgehende, den dichten Qualm der Brände kaum durchdringende Sonne. Zugedeckte Landschaft, der dumpfe Hall der Bombardements. Russische Kampfflieger in den Gluten der Luft. Tausende aus dem Schlaf gerissene Anwohner, tausende aus dem Schlaf gerissene Flüchtlinge. Die für sie, Mutter und Tochter, in der weiten Entfernung nicht hörbaren Schreie. Massenhafter, panischer Aufbruch riesiger Menschenscharen zwischen Artilleriefeuer und Bombenabwürfen.

Die Tochter und ihre Mutter, die viel zu weit nach Norden gelaufen waren, sahen es aus der Ferne.

Sigrun Corinth klappte den Flügel zu. Genug gespielt, sie war zufrieden und würde es nun drauf ankommen lassen.

Im gleichen Moment erschien Alfred in der Tür. Er hatte die Predigt in einem Rutsch niedergeschrieben und wollte sie seiner Frau wie gewöhnlich schon einmal probehalber vorlesen. »Hättest du gerade einen Moment?«

Sigrun setzte sich, Alfred begann. Den Anfang ließ er aus, ihm kam es auf eine bestimmte Passage über den Ursprung der Kultur als Vielfalt an. Er las, blickte auf, sah Sigrun an, die ihm aufmerksam zuhörte, senkte seinen Blick und fuhr fort. Sigrun Corinth nickte mehrfach.

Als Alfred geendet hatte, sah er seine Frau erwartungsvoll an. »Es stimmt, Alfred. Es stimmt natürlich, was du sagst – bei mir rennst du damit ohnehin offene Türen ein. Aber denke doch bitte auch daran, wer es ist, der dir in der Kirche zuhören wird!«
»Du meinst …?«
»Ich fürchte, ja.«

Die Fahrt über hatte David wenig gesagt, von seiner Mutter aber den neuesten Klatsch und Tratsch über Hochzeiten, Trennungen, Krankheiten und Todesfälle erfahren – wieder einmal war jemand in die Vechte gegangen.
Wieso heißt Emlichheim eigentlich Emlichheim, fragte er sich jetzt. Sie fuhren über die Vechtebrücke ins Dorf hinein – bei dem vertrauten Anblick der beiden alten, Erinnerungen weckenden Eichen auf der Pferdeweide am Ufer des Flusses hatte er schlucken müssen – und das gelbe Ortschild sprang ihm ins Gesicht. Kaum sah er es, hatten sie es schon wieder hinter sich gelassen. »Emlichheim«. In schwarzen Lettern. Darunter der plattdeutsche Name »Emmelkamp« und natürlich der Landkreis »Graf. Bentheim«, zu dem das Dorf gehörte. Überall wuchsen Büsche und Bäume, in wenigen Wochen würde der Ortseingang ergrünen und es einen schönen, beinahe natürlichen Kontrast ergeben. Aber noch war alles winterlich kahl und grau, bis auf die Forsythien, die in der Farbe des Ortsschildes blühten.
»Was sagst du?«
»Der Name Emlichheim …«
»Ja?«
»Woher stammt er?«
David hatte sich das noch nie gefragt, dabei war die Frage naheliegend.
Vor ihnen lag die große Kreuzung, die Ampel zeigte grünes Licht. Er sah seine Mutter an, die auf den Verkehr achtete. Sie bogen nach rechts ab, vorbei an der Apotheke, am Blumenla-

den. Jetzt fiel sein Blick auch schon auf Gretes Goldschmiede. Er versuchte, einen Blick hinein zu erhaschen, aber konnte hinter der Glasfront, die die Sonnenstrahlen spiegelte, nichts erkennen. Egal, er wollte sie ohnehin später besuchen.

»Wieso heißt Emlichheim eigentlich Emlichheim, Mama? Weißt du das?«

»Ich habe es ja verstanden.

»Also?«

»Komisch, dass du mich das fragst. Ich habe neulich erst darüber nachdenken müssen, weiß gar nicht mehr, warum. Ich wusste es auch nicht, aber Sigrun wusste es, beziehungsweise Alfred, ich weiß nicht mehr ...«

»Und?«

»Ich dachte, ich hätte schon Schulschluss ...«

»Mama ...«

»Ist ja gut, dann eben eine Geschichtsstunde ... Die Emminks oder Emmings hatten hier, an der Vechte, ihren herrschaftlichen Sitz, wobei das damals auch nicht viel mehr bedeutete als einen großen Bauernhof.«

»Emminks?«

»Genau. Ein quasi adeliges Geschlecht, benannt nach einem Emmo. Die Endungen ›ink‹ oder ›ing‹ stammen aus den heidnischen Zeiten der Germanen und Sachsen, also aus einer Zeit, bevor die Franken unter Karl dem Großen die Gegend christianisierten. Sie sagen etwas über die Stellung am Hof. Später wurde dann der Endung noch ein ›heim‹ hinzugefügt, oft auch ›hoff‹ oder ›hus‹.«

»Und wieso auf Plattdeutsch ›Emmelkamp‹?«

»Kamp, nach dem lateinischen ›campus‹ – das brauche ich dir doch nicht zu erklären, oder? –, so nannte man hier zu Mittelalterzeiten ein Stück urbar gemachtes Land. Zufrieden?«

»Ja, danke.«

David sah wieder aus dem Fenster, sein Magen knurrte. Es war jedes Mal das Gleiche. Vieles in ihm sträubte sich gegen diesen Ort, in dem er hatte aufwachsen müssen, aber wenn er die einzelnen Straßen, Geschäfte, Häuser und verschiedenen Bäume vor sich sah, erinnerte er sich an die schönen Dinge. Jeden Stock und Stein kannte er, von jedem Strauch wusste er, wann er blühte und wie er roch.

Kurz hinter der lutherischen Friedenskirche, in der er getauft und konfirmiert worden war, bogen sie links ab in den Kasinoweg – das alte Kasino, das er nur als Restaurant kannte, war längst abgerissen und einem der zahllosen Billigdiscounter gewichen. Schließlich erreichten sie die Tannenstraße.

David sah auf die Uhr. Kurz vor zwölf. Sie hatten dieses Mal für die Fahrt länger gebraucht als sonst.

Johann Bütering wusch sich die Hände. Das Mittagessen, seine Mutter hatte Kohlrouladen gemacht, stand schon auf dem Tisch.

Am Abend würde er ins »Möppken« gehen, die Dorfkneipe an der Hauptstraße, wo auch vor Monaten seine Geschichte mit der schönen Grete ihren Anfang genommen hatte.

Heinrich Piontek hatte Kopfschmerzen und sehnte sich nach dem Schulschluss, er hatte aber noch ein bisschen auszusitzen.

Im Kleikuhlenweg war die Aufregung groß. Grete bekam es am Ende doch noch mit der Angst zu tun.

2. TEIL

MITTAGS

Jede Geburt war etwas Einzigartiges. Jede Geburt war etwas Besonderes. Jede Geburt war etwas Überwältigendes. Jede Geburt war ein Ereignis mythischen Ausmaßes. Jede Geburt war etwas Göttliches. Jede Geburt war etwas Irdisches. Jede Geburt war spürbar Natur. Jede Geburt war ein flirrendes Zeichen. Jede Geburt war schmerzhaft. Jede Geburt war schmutzig. Jede Geburt roch. Jede Geburt triefte. Jede Geburt war intensiv. Jede Geburt berührte. Und jede Geburt war unberechenbar, der Ausgang offen, vom Happy End bis hin zur großen Tragödie war alles denkbar.

Es gab kein routiniertes Gebären. Das zu behaupten wäre schlicht Unsinn. Immer ging es um Leben und Tod. Als Hebamme wusste Gerlinde Mülstegen das so gut wie niemand sonst. Es gab Wissen, Erfahrung, Intuition, ausgeprägtes Geschick und auch Fingerspitzengefühl, aber keine Routine, die nicht, nur das jeweils einzigartige Hier und Jetzt, in dem sie dabei mithalf, ein Kind zur Welt zu bringen.

Als sie um kurz vor acht, also vor mittlerweile rund vier Stunden hier im Kleikuhlenweg, am anderen Ende des Dorfes, bei Grete Piontek angekommen war – immer wieder überprüfte sie die Zeit –, hatte sie nach der ersten Untersuchung geglaubt, es würde noch eine knappe Stunde dauern, höchstens eine Stunde, so weit, wie sich der Muttermund schon geöffnet hatte. Die tapfere Grete. Sie hatte geglaubt, es würde erst noch richtig losgehen, irgendwann, später, nachmittags, abends, am nächsten Tag, das bisschen Übelkeit und Krampf während der schlaflosen Nacht könne es noch nicht sein. Sie hatte geglaubt, die Fruchtblase müsse erst platzen und das Fruchtwasser zwischen ihren Beinen quasi wie eine Fontäne hervorsprudeln und sich aufs weiße Laken ergießen und es verfärben. Dabei konnte es vorkommen, wenn auch höchst selten, dachte jetzt Gerlinde Mülstegen, dass ein Säugling in einer gänzlich unbeschädigten Fruchtblase, einer so genannten Glückshaube, zur Welt kam. Grete hatte geglaubt, ein riesiger, gallertartiger Schleimpfropf müsse sich vom Muttermund lösen und deutlich sichtbar als eine Art Qualle ausgeschieden werden, erst dann ginge es richtig los. Aber bei Grete hatte es nur ein bisschen Blut gegeben und auch nicht diese Wellen, in denen die Wehen kamen und gingen. Wogende Wehen.

Hohe See samt Seekrankheit – viele Mütter erlebten es so. Grete nicht. Sie kam nicht und ging nicht, sie blieb.

Ein verschwimmendes Krokusmeer im Vorgarten Alma Kretschmars, Davids Garten, der Garten seiner Kindheit. Hunderte, nein, tausende trichterförmige Blüten in herzerwärmendem Gelb, lilafarben, weiß und in hellem Violett, deren orangenfarbene Narbenschenkel weithin sichtbar leuchteten und frühe Bienen, Hummeln und Schmetterlinge weckten und herbeilockten.

Alles hatte gut ausgesehen im apricotfarbenen Badezimmer. Anfangs. Doch dann hatte sich – wie es gelegentlich bei Geburten geschah – die Nabelschnur über die Schläfe des Kleinen gelegt, ohne dass sie es sahen oder bemerkten, die Nabelschnur, seine einzige direkte, lebenswichtige Verbindung zum Mutterleib. Immer wenn Grete presste, wenn ihr Sohn hinausdrängte, war die Blutzufuhr abgedrückt worden und damit wurde jedes Mal auch der Sauerstoff für ihn knapp und immer knapper. Also war er bei jeder neuen Wehe, bei jedem Pressen ein Stück hinaus und sofort aus eigenem Antrieb immer wieder zurück in die warme, vertraute Bauchhöhle gerutscht, zurück in Sicherheit, um sich wieder versorgt und geborgen zu wissen, ein cleveres Bürschchen, das sein Schicksal selbst in die Hand nahm, von Anfang an.

Der anstrengendste Teil der Geburt, der sowohl für die Mutter als auch für das Kind erschöpfendste Teil, zog sich auf diese Weise schmerzhaft in die Länge – wie ein gespannter Bogen –, fast bis zur Verzweiflung.

Jetzt kam es drauf an, jetzt war es höchste Zeit, und selbst eine erfahrene Hebamme wie Gerlinde Mülstegen wurde allmählich nervös.

»Pressen. Er kommt. Pressen. Ja, so ist es gut«, sagte sie, und ihre Stimmlage erhöhte sich augenblicklich um ein bis zwei Oktaven. »Weiter. Nicht aufhören, Grete, er kommt, er muss jetzt raus. Mit dieser Wehe. Jetzt. Nicht aufhören. Der Kopf, ich habe ihn, er kommt …«

Grete klammerte sich an ihre Mutter, biss sich im Handtuch fest, sie mobilisierte verborgene Kräfte, sie presste und wand sich und presste noch einmal und presste und biss die Zähne zusammen und presste, bis – es fühlte sich an wie ein Rutsch – jetzt …

»Der Kopf, ich habe ihn.«

Alles war wie immer, alles war wie von David erwartet und mit einer gewissen Sehnsucht erhofft. Winzige Narzissen, Vergissmeinnicht und am Rande des Rasens unzählige Hornveilchen, mehrfarbige Blütengesichter, die hell- und dunkelblau lächelten. Weiter vorne, näher zur Straße hin, ihre großblütigen Verwandten, die Stiefmütterchen, die in kräftigeren Tönen blühten, lilafarben, gold und prächtig dunkelrot.

Grete beugte sich vor, konnte die Haare sehen, der Kleine hatte dunkle, fast schwarze Haare, was für kleiner, winziger Kopf … Aber es ging nicht weiter, etwas stimmte nicht.

»Gerlinde?«

Jetzt sah David sie. Am Rand der ordentlich, ja penibel gefegten Auffahrt – alle Emlichheimer Auffahrten wurden penibel gefegt – wuchs zwischen den grün ausschlagenden Büschen und kleinen Bäumchen die Blutjohannisbeere – »Ribes sanguineum«– mit ihren tiefrosafarbenen Blütentrauben.

Gerlinde Mülstegen hielt den Kopf, zog an der weißen, plastik-artigen Nabelschnur, die eben noch auf der Schläfe des Kindes gelegen hatte und nun drohte, sich um den Hals zu schnüren. Sie zog, sowohl an der Nabelschnur als auch an der kleinen Schulter, doch der Rumpf des Kindes hing fest.
Grete wand sich und Gerlinde Mülstegen zog mit beiden Hän-den an dem kleinen, gar nicht so zerbrechlichen Leib. Eine Drehung noch und …

Immer, wenn er heimkehrte, schlug Davids Herz schneller. Sein Blut geriet in Fluss, als der schneidige Peugeot seiner Mutter vor seinem alten Zuhause zum Stehen kam, das Brummen des Motors aufhörte und er aussteigen konnte.

Da war es, Gerlinde Mülstegen hatte es, hielt es, hielt es ihr hin, das Herz klopfte, die Herzen klopften, eins, zwei, drei und vier …

Langsam trat David nun auf den ursprünglich im Norden Amerikas beheimateten Strauch, den Frühlingsboten, zu und griff nach einer Blüte. Er schloss die Faust um eine der Trauben samt dem jungen Blattaustrieb und drückte sie vorsichtig, ohne sie zu verletzen.

Mein Kleiner, mein Schöner, mein Guter, mein Tapferer …, dachte Grete.

David streckte seine Finger aus, hob die Handfläche hoch zur Nase, um den harzigen Duft hineinströmen zu lassen, und schloss die Augen.

Ein Klaps, und er riss die Augen auf, schrie, nur einmal, kurz, laut, erschrocken.

Grete, dachte David.

Gerlinde Mülstegen legte Grete das Neugeborene auf die Brust.

116

»Was machst du denn da?«, fragte seine Mutter.

»Ich rieche …«, sagte David.

»Ich weiß, ich weiß, die Bauern düngen schon wieder. Obwohl?«

Sie hielt die Nase in die Luft, schnupperte eine Sekunde und sah ihn ungläubig an.

»Du, ich rieche gerade gar nichts …«

»Nein, Mama, ich meine den Frühling.«

»Frühling?«

»Ja, ich rieche den Frühling, riechst du ihn nicht?«

»Rosig und agil«, sagte Gerlinde Mülstegen. »Wie heißt er denn, wie soll er eigentlich heißen?«

»Elias«, Grete lächelte. »Das ist mein kleiner Elias.«

»Elias«, schluchzte ihre Mutter.

»Einen schönen Namen hast du bekommen«, sagte Gerlinde Mülstegen jetzt zu dem Kleinen.

Sie hatten bei ihrem letzten Treffen miteinander geschlafen – wie sie bei fast jedem ihrer Treffen miteinander schliefen –, und rein rechnerisch käme er als Vater infrage, dachte David, dessen Hände nach Blutjohannisbeere rochen.

Aber war das nicht absurd? Er konnte nicht der Vater sein. Wenn er der Vater des Kindes wäre, hätte Grete ihm das gesagt.

»David, kommst du«, rief seine Mutter aus dem Haus.

»Ja, sofort.«

Er würde nach dem Mittagessen in den Kleikuhlenweg fahren und bei Grete klingeln. Es blieb ihm nichts anderes übrig, wenn er sie allein sehen wollte.

Christian Rochus war zügig vorgefahren und über den Hof ins Haus geeilt, durch die Diele direkt in die Stube, wo er die Bäuerin vermutete. Ihren Gatten, den Bauern, hatte er mit seinem Traktor auf dem Feld gesehen und dann kräftig aufs Gas gedrückt.

Sie kam ihm schon entgegengelaufen, mit überraschter Miene.

Sie müsse mitkommen, sagte er wie ein Polizeibeamter bei der Festnahme, auch wenn sie gar keinen Widerstand leistete, im Gegenteil. Nach Nordhorn, ins Krankenhaus, sagte er. Um da zu sein, während der OP, und vor allem wenn der Junge wieder aufwachte. Es sei wichtig, für ihren Sohn, eine ärztliche Anweisung – er bemühte sich, streng zu klingen.

Die Bauersfrau erwiderte kein Wort, sah ihn an, ließ alles stehen und liegen und folgte ihm.

Als er in die Oelstraße abgebogen war, sah er auf den Beifahrersitz hinüber. Die Bäuerin wirkte erleichtert, sie lächelte. Auch er lächelte, er tat das Richtige, er hatte das Gefühl, endlich, nach langer Zeit zum ersten Mal wieder das Richtige zu tun.

Was tun, grübelte Riemenschneider.

In dem Moment, in dem seine Frau den Eintopf auf den Tisch stellte, klopfte es an der Tür. Sie wollte schon gehen, aber der Pastor war schneller.

Wischnewski stand draußen, mit Frau und Kindern, die winzige Blumensträuße mit selbstgepflückten Gänseblümchen in der Hand hielten.

»Guten Tag, guten Tag.«

»Wischnewski!? Das ist ja eine Überraschung. Liebes, die Familie Wischnewski ist da.«

»Wir wollen nicht stören, Frau Pastor, Herr Pastor … Ich war nur den Vormittag über auf dem Land, bei den Bauern, und muss nachmittags wieder zur Schicht bis spät …«

Wischnewski überreichte Frau Riemenschneider ihren Korb, den sie bei ihrem letzten Besuch dagelassen hatte und der nun randvoll mit Kartoffeln gefüllt war – obendrauf lag ein Stück Speck.

»Das wäre aber … nicht nötig gewesen.«

»Sie stören nicht. Kommen Sie herein. Wir haben Essen auf

dem Herd, ich denke, es ist genug für alle«, sagte Riemenschneider und seine Frau nickte.

»Natürlich, kommen Sie. Kommt.«

Die ganze siebenköpfige Familie wurde an den Tisch gebeten,
Stühle, Hocker und auch zwei Eimer, auf denen die beiden
Jüngsten Platz nahmen, schob man schnell zusammen. Der
Eintopf war für mehrere Tage bestimmt, jetzt bekamen die
Gäste jeweils einen Teller.

»Wir wollen Ihnen wirklich keine Umstände bereiten«, sagte
Frau Wischnewski, bevor ihr Mann etwas sagen konnte.

»Umstände bereiten, so weit kommt es noch«, sagte Frau Riemenschneider und verteilte den Eintopf mit der Schöpfkelle.

»Wie läuft es im Betrieb, mein Lieber?«

»Fragen Sie nicht, Herr Pastor. Es geht drunter und drüber. Wir
haben große Schwierigkeiten bei den Ölbohrungen.«

»Läuft es nicht?«

»Es läuft schon, Herr Pastor, es läuft sogar sehr gut, das ist es
nicht. Wir haben da dauernd diese elenden Wassereinbrüche.
Die müssen wir abzementieren, nur fehlt uns Zement …«

»Was Sie nicht sagen!«

Riemenschneider lächelte, und die ganze Runde starrte ihn
erwartungsvoll an.

Der Ruhrpott war schwarz, wenn auch politisch überwiegend
rot. Auf der Landschaft, den Häusern und ihren Dächer lag,
wie ein Witwenschleier, feiner Staub, Kohlestaub, Spuren des
Tagebaus. Zechen, daneben Hochöfen und Arbeitersiedlungen,
Städte, deren Charme nichts mehr mit Schönheit zu tun hatte.
Einige Stunden Autofahrt nach Süden, von Emlichheim aus,
einige Stunden Autofahrt nach Norden, vom aschefarbenen
Industriestandort Essen aus. Wer morgens startete, kam mittags an, jeweils. Die Corinths begaben sich häufiger auf diesen
langen und ermüdenden Weg, um Sigruns Mutter und ihre
kleine Schwester Alma, die noch zur Schule ging, zu Hause in
der Ringer Straße zu besuchen.

Sigrun hatte nach dem Abitur am Nordhorner Stadtringgymnasium an der nach dem Krieg in Berlin gegründeten Freien Universität studiert und dort Alfred Corinth kennengelernt, ihren wortgewandten Kommilitonen des Faches Theologie. Er war im Ruhrpott geboren. Als er eine Stelle als Studentenpfarrer in Essen angetreten hatte, war sie ihm zwei Semester später hinterhergezogen. Allerdings hatte sie sich ihr Leben als Pfarrersfrau ein bisschen anders vorgestellt. Nicht nur, dass Alfred rund um die Uhr beschäftigt war – in seiner Funktion als Studentenpfarrer und nebenher auch noch als Dozent für Sozialethik und Religionsphilosophie an der Staatlichen Ingenieursschule –, regelmäßig lud er seine Kollegen und Studenten zu sich nach Hause ein, um bis spät in die Nacht über Politik, Philosophie und eine nebulöse kritische Theorie der Gesellschaft zu diskutieren. Über Politik und auch über Kulturthemen wurde bei den Corinths regelmäßig diskutiert, erst recht, wenn Besuch kam.

Sigruns Aufgabe war es, den Haushalt zu führen, die Gäste unterzubringen und zu bewirten. So auch ihren alten Freund, einen marxistischen Soziologen, den sie beide aus ihren Berliner Jahren kannten, der wie sie politisch wach und aktiv war und der für eine knappe Woche in den Ruhrpott gereist kam, um an verschiedenen Universitäten zu sprechen.

Todmüde traf er bei den Corinths in Essen ein, gegen Mittag, zum Essen. Sigrun erkannte ihn kaum, seine Haare waren länger, seine Augen dunkler und seine Brauen dichter, als sie es in Erinnerung hatte. Er war wie ausgehungert, ausgelaugt und aufgezehrt.

Etwa eine halbe Stunde nachdem Gerlinde Mülstegen den kleinen Elias in Gretes Arme gelegt hatte, kündigte sich durch eine weitere schwache Wehe auch die Nachgeburt an. Ein letztes, vergleichsweise harmloses Pressen – und die Plazenta war ausgeschieden. Keine weiteren Komplikationen, die Nabelschnur hatte aufgehört zu pulsieren.

»Willst du sie vielleicht durchschneiden«, fragte Gerlinde Mül-
stegen, die die Nabelschnur mit einem weißen Plastikreißmaul
abklemmte.
»Ich weiß nicht. Ja!?«
»Ja, mach doch!«
Ihre Mutter nickte zustimmend und Gerlinde Mülstegen
brachte eine Schere in Position. Grete richtete sich vorsichtig
auf, ein kleines Stück nur, und tat eigenhändig den Schnitt.
Keine große Sache, eine Konsistenz wie Gummi, es ging über-
raschend leicht.
»Das musst du sehen!«, sagte Gerlinde Mülstegen.
Grete warf einen Blick auf den Mutterkuchen, den ihr die
Hebamme hinhielt. Es war ein eindeutiger Fall. Der Umriss
der Plazenta sah genauso aus wie ein gemaltes Herz.

»Schmeckt's?«
Es duftete herrlich in Alma Kretschmars Küche. Sie hatte in
Rekordzeit den Fisch und das Gemüse zubereitet, nach einem
eigenen, italienisch inspirierten Rezept, al dente, gedünstet,
mit Knoblauch und frischen Kräutern.
»Ja, danke, sehr gut«, antwortete David zerstreut.
»Mein lieber Sohn, an meinem Essen wird es nicht liegen, dass
du so ein mürrisches Gesicht ziehst. Ich habe mich sehr auf
deinen Besuch gefreut, und ich möchte jetzt ein für allemal
wissen, was mit dir los ist! Also sprich endlich …«
»Na schön …«, er überlegte kurz.
»Mir ist da etwas passiert, bei der Arbeit …«

So gegen halb eins war das kurzatmige, übergewichtige Mädchen eingeliefert worden.
David hatte Dienst und war wieder einmal für die Kinder-
rettungsstelle zuständig. Er erinnerte sich sofort an sie, die
ungelenke Körperhaltung, die hilflosen Blicke. Die Kleine sei
nicht belastbar gewesen, schnell aus der Puste, hatte die alte
Frau gesagt, die ihre Enkelin bereits vor einigen Wochen in
die Notaufnahme gebracht hatte.

Ihm war während seiner Untersuchung damals nichts akut Besorgniserregendes aufgefallen – ein kleiner Husten, ja, aber mehr eben auch nicht –, eine Diät hatte er empfohlen, daran glaubte er sich zu erinnern, und die Symptomatik insgesamt als eher harmlos eingeschätzt. Er hatte das Mädchen samt der Großmutter kurzerhand wieder nach Hause geschickt.

Jetzt aber hatten sich die Symptome verschlimmert, der Husten war stärker geworden, drastisch. Natürlich musste sie zur Beobachtung bleiben, das Notwendige wurde veranlasst. David schickte sie sofort zur Echokardiografie und zum Röntgen des Brustkorbs. Die Großmutter bestand darauf zu bleiben, sie wartete im Flur, während ihre Enkelin im Bett liegend von Krankenpflegern durch die Klinik hin und her geschoben wurde.

Die Ergebnisse kamen schnell. Das Herz des Mädchens pumpte nur noch schlecht, und der Blutdruck in der Lunge war besorgniserregend angestiegen. David, in einem der Behandlungszimmer stehend, studierte die Krankenakte mit den Werten und hegte einen schlimmen Verdacht: primäre pulmonale Hypertonie, eine seltene Krankheit und in fortgeschrittenem Stadium aussichtslos.

Er überlegte. Es gab eigentlich nur die Möglichkeiten einer palliativen medikamentösen Behandlung, also einer Behandlung, die nicht auf Heilung, sondern lediglich auf Linderung der Beschwerden ausgerichtet war, oder unter Umständen einer Transplantation der Lunge respektive des Herzens und der Lunge. Aber woher so schnell ein Spenderorgan nehmen, zwei Spenderorgane? Und selbst wenn eine Transplantation zustande käme und gelänge, wäre damit nicht viel gewonnen.

Seine Gedanken überschlugen sich, Calciumantagonisten, Prostacyclinderivate, Endothelin-Rezeptorantagonisten, PDE5-Inhibitoren.

Es blieb ihm kaum Zeit, eine Entscheidung zu fällen. Alles ging so schnell.

Da erreichte ihn die Nachricht, das Mädchen sei ohnmächtig

geworden. Ein schlechtes Zeichen. Er lief zurück ins Kranken-zimmer und sah, wie die Schwester es an den Tropf legte. Er sah die Kleine an, es war hoffnungslos, er hatte keine Zweifel. Es war zu spät, sie lag bereits im Sterben.

David war blass geworden und sank auf den Stuhl. Die Groß-mutter hatte Recht gehabt. Wenn er vor vier Wochen gehandelt hätte, wäre vielleicht noch eine Therapie möglich gewesen, um ihr Leben wenigstens ein bisschen zu verlängern oder ihren Zustand mithilfe von Sauerstoff wenigstens eine Zeitlang zu verbessern.

Die Schwester fragte ihn etwas, aber er verstand nicht. Sie wie-derholte ihre Frage, und er sah sie resigniert an. Das Mädchen war nicht wiederbelebbar, keine Intensivmedizin konnte hier mehr helfen.

Was hätte er tun sollen? Die Symptome waren unspezifisch gewesen. Ein dickes, kurzatmiges Mädchen, das zur Schwer-fälligkeit neigte. Jeder hätte sie wieder nach Hause geschickt.

Jetzt stand auf einmal die alte Frau in der Tür, die Großmutter.

»Wie geht es ... was ist denn los?«

»Setzen Sie sich, bitte!« David rollte mit seinem Stuhl näher. »Es tut mir sehr leid, Ihnen das sagen zu müssen, aber wir können nichts mehr tun.«

Sie sah ihn fassungslos an.

»Es tut mir wirklich leid.«

»Aber ...« Sie rang nach Worten, ließ David nicht aus den Augen. »Aber ich war doch schon ... Ich war doch vor Wochen mit meiner Enkelin hier bei Ihnen gewesen. Sie haben sie doch untersucht und uns wieder nach Hause geschickt. Sie müssen doch irgendetwas tun können!? Um Gottes Willen! Himmel, Herrgott, tun Sie doch etwas! Schon meine Tochter ist daran gestorben, das hatte ich Ihnen doch gesagt. Auch sie war vor ihrem Tod so schlapp. Sie haben ja nicht hören wollen, Sie haben nicht hören wollen ...«

»Es tut mir leid, es tut sehr, sehr leid ...«

David sah seine Mutter an, die ihm aufmerksam zugehört hatte.

»Es ist schlimm. Aber es ist nicht deine Schuld, David.«

Er reagierte nicht.

»Es ist schlimm, aber auch schlimme Dinge passieren. Du kannst nichts dafür und auch nichts daran ändern. Aber es ist nicht alles schlimm. Es gibt auch gute Dinge, die passieren. Ich weiß, es ist kein Trost, wenn ich das sage. Aber es gibt sie, die guten Dinge. Und manchmal hilft es, zur Abwechslung einmal an sie zu denken.«

»Ach, Mutter…«

»Es muss endlich etwas geschehen in diesem Land. So geht es nicht mehr länger weiter, so kann es nicht weitergehen«, sagte der Gast, aufgebracht, schnaufend, und die Corinths nickten. Auch sie hatten die Zeitungen gelesen.

Er schaufelte das Essen in sich hinein. Es gab Hackbraten mit brauner Soße und Petersilienkartoffeln.

Sigrun freute sich, dass es ihm schmeckte.

In den wesentlichen Dingen, im Kern und den Ursprüngen ihrer Gedanken waren sie sich einig, das wussten sie, das hatten zahllose frühere Gespräche ergeben, deshalb vertrauten sie einander nahezu blind, wenn sie auch nicht immer übereinstimmten. Die Corinths, ihr Gast und viele ihrer Freunde träumten von einem demokratischen Sozialismus christlicher Prägung. Es ging ihnen – auch und nicht zuletzt – um den Glauben, um Liebe und Hoffnung auf bessere Zeiten. Das Christentum empfanden sie als Ausdruck dieses Glaubens, dieser Liebe, dieser Hoffnung.

»Heute hält uns nicht eine abstrakte Theorie der Geschichte zusammen, sondern der existentielle Ekel vor einer Gesellschaft, die von Freiheit schwätzt und die unmittelbaren Interessen und Bedürfnisse der Individuen und der um ihre sozial-ökonomische Emanzipation kämpfenden Völker subtil und brutal unterdrückt«, sagte ihr Gast, und dass das bestehende parlamentarische System seinen Zweck nicht mehr erfülle.

Alfred hatte aufmerksam zugehört. Auch er hegte Vorbehalte gegenüber dem politischen System, an dessen Spitze seit anderthalb Jahren ein alter, unfähiger Nazi stand und der – das wussten sie alle – nur die Spitze des Eisberges war. Ehemalige NSDAP-Mitglieder besetzten Spitzenämter, gedeckt und protegiert von der deutschen Justiz, sie waren wieder Richter, Ärzte, Anwälte und Unternehmer, im Fußballstadion wurde nach der Nationalhymne, ohne mit der Wimper zu zucken, das Horst-Wessel-Lied gesungen, das Gebrüll des »Dritten Reiches« wurde nicht aufgearbeitet, nirgends, es tönte nach wie vor, und ehrenwerte Widerstandskämpfer, die wahren Helden, galten in der »Braunen Republik Deutschland« als Vaterlandsverräter.

Doch Sigrun und Alfred setzten ihre Hoffnungen nicht allein auf Demonstrationen und die außerparlamentarische Opposition, sondern auch auf eine andere Partei, die, so glaubten sie, an dem System etwas ändern könnte, wenn sie erst an die Macht käme, wenn sie erst die Regierung stellte, die, so glaubten sie, Statik in Dynamik verwandeln könnte, Reaktion in Fortschritt.

Ihr Gast, der nur verächtlich die Stirn runzelte, glaubte nicht an die Sozialdemokraten, da er nicht davon ausging, dass irgendein Abgeordneter im Parlament tatsächlich die Belange der Bevölkerung repräsentierte, für sie einstand oder gar kämpfte. Parteien nannte er Plattformen für Karrieristen, nichts weiter. Ihm schwebte eine Art Räterepublik nach russischem Vorbild vor, allerdings in deutlicher Abgrenzung zu ihrer stalinistisch bürokratisierten Perversion. Ihm schwebte nichts Geringeres als eine Revolution vor, seine Vorbilder waren die südamerikanischen Guerilleros.

»Jesus Christus zeigt allen Menschen einen Weg zum Selbst – diese Gewinnung der inneren Freiheit ist für mich allerdings nicht zu trennen von der Gewinnung eines Höchstmaßes an äußerer Freiheit, die gleichermaßen und vielleicht noch mehr erkämpft sein will«, sagte er hitzig. »Koste es, was es wolle.«

Alfred unterbrach ihn, denn er war nicht einverstanden. Auch er wollte kämpfen, verstand aber den Begriff des Kampfes weit weniger martialisch als sein Gesprächspartner.

»Auf keinen Fall darf es zu Gewalt kommen. Auf keinen Fall.«

»Gewalt erzeugt immer nur Gegengewalt«, ergänzte Sigrun, aber ihr Gast winkte energisch ab.

»Revolution ist nicht ein kurzer Akt, wo mal irgendwas geschieht, und dann ist alles anders. Revolution ist ein langer komplizierter Prozess, wo der Mensch anders werden muss«, sagte er grimmig.

»Aber…«

»Auch wenn man gut konsumiert, kann man dahinvegetieren«, sagte er und steckte sich einen weiteren Bissen Hackbraten in den Mund.

Alfred Corinth, fast ein halbes Jahrhundert später an demselben Esstisch sitzend, an dem sie einst in Essen gesessen, gegessen und diskutiert hatten, erinnerte sich deutlich an die letzte Begegnung mit dem Essener Gast, der längst in die Geschichtsbücher eingegangen und nach dem sogar vor einigen Jahren in Berlin eine Straße benannt worden war. Er hatte es in der Zeitung gelesen und Genugtuung empfunden.

Alfred hatte mitbekommen, wie sich nach ihrer letzten Begegnung Ende der sechziger Jahre das Denken vieler seiner Generationsgenossen mehr und mehr radikalisiert hatte und schließlich in Gewalt umgeschlagen war, wie vielerorts Chaos ausgebrochen war und ein ganzes Jahrzehnt in Atem gehalten hatte. Gleichzeitig hatte er erlebt, wie sich Dinge nach dem herbeigesehnten Wahlsieg der SPD und der neu geschmiedeten sozialliberalen Koalition anderthalb Jahre später verändert hatten. Was er immer noch nicht verstand, war, wieso sich dieses neue Bewusstsein, für das sie seiner Meinung nach lange und am Ende so erfolgreich gekämpft hatten, nicht als nachhaltiger erwiesen hatte. Und er verstand nicht, wieso sich die »heutige Jugend« – so drückte er sich gelegentlich aus, und Sigrun schalt ihn dann jedes Mal für seine »konservative, traditionell kulturpessimistische Wortwahl« –, wieso sie sich einfach mit allem abzufinden schien, wieso sie heute nicht mehr kämpfte, so wie sie damals gekämpft hatten.

»Jetzt iss erst einmal etwas«, sagte Sigrun, die eine Gemüsesuppe vom Vortag aufgewärmt hatte. »Möchtest du eine Scheibe Brot dazu?«

»Wie bitte?«

»Eine Scheibe Brot?«

»Ja, danke«, antwortete Alfred, der mit seinen Gedanken zwischen seinem Predigttext, der Gemüsesuppe und der plötzlichen Erinnerung an Hackbraten und die sechziger Jahre hin- und herpendelte.

Die Zeit schritt voran, das wusste er, gelegentlich aber wurde sie auch wie von unsichtbarer Hand zurückgedreht, und manchmal, nicht selten – und auch darüber wollte er am Sonntag in seiner Predigt sprechen –, wiederholten sich die Ereignisse. In dem Moment fiel ihm der Wein ein, den er am Abend ausschenken wollte, der Nahe-Riesling. Das brachte ihn auf andere Gedanken. Hatte er auch den richtigen Sekt besorgt?

Ihre zitternde Tochter in den Armen haltend, hatte sie in der Nacht kaum ein Auge zugetan. Wenigstens knurrte der Magen nicht – dank der Butter, die sie zu den steinharten Brotresten hatten essen können.

Sie waren der Spree gefolgt, von Fürstenwalde aus, den Ansturm der Russen hinter sich im Rücken wissend, und in einer Scheune nahe Eichwalde, am Zeuthener See, untergekommen. Berlin mieden sie und bewegten sich an den südlichen Stadtgrenzen vorwärts Richtung Westen. Ihr nächstes Ziel war die Elbe.

Sie liefen und liefen, und die Tochter klagte über ihre wunden Füße in den nach dem langen Marsch undicht gewordenen

Schuhen, sie konnte kaum noch laufen, sie konnte nicht mehr. Etwa auf der Höhe von Kleinmachnow, im Süden Zehlendorfs – denn trotz allem waren sie vorwärtsgekommen –, hielt ein kleiner, offener Militärlastkraftwagen neben ihnen am Straßenrand. Sie hatten ihn schon heranfahren hören. Am Lenkrad saß ein junger Soldat, der sie teilnahmslos ansah. Von der Ladefläche aus winkte sie eine Frau heran.

Die Mutter und ihre Tochter traten vorsichtig näher und sahen neben der Frau ein kleines Mädchen und einen kleinen Jungen sitzen, die sie schüchtern, aber neugierig musterten. Der Junge musste fünf, sechs Jahre alt sein, das Mädchen ein bisschen jünger, vielleicht so alt wie Sigrun.

»Wir kommen aus Berlin«, sagte die Frau und lächelte. Der Mutter gelang das nicht.

»Heidau, nahe Breslau.«

»Aus Schlesien? Sie haben großes Glück, dass Sie es bis hierher geschafft haben. Mein Mann, er ist bei der Wehrmacht, hat uns eine Nachricht geschickt – und den Wagen, der uns aus der Hauptstadt holen sollte. Wir wissen, was an der Oder geschehen ist.«

Die Mutter schüttelte unmerklich den Kopf. Nichts wusste diese Frau. Sie ahnte nicht einmal, was geschehen war.

»Auch Berlin wird fallen. Es ist jetzt sicherer im Westen«, sagte sie.

»Über die Elbe. Wir wollen über die Elbe.«

»Es ist weit bis dahin. Hier ist genügend Platz im Wagen. Wollen Sie vielleicht? Können wir Sie mitnehmen?«

Niemanden zog es in der Mittagsstunde hinaus an den Dorfrand, zum Vechteufer. Keine Menschenseele weit und breit um diese Zeit.

Die Sonne sorgte zur Freude der Heuschrecken und Grillen für sommerliche Temperaturen und ließ diese Streichmusiker ihre Bögen im Fortissimo auf die Saiten schlagen.

Allein von den Sportplätzen des nahe gelegenen Schulgeländes

tönten die enthusiastischen Rufe der Schüler im späten Sportunterricht und die Signale der Pfeife ihres Lehrers herüber,
Weitsprung, Kugelstoßen, Sprint und Dauerlauf.

Der trillernde Klang irritierte die rotäugigen Blässhühner, die
am Schilfrand schnalzend mit ihren Revierkämpfen beschäftigt
waren und einander anvisierten, um auf offenem Wasser wie
schwarze Torpedos aufeinander loszuschießen. Der auf diese
lästigen Unruhestifter herabblickende Haubentaucher ließ sich
von der Strömung in ruhigere Flussabschnitte treiben, er hatte
Besseres zu tun. Das Stockentenpaar ließ sich beim Gründeln
in Ufernähe genauso wenig stören wie das graziös dahinglei-
tende Schwanenpaar.

Über den Uferweg näherte sich nun eine blasse Gestalt in weißem Kleid – bei näherem Hinsehen war zu erkennen, dass es
sich um eine lange, hellgraue Strickjacke handelte. Eine Frau
um die vierzig. Als sie ans Wasser trat, verstummte plötzlich
der Chor der Vögel, und auch das Streichertutti erstarb für
einen Moment. Die Zeit, sie blieb stehen. Es war, als wollte
sie die Frau zurückhalten, aber es war zu spät, um ihren einmal
gefassten Entschluss wieder ins Wanken zu bringen.

Das Wasser war kalt. Sie spürte das nicht, sie tat einen weiteren
Schritt, und es reichte ihr bis zu den Knien. Die Füße sanken
ein Stück in den schlammigen Grund ein, Wurzeln, Algen und
Schlick. Etwas Glattes, vielleicht eine Bierflasche. Jetzt ließ sie
ihre Hände langsam eintauchen, griff nach dem Wasser. Die
Wolle ihrer Strickjacke wurde schwerer. Aber der Sog in die
Tiefe beschwerte die Frau nicht, nein, ihr wurde immer leichter
zumute. Das Unaufhaltsame, Unausweichliche, es erfüllte sie
beinahe mit Freude und Lust, mit diesen Gefühlen, die sie
schon lange nicht mehr spüren konnte.

An derselben Stelle war vor Jahren schon die Mutter der Frau in
die Vechte gegangen, vor vielen Jahren auch ihre Großmutter,
später ihre Tante und eine ihrer Schwestern. Es schien ihr, als
müsste es so sein. Der natürliche Lauf der Dinge. Sie breitete
ihre Arme aus und ließ los, sie sank und fiel. Als sie nicht

mehr zu sehen war, begannen die Vögel wieder zu singen, sehr gemächlich zunächst, feierlich.

»Cuius regio, eius religio.«
In Emlichheim – und auch in den übrigen Ortschaften der Grafschaft – ging die Sache schnell vonstatten, als die fünf-undneunzig Thesen der Sage nach von dem jungen, rebelli-schen Mönch erst einmal an die Schlosskirche in Wittenberg geschlagen worden waren.
Nur wenige Jahre später, seit dem Augsburger Reichstag, herrschte ein neuer Graf in Bentheim. Arnold I. entschloss sich, nicht sofort, aber doch bald, das neue, lutherische Bekenntnis anzunehmen – und mit ihm taten es – gezwungenermaßen, ob sie es wollten oder nicht – auch seine Untertanen auf beiden Seiten der Vechte. Bis Arnolds Enkel die puritanischen Lehren der Schweizer Reformatoren Zwingli und Calvin kennenlernte und die Grafschafter Gottesdienste eine entsprechende Mo-difizierung erfuhren. Im Klartext hieß das, die unter luthe-rischer Ägide noch geduldeten Altäre, Bilder und Kruzifixe verschwanden aus den Kirchen, Wandmalereien wurden kur-zerhand übertüncht, Kargheit und Schlichtheit erhielt Einzug in die bislang üppig und kunstvoll ausgestatteten Gotteshäuser. Das färbte ab, das prägte die Gemüter. Geheiratet wurde seit jeher nur innerhalb einer Konfession. Die niederländische Landesgrenze im Westen, das katholische Emsland im Osten reduzierten die Optionen einer Brautwahl beträchtlich. Hoch-zeiten blieben dennoch nicht aus. Um den Genpool aber war es denkbar schlecht bestellt.

»Herrn Piontek!«
Heinrich Piontek erschrak und sah, wie sich die vom Sportplatz zurückkehrende Schülerschar dem Physikraum näherte, dessen Fenster offen standen.
»Herrn Piontek!« Sie winkten. »Machen Sie mal die Tür los, unser Ball ist da rein.«

Er löste sich aus seiner Starre und schüttelte den Kopf. Jedes Mal, wirklich jedes Mal wieder staunte er darüber, wie schlecht es in diesem Emlichheim um die Grammatik bestellt war.

Johann Bütering ersehnte nichts so flehentlich herbei wie die Abendstunden. Er wollte sich endlich volllaufen lassen.

Christian Rochus fuhr wieder zurück nach Emlichheim.
Er hatte die Bäuerin im Krankenhaus abgeliefert, auf die Station begleitet und mit dem verantwortlichen Arzt gesprochen. Der Junge war für die OP bereits vorbereitet worden, aber noch nicht narkotisiert, so dass sie ihn noch bei Bewusstsein angetroffen hatten.

Gisela Piontek putzte das Bad und bezog das Bett mit frischer Wäsche.

Grete trug ihren Sohn ins Schlafzimmer, Gerlinde Mülstegen folgte ihr. Der Kleine sollte jetzt bald zum ersten Mal gestillt werden.

Sigrun und Alfred Corinth legten sich nach dem Mittagessen hin.
David musste längst angekommen sein, dachte Sigrun, bevor sie einschlief. Und wann er wohl Grete besuchen würde?

Ein heißer, sonnig gleißender und dabei gerade erst anbrechender Frühsommernachmittag. An einigen Stellen des Gehweges glänzte der durch die drückende Mittagshitze geschmolzene Teer im bröckelnden Asphalt und roch süßlich, während ringsherum die Heckenrosen noch immer weißrosa blühten und mit ihren verschwenderischen Pollen die Schwebfliegen, Hummeln und Bienen verrückt machten.

Sie hatten sich verabredet, zum Spielen, und natürlich um wieder einmal verbotene Dinge zu tun. Das war ihr Pakt, die Basis ihres Miteinanders. Welche verbotenen Dinge auch immer, darüber berieten sie meist ausführlich im Geheimen.

Anna Baumann, Laras Mutter, die es eilig hatte, weil sie noch in die Stadt fahren wollte, um einzukaufen, setzte ihre Tochter vor der Haustür der Kretschmars ab. In ein paar Stunden würde sie sie wieder aufsammeln.

Zeit genug also für alles, was sie planten, dachte die kleine Lara und klingelte endlich.

Alma Kretschmar öffnete die Tür, um deren Rahmen zu jener Zeit noch verschlungene Efeuranken wuchsen. Im Vorgarten wucherten Buchsbäume, Koniferen und Bodendecker.

Alma freute sich über das Mädchen mit den blonden Zöpfen.

»Hallo, Lara, komm rein.«

Durch die Frontscheibe des Wagens leuchteten Anna Baumanns roter Lippenstift und ihr blau funkelnder Lidschatten. Alma winkte ihrer Freundin und dem mit quietschenden Reifen von der Hofeinfahrt fahrenden zitronenfarbenen Citroën hinterher. Zum Abschied tönte noch einmal laut die Hupe.

»David, kommst du runter? Lara ist da.«

Alma hätte ihren Sohn nicht erst zu rufen brauchen. David schoss die Treppen herunter, wäre dabei beinahe gestürzt, konnte sich aber gerade noch an dem metallenen Geländer festhalten. Er ließ es sich nicht anmerken, nahm die kleine Lara – viel größer war er selber auch nicht – entschlossen an die Hand und zog sie mit sich nach oben, in sein Zimmer, sein sorgfältig bewachtes Heiligtum, in dem er mit besessener Liebe zum Detail eine Cowboystadt – Saloon, Sheriff's Office und Krämerladen –, das Soldatenfort und ein aus mehreren Wigwams bestehendes Indianerlager von Playmobil aufgebaut hatte. In einer Ecke lehnte an der Wand sein Cello, später – so war es mit seiner Mutter besprochen – sollte er noch eine Stunde üben.

»Ich weiß, was wir machen!«

»Au fein.«

Zuerst einmal kramte David sein Badezeug aus dem alten Schrank zusammen – Lara hatte ihres zu Hause schon heimlich eingesteckt. Sie trug ein hellblaues Oilily-Kleid, auf dem es vor blühenden Sommerblumen in allen erdenklichen Farben und Formen wimmelte. David, Handtuch und Badehose unterm Arm, machte einen Schritt auf sie zu und schnupperte, als würde er den Phantomduft der Blumen auf ihrem Kleid wie ein Parfüm einatmen wollen. Es war Sommer. Sie grinsten.

Oha, bij de Mülstegens Gerlinde doar achtern kick ait noch de Post ut'n Breefkasten … De sall wal nich in Huus west ween. Woar süll se dann ween?*

Aber bevor die alte Brügging darauf kam, dass Grete Piontek womöglich gerade ihr Kind gebar und ihre Nachbarin, was ja nichts Ungewöhnliches wäre, in Berufsdingen unterwegs war – immerhin hatten die Vögel das Lied von der geplanten Hausgeburt schon vor längerer Zeit von den Dächern gesungen, Gisela Piontek hatte natürlich geplaudert –, wurde sie durch etwas abgelenkt. Ihr fiel wieder ein, was ihr Fenna Brookschnieder vorhin vorm Blumenladen erzählt hatte. Als gerade die hoch-

---

* Aha, bei der Mülstegen Gerlinde drüben steckt immer noch die Post im Briefschlitz … Die war also nicht zu Hause. Wo könnte sie sein?

näsige Alma Kretschmar vorbeigefahren war, die Lehrerin, mit ihrem feinen Herrn Sohn auf dem Beifahrersitz. Bestimmt hatte sie den vom Bahnhof in Bentheim abgeholt, der war ja gleich weggegangen nach dem Abitur, erst nach Köln, dann nach Berlin. Auch so einer, dem ihr Dorf nicht fein genug war. War wohl jetzt Arzt, in Potsdam, hatte sie gehört, ja, wer hatte denn das noch erzählt unlängst?

Sie atmete heftig. Darüber wollte sie gar nicht nachdenken. Es war diese andere Geschichte, die sie beschäftigte. Brühwarm hatte Fenna Brookschnieder es ihr unter die Nase gerieben. Nein, nicht, dass Fenna Brookschnieder den Doktor Rochus für den Vater des Kindes von der jungen Piontek, der Grete, hielt. Daran glaubte sie nicht, nicht mehr, das wusste sie seit einer ganzen Weile schon besser – der Rochus nämlich schaute eher nach jungen Männern. Joa, joa, noa junge Kerls ...*
Deswegen gingen ja viele Herren gar nicht mehr zu ihm in die Sprechstunde. Und sie war nicht ganz unschuldig an dieser Entwicklung. Aber das war es nicht, was ihr Herz höher schlagen ließ. Nein, dass der Herbert Klinge aus der Tannenstraße, der von der Emslandstärke, dass der ein Verhältnis mit der Hildegard Brinkmann haben solle, das war ihr neu gewesen, das war die Geschichte von Fenna Brookschnieder, und es war auch noch nicht alles. Fenna Brookschnieder, das musste sie ihr schon lassen, dachte die alte Brügging mit einem gewissen Respekt, die hatte Sensationelleres zu erzählen gehabt. Gerrit Brinkmann nämlich, der Ehemann von Hildegard Brinkmann, der als Sparkassenfilialleiter auch ihr Chef war – sie stand da den lieben langen Tag am Schalter –, der hatte seinerseits ein Verhältnis mit ... – sie lachte in sich hinein – der Gerrit Brinkmann, der von seiner Frau die Hörner aufgesetzt bekam, der hatte auch ein Verhältnis und zwar mit niemand anderem als Roswitha Klinge, der Frau von Herbert Klinge.

Nichts, aber auch gar nichts konnte die alte Hermine Brügging vom Volzeler Mühlenweg so sehr erheitern, nichts füllte sie so

* Jaha, nach jungen Männern ...

vollkommen aus wie die köstliche Abwechslung, die ihr solche seifenopernartigen Tratschgeschichten boten, noch besser als es diese Serien im Fernsehen vermochten, die sie nie anzusehen versäumte.

In dem Moment sah sie den Wagen ihrer Tochter nahen, einen roten Opel, öffnete die Gartentür und lief vor bis zur Straße. Die würde staunen. Sie rieb sich schon die Hände.

Der Espresso, den Alma David nach dem Mittagessen hinge-stellt hatte, stand immer noch unberührt auf dem Esstisch, als er durch die Tür hereinkam. Seine Mutter war wieder ein bisschen älter geworden, wie die feinen Falten an Mund und Augen verrieten.

»Da bist du ja, das ging aber schnell mit deinem Mittagschlaf. Ausgeruht?«

»Ja, sehr.«

»Möchtest du jetzt einen Kaffee?«, fragte sie und zwinkerte ihm zu.

»Ja, bitte, aber ich kann mir den selber machen, Mama.«

»Kommt gar nicht infrage.«

David lief zum Buffetschrank, in dem er die Süßigkeiten ver-mutete, und öffnete die knarrende Tür, fand aber nur blank-polierte Weingläser und Geschirr – das teure Porzellanservice seiner Oma, von dem er wusste, dass es nicht aus der Zeit vor dem Krieg stammte, sondern aus späteren Jahren, als sie wieder zu Geld gekommen und seine Mutter schon geboren war. Bis auf die Schwanenbrosche – ihm fiel ein, dass er keine Ahnung hatte, wo die eigentlich steckte – gab es keine alten Familienerbstücke im Hause Kretschmar oder im Hause Co-rinth, nur solche wie das Porzellan oder die Standuhr, die aus Wirtschaftswunderzeiten stammten wie auch der Rest der mehr oder meist weniger geschmackvollen, vor Jahren aufgelösten Einrichtung seiner Großmutter.

»Schokolade?«

»Gerne.«

»Die habe ich neuerdings hier.« Alma Kretschmar öffnete eine Schublade.

»Wunderbar.«

David hasste es, seine Mutter zu enttäuschen, aber er konnte jetzt nicht bleiben und länger abwarten, er musste, auch wenn er gerade erst angekommen war, raus an die frische Luft und sich ein bisschen die Beine vertreten. Morgen war schließlich auch noch ein Tag, an dem sie gemeinsam Zeit verbringen konnten.

»Du glöaws nich, wat Fenna Brookschnieder mij vandage vetäilt heff«,[*] sagte die alte Brügging, kaum dass sie im Auto saß und sich angeschnallt hatte. Ihre Stimme überschlug sich fast.

»Hallo erst einmal«, erwiderte ihre Tochter, die von ihrer klatschsüchtigen Mutter bereits genervt war, bevor diese noch richtig in Fahrt gekommen war. Aber dafür brauchte es nie lange.

»Joa, joa, hallo. Du, ick mött dij wat vetelln. Du sass et nich glöawen. Du käins doch denn Brinkmann van de Spoarkasse, Gerrit Brinkmann en Hildegard, siene Frau? En de Familie Klinge ut de Tannenstroate, Herbert en Roswitha Klinge…«

»Guck doch mal raus, Mutter. Der blaue Himmel. Was für ein schönes Wetter wir haben…«

Sie drückte aufs Gaspedal, aber ihre Mutter war nicht zu bremsen.

Durch einen dummen Zufall – »ick segg bloos Unnerbuckse«[**] – war alles herausgekommen. Die Klinges und Brinkmanns waren zum Tagesthema des Dorfes geworden, zum Klatsch und Tratsch der Saison, und jetzt überlegten die bei-

---

[*] »Du glaubst nicht, was mir Fenna Brookschnieder heute erzählt hat… – Ja, ja, hallo. Du, ich muss dir was erzählen. Du glaubst es nicht. Du kennst doch den Brinkmann von der Sparkasse, Gerrit Brinkmann und Hildegard Brinkmann, seine Frau? Und die Familie Klinge aus der Tannenstraße, Herbert und Roswitha Klinge…«

[**] »Ich sage nur Unterhose.«

den Ehepaare, die sich seit Jahren gegenseitig betrogen, sich scheiden zu lassen und überkreuz neu zu heiraten. Also das gab es doch gar nicht, das schlug doch dem Fass den Boden aus. »Dat schleet d'r doch bij döar. Denn Pestoar kenne ick nich, denn mött eärst noch geboren wödden, denn dat tolatt …«*
»Aber wieso sollte er das nicht zulassen? Es ist doch heutzutage nichts dabei, wenn man sich scheiden lässt und neu heiratet, es ist sogar viel besser so.«
»Dat is … ick weet nich, dat is … nich christlijk … teminsten nich in'n Sinn van ounsen Allmächtigen …«
»Mutter, du redest so einen Unsinn …«
»Of nou wal de eene bij'n annern intreckt of annersüm?«
Der rote Opel fuhr den Westerhook hinunter, bog links ab in die Coevordener Straße und näherte sich der großen Kreuzung, dem Ort also, wo die alte Brügging vor wenigen Stunden erst den Klatsch in Erfahrung gebracht hatte. Währenddessen pries eine nasale Stimme aus den Boxen den Sender »Radio FFN – der beste Mix für Niedersachsen« an.
Überall auf der Straße lagen Kartoffeln, da hatte wohl wieder ein Hänger zu hoch gestapelt. Wenn der Reifen des Autos eine Knolle erwischte, ergab das ein saftig schmatzendes Geräusch und hinterließ breiige Überreste. Die alte Brügging stöhnte dabei jedes Mal, als führe ihre Tochter ihr über die eigenen Füße. Es hatte allerdings den Anschein, als wiche ihre Tochter den Goldnuggets mit Absicht nicht aus, als versuchte sie regelrecht, hier im Dorfkern so viel klebrigen Matsch zu erzeugen, wie es ihr nur irgend möglich war.

Friedrich II., im Volksmund gerne »der Große« genannt, hatte seine Herrschaft 1740 angetreten und seinen Vater, den Soldatenkönig Friedrich Wilhelm I., als Regenten abgelöst. Dem

---

* »Das schlägt doch dem Fass den Boden aus. Den Pastor kenne ich nicht, der muss erst geboren werden, der das zulässt … – Das ist … ich weiß nicht, das ist … nicht christlich … jedenfalls nicht im Sinne unseres Allmächtigen … – Ob jetzt wohl die eine beim anderen einzieht und umgekehrt?«

Regierungsantritt Friedrichs II. war auf dem Fuße ein schwerer Hungerwinter gefolgt. So etwas prägte, besonders einen umtriebigen, ehrgeizigen Regenten, wie er einer war. Die alten und neu gewonnenen preußischen Provinzen wollten schließlich ernährt werden und Friedrich, schon groß genug, plante, kaum dass er sich die Krone aufgesetzt hatte, bereits neue Kriege, nur war die Nahrung knapp und der Getreideanbau vor allem durch die vielerorts praktizierte Dreifelderwirtschaft und den überwiegend sandigen Boden der spärlich besiedelten Mark Brandenburg anfällig. Aus dem benachbarten Sachsen, auf das der junge König eigentlich gar nicht so gut zu sprechen war, waren Gerüchte herüber in sein Reich, nach Preußen, gedrungen. Von einer aus der Neuen Welt importierten Erdfrucht war die Rede, Trüffel oder Tartoffel genannt, auch Erdapfel, Erdbirne, Grundbirne oder Bodenbirne. Friedrich war gleich hellhörig geworden, ließ sich die unansehnlichen braunen Knollen mit dem gelben Kern kommen und kochen, er probierte und erkannte nach Anhörung der Meinungen einiger ausgezeichneter, vortrefflicher Experten schnell ihren praktischen Nutzwert. Die schmackhaften Früchte kamen wie gerufen.

Nun war der Enkel der feingeistigen Leibniz-Freundin Sophie Charlotte ein gebildeter, weltoffener Mann. Anders als die preußischen Bauern.

»Die Dinger riechen nicht, und schmecken nicht und nicht einmal die Hunde mögen sie fressen«, lautete eine typische Meinung. »Räsonniert, so viel ihr wollt und worüber ihr wollt, aber gehorcht«, lautete dagegen bekanntlich seine. Also musste er seine Untertanen zu ihrem Glück erst zwingen. Aber wie?

Grete lag in ihrem Bett, ihre Mutter hatte es eben erst frisch bezogen. Die Sonne schien durchs Fenster, und der Kleine befand sich in einem selbst gestrickten Pucksack eingehüllt an ihrer Brust. Mit dem Stillen hatte es nicht auf Anhieb geklappt, und

Gerlinde Mülstegen hatte ihr dabei ein wenig helfen müssen, aber jetzt lag Gretes Sohn zufrieden da und saugte.

Gerlinde Mülstegen, kraft ihrer unangefochtenen Autorität als örtliche Hebamme, hatte Gisela Piontek – nunmehr Oma – rechtzeitig vor dem ersten Stillversuch zur Apotheke geschickt, um Wochenflusseinlagen für ihre Tochter zu besorgen – und auch, damit Grete und der kleine Elias vorübergehend ein bisschen Ruhe vor ihr hatten. Außerdem sollte sie einkaufen gehen, die Zutaten für eine Hühnersuppe besorgen und sie nach Möglichkeit auch bald kochen. Nach den Anstrengungen der Geburt brauchte Grete Ruhe, aber irgendwann auch eine kräftige, nahrhafte Stärkung.

Hochsommer. An der Ecke vis-à-vis zur lutherischen Kirche gab es einen kleinen Tante-Emma-Laden. Bis dorthin hatten sie es nicht weit.

Die Verkäuferin, eine alte Dame in weißem Kittel, begrüßte David und Lara Baumann freundlich, als die Kinder eintraten. Von ihrem zusammengelegten Taschengeld kauften sich die beiden ein paar Schokoriegel, eine Flasche Fanta und eine große Tüte Gummibärchen.

»In dieser Straße wohnt meine Freundin Grete Piontek«, sagte Lara, als sie die Ladentür wieder hinter sich geschlossen hatten, und blickte David vielsagend an.

»Grete Piontek? Kenne ich nicht. Wollen wir sie mitnehmen?«

»Ja, wenn sie zu Hause ist.«

»Gut«, entschied er und murmelte den Namen, den er auf dem Schild las, vor dem sie inzwischen standen: Wintershallstraße.

Lara Baumann klingelte bei den Pionteks. Es dauerte nicht lange, und sie kam mit einem Mädchen zurück auf den Gehweg.

»Hallo.«

»Hallo!«

»Oh, du darfst deinen Badeanzug nicht vergessen«, fiel Lara ein, und Grete lief noch einmal zurück.

»Wir können los. Wohin geht's denn?«, sagte sie, als sie zurück war.

»Wart's ab.«

David, der behauptete, den Weg genau zu kennen, ging voran. Bald stießen sie auf eine Kreuzung. Seinem Bauchgefühl folgend, wollte er geradeaus gehen. Aber die Emslandstraße machte laut Straßenschild eine Biegung nach links – und er glaubte, sie führte sie ans Ziel. Also bogen sie ab.

Auf einmal griff Grete nach seinem Arm und zog ihn mit einem Ruck zurück. David sah nur, wie auch Lara einen Satz machte. Sie blickte ihn erschrocken an, während er Gretes Hand fest umklammert hielt.

Ein großer Trecker der Marke Deutz rauschte mit zwei voll beladenen Anhängern an ihnen vorbei. Ein paar Kartoffeln fielen herunter und kullerten bis vor ihre Füße.

»Der spinnt ja.«

»Bestimmt besoffen«, sagte David.

Sie lachten.

David betrat den kleinen Fußpfad, der schräg gegenüber dem Kretschmar'schen Haus an einem schmalen Wassergraben entlang von der Tannenstraße – in der es so gut wie keine Tannen gab – zum Kurzen Weg führte, der tatsächlich nur unwesentlich länger war, als er hieß.

Auf dem dürftigen Rinnsal schwamm ein Stockentenpärchen. Früher, als auf der anderen Straßenseite noch keine Häuser standen, konnte man von den Kretschmars aus über einen schmalen, von Bäumen und Dickicht gesäumten Sandweg direkt und geradeaus zum Grundschulgelände mit dem Hallenbad laufen, das von einem kleinen, hügeligen Zauberwäldchen umgeben war, oder vorher in Richtung Kanal abbiegen. Hier hatten sie als Kinder nachmittags Cowboy und Indianer oder Schatzinsel gespielt, Grete, Lara – was war eigentlich aus Lara Baumann geworden? – und er, aber die verwunschenen Sandwege und Böschungen, die undurchsichtigen Dickichte waren verschwunden, alles längst zugebaut, keine Hasen, Fasane und Rebhühner mehr, die man aufschrecken konnte, kein Igel, der sich vor den Füßen zu einer stacheligen Kugel zusammenrollte und keine Eulen, die sie von den Baumkronen aus mit schläfrigen Blicken verfolgten oder später, wenn es dämmerte, lautlos wie Schatten über ihre Kinderköpfe hinwegglitten. Nur der Duft des dunklen, sandigen Bodens, als vage Witterung, als wahre oder erinnerte, der lebte …

Die eine, letzte, die dort immer noch saß, war die korpulente Ringeltaube, deren dumpfer, kehliger Ruf – ruckedigu, ruckedigu – weit und märchenhaft über die Dächer der Häuser schallte.

Zwischen den Azaleen und Mahonien auf der anderen Grabenseite, am Rande eines von wildem Wein überwucherten, lehmgelben Hauses, scharrten Zwerghühner im Sand oder nahmen ein Staubbad. Als David an ihnen vorüberging, begannen sie im Chor zu gackern und zu schimpfen.

Am Ende des Pfades blieb er stehen und sah nord-nordwestwärts in die Richtung der vergangenen Kinderwelten. Die Kartoffeläcker, die so gut zum Plündern geeignet und innerhalb der Dorfgrenzen kaum noch anzutreffen waren, die dichten Maisfelder, in denen sie sich verbotenerweise versteckt hatten. Heimliche Küsse, damals noch auf Wangen und nur flüchtig auf den Mundwinkel. Die Krüppelkiefern, die weiß blühenden Holunder- und Schlehenbüsche, stachelige Brombeeren und der dunkle, sandige Boden. Ein Brombeerstachel, der leicht die Haut einritzte.

Wieder hätte er sich am liebsten hingeworfen, der Länge nach ausgestreckt und seine Nase eingetaucht, sich hineingewühlt in die staubige Erde, den Duft eingesogen, der all diese lebendigen Erinnerungen konzentrierte. In Flaschen abfüllen und bei Bedarf ausschenken müsste man ihn können, diesen Duft …

Wie auch immer, nur wenige Meter weiter mündete der Kurze Weg in die Berliner Straße, wo früher die Flüchtlingsbaracken und Nissenhütten gestanden und die Schlesier – auch

Pommern und Ostpreußen – später ihre rotgeziegelten Backsteinhäuser gebaut hatten, die Familien Wischnewski, Cebulla, Dünnbier oder Matysek, der Schlachter Malatschek, bei dem es immer die herrlichen schlesischen Weißwürste gegeben hatte, die man Heiligabend mit landestypischer Tunke aß.

Er hasste Bauern. In seine Sprechstunde kamen sie schon lange nicht mehr, seine männlichen Patienten konnte er an zwei Händen abzählen. Er hegte einen dunklen Verdacht, warum das so sein könnte. Dafür mochte er die eine oder andere Bäuerin.

Christian Rochus parkte am Straßenrand, im hellgrün sprießenden Gras, weil der für ihn dauerhaft reservierte Platz vor der Praxis – das Schild war nicht zu übersehen – bereits von einem anderen Auto besetzt war. Natürlich, es war ja klar, dachte er nicht ohne eine gewisse kulinarische Vorfreude. Denn es handelte sich um ein französisches Fabrikat in auffälligster Farbe. Er öffnete die Tür seines Wagens, blieb aber noch einen Moment sitzen und streckte die Beine aus.

Natürlich, klar. Er kannte den Citroën und auch die unkonventionelle Besitzerin des Wagens mit ihrem unbändigen Temperament. Es gab nicht viele Dorfbewohner hier in Emlichheim, die sich über alle Konventionen hinwegsetzten, die sich immer und ausschließlich über alle Konventionen hinwegsetzten – und das auch noch selbstverständlich fanden und mit einer gewissen Grandezza taten. Diese Frau Baumann – Anna Baumann. Sportlich und, doch, auch irgendwie attraktiv – soweit eine Frau eben attraktiv sein konnte, dachte er. Diese Frau Baumann flirtete jedes Mal mit ihm, wenn sie, in der Regel kerngesund, in seine Sprechstunde »geflattert« kam. Sie gehörte zu den angenehmeren Patientinnen. Von ihrer erfrischenden und witzigen Art einmal abgesehen, hatte er auch eine Schwäche für ihr frühlingshaft zitroniges, wahrscheinlich sehr exklusives Parfüm, das nach ihren Besuchen immer noch eine Weile im Sprechzimmer hing.

Ihre Blicke trafen sich, als er die Praxis betrat. Sie trug einen rosafarbenen, trotz des Funktionalitätscharakters überaus eleganten Jogginganzug – es hätte sich, aus einiger Entfernung betrachtet, um ein Kostüm handeln können – und die Sonnenbrille mit breiter weißer Fassung hoch oben im hochgesteckten Haar. Christian Rochus stellte sie sich in ihrem Citroën vor, Farbe in Farbe. Jedes Mal, wenn sie vorfuhr, hatte ihr Wagen einen neuen Lack, dachte er – und jedes Mal hatte sie eine neue Frisur.

»Guten Tag, Herr Doktor. Na, Sie lassen aber auf sich warten! Ich sitze hier schon eine geschlagene Dreiviertelstunde und blättere in diesen entsetzlichen Magazinen, die Sie hier auslegen. Glauben Sie nicht, dass ich auch anderes zu tun haben könnte …«

Er räusperte sich, während sie seine Hand nicht losließ.

»Entschuldigen Sie, ich hatte einen Noteinsatz. Aber mein Kollege war doch … Sie hätten doch …«

»Wenn ich schon in Ihre Sprechstunde komme, Herr Doktor, dann möchte ich auch von Ihnen behandelt werden …«

»Na, schön. Womit kann ich Ihnen helfen?«

»Soll ich mich freimachen?«

Sie lächelte, und er war sich nicht ganz sicher, ob sie ihn auf den Arm nehmen wollte.

»Langsam, langsam. Wo brennt es denn?«

»Wo es brennt? Also das verrate ich Ihnen doch nicht. Das müssen Sie schon selber herausfinden!«

»Frau Baumann!«

»Ich weiß, ich bin unmöglich. Sagen Sie es ruhig. Aber ich habe bei Ihnen ja sowieso keine Chance!«

»Wenn ich irgendwann anfange, mich für Frauen zu interessieren, verspreche ich, werden Sie die erste sein, die allererste …«

»Sie Charmeur, Sie schmeicheln mir …«

»… die davon erfahren wird.«

»Oh!«

»Also gut, machen Sie sich frei …«

Anna Baumann schob die rosafarbene Joggingjacke hoch und Christian Rochus tastete und hörte sie ab. Er hatte keine Ahnung, wie sie es anstellte, aber ihre Haut, die Arme, der Hals und der Rücken, war so makellos glatt, als wäre sie zwanzig Jahre jünger, mindestens. Was für ein Unterschied zu dem, was ihm hier sonst unter die Hände kam.

»Wie geht es eigentlich Ihrem Mann?«

Er fragte das aus reiner Höflichkeit, nicht aus wirklichem Interesse. In seinen Augen war diese Frau mit einem notorischen Besserwisser verheiratet, der einem immer, bei jeder Gelegenheit, die Welt erklären musste. Zu dumm, dass der sich nicht abschrecken ließ und immer noch zu ihm in die Praxis kam.

»Mein Mann? Na wenn das mal keine Übertreibung ist, Herr Doktor.«

Sie lachte, während er sich bemühte, zu verstehen, was sie meinte.

»Der ist doch mit dem Tennisplatz verheiratet. Seit seiner Pensionierung ist er von da gar nicht mehr wegzubekommen. Wenigstens ist es keine junge Frau, mit der er mich betrügt ...«

Sie lachte, ohne jede Spur von Verbitterung, ja, sie lachte fröhlich wie ein junges Mädchen.

Auf der Grabplatte Friedrichs II., der wenige Meter neben seinen heißgeliebten Hunden Biche, Alcmene, Arsinoe, Thysbe, Phillis, Diana, Superbe, Amourette und Pax, allesamt italienische Windspiele, deren Namen auf den Sandsteinplatten nur noch schwer zu entziffern waren, vorm Schloss Sanssouci die ewige Ruhe gefunden hatte – nach Umwegen über die Gruft der Potsdamer Garnisonkirche, der Elisabethkirche im mittelhessischen Marburg und der Kapelle der mächtigen Burg Hohenzollern in Baden-Württemberg –, lagen sie regelmäßig, diese braunen Brocken, diese Kartoffeln. Als Erinnerung an des kleinen Friedrichs große Taten. David hatte erst kürzlich, auf einem seiner regelmäßigen Spaziergänge durch die verzweigten Wege des Parks, wieder welche gesehen. Es waren die Verehrer des Kartoffelkönigs, die sie dort niederlegten, ewig Untertan gebliebene Brandenburger. Nicht nur die Kartoffelfrüchte aber verbanden das so weitab gelegene Dörfchen Emlichheim mit den wirkungsvollen Taten des preußischen Königs, der bis in sein Todesjahr 1786 rigide über sein Reich herrschte. Auch der äußerst fruchtbare Landstrich Schlesien, im Südosten Preußens gelegen, war Teil dieses seltsam zufälligen Schicksalszusammenspiels.

Als Friedrich noch nicht der alte Fritz war, gehörte die sich um den Ober- und Mittellauf der Oder und im Süden entlang der Sudeten und Beskiden erstreckende Region noch zu Österreich, doch er krallte es sich, kein halbes Jahr nachdem er den preußischen Thron bestiegen hatte. Drei schlesische Kriege gegen das Habsburgerreich folgten, das von seinem Zerfall zu dem Zeitpunkt noch nichts ahnte, und von denen der letzte, bekannteste und entscheidende schließlich als Siebenjähriger Krieg in die Geschichtsbücher einging.

Um den Kreis zu schließen, wenn auch nicht in voller Gänze: Auch die Grafschaft und das Dörfchen Emlichheim wurden von den gewaltigen Wirren dieses Krieges erfasst. Graf Philipp von Bentheim trat in französischen Kriegsdienst, und seine Untertanen quartierten murrend Soldaten bei sich ein, leisteten stöhnend Heereslieferungen und zahlten ächzend Kriegssteuern. Emlichheimer Bauern hatten Kriegsfuhren zu erledigen, zu Lande, aber auch mit dem Kahn, auf der gemächlich nordwestwärts fließenden Vechte.

Sie passierten die mächtige Elbe am frühen Nachmittag, wenige Tage bevor die Amerikaner die Überquerung aufgrund der von Churchill, Stalin und Roosevelt in Jalta beschlossenen Aufteilung des Deutschen Reichs unter Verbot stellten und damit den gewaltigen Flüchtlingsströmen, die am Elbufer zusammen mit den Resten der ausgemergelten Neunten Armee ausharrten und auf Rettung warteten, den Weg hinter ihre Sicherheit verheißenden Linien versperrten.

Die Elbe, was für ein kraftvoller Strom. Das Fahrzeug, was für ein schnelles, komfortables Fortkommen. Blicke, die dem Straßen- und dem Flussverlauf folgten, die im Wasser versanken oder sich auf den weiten, verlassenen Feldern verloren. Elend sahen sie aus, die Fliehenden, die das motorisierte Gefährt ins Auge fassten, erbärmlich die zuletzt der Heeresgruppe Weichsel zugeordneten Landser, die in der Schlacht um die Seelower Höhen von der Übermacht der Roten Armee aufgerieben worden waren. Viele Straßen wurden jetzt gesperrt, die Flüchtlinge hatten auf Feldwege und Schleichpfade ausweichen müssen. Flüsse bildeten natürliche Grenzen, Brücken waren rar, und das Heer hatte bei der Überquerung immer den Vorrang.

Niemand gab einen Laut von sich, auch keines der bangen Kinder, als der Militärwagen endlich über die Brücke fuhr, über die wogenden, trüben Fluten, die es in Richtung Nordsee zog, übriggebliebene Lachse im Schlepptau, Döbel, Schleien, Barben, Barsche und Zander, durch die Hansestadt Hamburg hindurch. Stromaufwärts lagen Magdeburg – die Dächer der Stadt samt Domspitzen konnten sie aus der Ferne erkennen –, Dessau und irgendwann das schöne Dresden, das sie nur vom Hörensagen kannten, dahinter Böhmen und das Riesengebirge, wo der trüb und sedimentreich dahinfließende Strom als reiner Quell dem Boden entsprang.

Sie atmeten auf, bis Hannover war es nun nicht mehr weit.

Von der Frau mit den beiden Kindern hatten die Mutter und die Tochter auch etwas zu essen bekommen, Brot und Pökelfleisch aus der Konserve.

Sie waren unterwegs zu Verwandten, bei denen sie unterkommen konnten, erzählte die Frau, bis ihr Mann, der Major, folgen würde. Die nötigen Papiere hatte sie dabei.

Alfred Corinth war, kaum dass er sich hingelegt hatte, sofort eingeschlafen. Er hatte damit keine großen Schwierigkeiten. Sigrun Corinth aber tat kein Auge zu. Sie dachte an David, ihren Neffen, sie dachte auch an Grete – die Tochter, die sie nie hatte haben sollen –, sie dachte daran, wie wohl alles werden würde, und sie dachte plötzlich, sie wusste nicht warum, an ihre alte Mutter, diese starke Frau, die sie vor über einem halben Jahrhundert in diese abgelegene Gegend *gerettet* hatte. Was wohl aus ihrer Schwester geworden wäre, wenn sie damals den Handwagen nicht zurückgelassen hätten?

Da kam ihr eine Idee. Die Schwanenbrosche, die schon viel zu lange in ihrem Schmuckkästchen ruhte. Das war es, das war vielleicht eine Lösung.

Im Park des Altenzentrums sah David zwei Schwäne über das Wasser des Teiches gleiten. Sie erinnerten ihn an den Park Sanssouci und seinen Traum der vergangenen Nacht.

Sein Blick verlor sich für einen Moment in den trüben Tiefen des Wassers. Rötlich schimmerten die Goldschleien durch die Oberfläche, die den Grund aufwühlten und Staub aufwirbelten. Wartete man lange genug, setzten sich die Sedimente irgendwann wieder ab, und man konnte erkennen, wie flach die Stelle eigentlich war. Bis die von Menschen gezüchteten Zierfische, sie fraßen die Algen und suchten nach Schnecken, ihre alles um sie herum verschleiernde Tätigkeit wieder aufnahmen.

Als Gisela Piontek wieder im Kleikuhlenweg auftauchte – sie war mit dem Fahrrad »ins Dorf« gefahren –, nahm Gerlinde Mülstegen ihr die Einkäufe ab und stellte sie in die Küche – unmittelbar neben die Plastiktüte, in der sie in der Zwischenzeit die Plazenta und die abgetrennte Nabelschnur verstaut hatte. »Ich muss auch noch meinen Mann anrufen«, sagte Gisela Piontek.

Wie erklärte sie ihr das mit der Plazenta jetzt am besten, fragte sich Gerlinde Mülstegen, sah Gretes Mutter an, die schon wieder in den Flur zum Telefon geeilt war, und entschied sich, erst einmal gar nichts zu sagen und später mit Grete zu besprechen, was damit geschehen solle. Es gab verschiedene Möglichkeiten, und Gisela Piontek war dafür definitiv nicht der richtige Ansprechpartner. Im Krankenhaus wurde die Nachgeburt einfach entsorgt, es sei denn, jemand äußerte den Wunsch, sie nach Hause mitzunehmen. Das taten einige Familien, meist um sie im Garten zu vergraben und einen Baum oder einen Strauch darüber zu pflanzen.

»Irgendwie klebe ich überall…«, sagte Grete.

»Wenn du willst, helfe ich dir dabei, dich abzuduschen.«

Nach dem Mittagessen – Eintopfreste mit Wurst- und Fleischeinlage vom Vortag, aufgewärmt in einem kleinen Blechtopf – hatte sich Heinrich Piontek gleich hingelegt, ausgelaugt, wie er es nach jedem Schultag war. Dabei hatte er die Mathematikklasse heute lediglich einen Test schreiben lassen, derweil Zeitungen durchgeblättert, Schlagzeilen gelesen, die er sich nicht merkte, und später im Physikunterricht einen Film gezeigt, währenddessen im Materialienzimmer eine Zigarette geraucht und lange aus dem Fenster gestarrt – bis irgendwann der Ball hereingeflogen war. »Herrn Piontek, unser Ball ist da rein…« Ohne den Mittagsschlaf war der Tag kein Tag mehr, fand er und stand jetzt einigermaßen ausgeruht mit einer Tasse Kaffee in der Hand wie verloren im Wohnzimmer und blickte auf seine kostbaren Uhren, die an den Wänden, im Regal oder auf der Kommode zwinkerten und tickten.

Immerhin, die Uhren bereiteten ihm Freude, allein deshalb schon waren sie wertvoll. Sie hatten Gesichter. Eine seiner letzten Anschaffungen – eine Portaluhr aus dem Biedermeier, die jeweils zur halben und zur vollen Stunde schlug –, hatte er für fünfhundert Euro bei Ebay ersteigert, ein Schnäppchen. Das Uhrwerk, ein französisches Pendulenwerk mit Schlossscheibe, stammte aus dem Jahr 1860. Das Zifferblatt war aus Keramik, darunter hing ein großes goldenes Präzisionsprachtpendel mit dem Motiv eines Blumenkorbes, das temperaturunabhängig funktionierte. Vier gedrehte Porzellansäulen stützten das mahagonifarbene Holzgebälk, das wiederum verschiedene, bunt gemalte Blüten zierten. Ein schönes Stück. Daneben standen eine vollständig vergoldete französische Pendule, ebenfalls aus dem neunzehnten Jahrhundert, mit einem schwarzen Zifferblatt und einem auf das Uhrwerk gestützten, Wein trinkenden Edelmann mit einem Korb voller Trauben und außerdem eine Wiener Hausherrenuhr derselben Epoche mit einem Musikspielwerk – samt Melodie eines Johann-Strauß-Walzers –, einer verspiegelten Gehäuserückwand, fein gearbeiteter Kirschholzausstattung und Säulen aus Alabaster.

Er ließ seine Blicke weiter schweifen. An der Wand hingen unter anderem eine altdeutsche, barock anmutende Penduluhr und eine Schweizer Art-déco-Pendule, hinter der Tür zum Flur und zur Garderobe erhob sich eine opulent geschwungene, allerdings defekte Bodenstanduhr, eine Nachbildung aus dem achtzehnten Jahrhundert. Doch Heinrich Pionteks besonderer Stolz war eine echte, um neunzehnhundert erbaute Schwarzwälder Kuckucksuhr mit Kettenzug und Schlagwerk, kunstvoll geschnitzten Holzornamenten und natürlich dem mechanischen, hinter einem kleinen Türchen im Gehäuse versteckten hölzernen und traditionell bemalten Kuckuck, der zur vollen Stunde durch die Klappe hervorschnellte und, unterstützt von einem Gong, seinen im Inneren durch ein Paar Orgelpfeifen unterschiedlicher Höhe erzeugten Ruf erschallen ließ. Er strich einmal mit der Hand darüber, als das Telefon klingelte – anfangs hielt er es für den Alarmton eines Weckers – und ihn aus seinem Halbtraumzustand zurückversetzte, ins Hier und Jetzt.

Heinrich Piontek lief die Treppe hinunter in den Flur, griff gerade noch rechtzeitig nach dem Hörer.

»Hallo!?«

Es war Gisela, seine Frau. Grete hatte entbunden, seine Tochter, seine Grete, hatte ein Kind bekommen.

»Ein kleiner, gesunder Junge …«

»Wie …«

»Elias heißt er …«

»Und …«

»Ein halber Meter, dreieinhalb Kilogramm.«

Er war Großvater geworden. Und kam sich mit einem Mal so lächerlich vor …

Im gleichen Augenblick sah er, dass die verschnörkelte, in Gold gefasste Kaminuhr eines Berliner Uhrenmachers aus dem Rokoko aufgehört hatte zu ticken – angeblich stammte sie aus dem Besitz einer Zweit- oder Drittfrau irgendeines hochrangigen Hohenzollern, was er allerdings für höchst unwahrscheinlich hielt.

Der kluge Fritz ersann eine List. Er ließ Kartoffeln anpflanzen und die Felder von üppig dekorierten und ausgestatteten Soldaten bewachen. Was streng und aufwändig bewacht wurde, konnte nur wertvoll sein, kostbar und, wer wusste es schon, womöglich auch köstlich, dachten sich die Brandenburger Bauern – Friedrich hatte es vorausgesehen – und stahlen die auf den ersten Blick spröden, unansehnlichen Früchte des Nachts vom Acker. Die braven und instruierten Wachsoldaten aber handelten nach striktem Befehl ihres aufgeklärt abgeklärten Königs und drückten während der Diebeszüge gar nicht mal so selten die Augen zu.

Soweit die Geschichte. Verbürgt dagegen – man kann es in den Quellen nachlesen – ist Friedrichs so genannter »Kartoffelbefehl«, eine an die Beamten in seinen Provinzen gerichtete Anordnung – »Circulare an sämtliche Landräte und Beamte wegen Anbauung der Tartoffeln« –, um ihre Kultivierung flächendeckend durchzusetzen. *Es ist von uns in höchster Person in unseren anderen Provinzen die Anpflanzung der sog. Tartoffeln, als ein sehr nützliches und sowohl für Menschen als Vieh auf sehr vielfache Weise dienliches Erd-Gewächse, ernstlich anbefohlen.*

Auch das immerhin tausendjährige Lingen erreichte im Verlauf der friderizianischen Regentschaft so ein friderizianisches Rundschreiben. Das an der Ems gelegene Provinzstädtchen war als eines von vielen undurchsichtigen Resultaten des noch undurchsichtigeren Spanischen Erbfolgekrieges Preußen zugefallen und grenzte – und grenzt nach wie vor – unmittelbar an die Grafschaft Bentheim.

»Wat de Buur nich kennt, dat frett he nich!«, aber das half nichts. Lieber fressen als krepieren – diese pragmatische Meinung besaß eine weiter verbreitete, schlagendere Überzeugungskraft. Also wurde die Kartoffel im westlichsten Emsland eingeführt, um wenige Jahre später auch das Dörfchen Emlichheim und seine ebene Umgebung zu erreichen.

Der Krieg war aus, das Land zerteilt in Besatzungszonen, und die Mutter wusste, dass ihnen mit ihrer Besatzungsmacht großes Glück beschieden war. Die Adresse, über welche sie die hilfsbereite Frau mit den Kindern erreichen konnte, die sie ins halbwegs sichere Niedersachsen mitgenommen hatte, steckte in ihrer Manteltasche.

Als sie endlich in der Nähe von Hannover angekommen waren, einige Wochen war es bereits her, hatten sie Unterschlupf bei Verwandten ihrer Fluchtbekanntschaft gefunden, und später, als sie sich gemeldet hatten, war es mit einem Zug weitergegangen zu einem Auffanglager, das mit Matratzen notdürftig in einer Volksschule eingerichtet worden war.

Auch im Westen hatte es immer noch Bombenalarm gegeben, Meldungen vom Endkampf, die nicht totzukriegende, fanatische Hoffnung auf einen Sieg. Bis das alles endlich vorüber gewesen war. Der Weg zurück aber blieb vorerst versperrt.

Und jetzt: Emlichheim. Am Ortseingang wurde gerade ein Viehmarkt abgehalten, als sie eintrafen. Sie sahen, wie die Bauern ihre Zuchtbullen am Halfter über eine Wiese führten. Die Mutter und ihre Tochter saßen auf der Ladefläche eines offenen Wagens – wieder eines Militärwagens, aber diesmal eines der alliierten Besatzer –, in den sie nach einer langen Strecke mit dem Omnibus umgestiegen waren, und fuhren vorbei an den übrigen Emlichheimern, die von der Bullenschau anrückten, am Straßenrand standen und sie mit Blicken verfolgten. Manch eine Frau mit spitzer Nase und schmalen

Lippen spuckte aus, direkt vor die Räder des sie transportierenden Gefährts.

»Die drei großen Übel, das sind die Wildschweine, die Kartoffelkäfer und die Flüchtlinge.«

Pastor Riemenschneider mischte die Karten.

Sie waren schon eine Weile gelaufen, bis David klar wurde, dass sie sich verirrt hatten oder, irgendetwas musste er schließlich zugeben, sich zumindest nicht auf dem richtigen Weg befanden. Weit und breit keine Menschenseele, nur ein leises Rauschen lag in der Luft. Unheimlich war es hier, so abseits von Häusern und Leben. Nicht einmal die Vögel sangen. Dafür lag ein seltsamer Geruch in der Luft, etwas stank hier.
Grete nahm wie unabsichtlich wieder seine Hand.
Zwei riesige Ungetüme bauten sich vor ihnen auf und versperrten ihnen den Weg. Wie angewurzelt blieben sie stehen. Riesen, das waren Riesen. Am liebsten wären sie weggerannt, aber der Anblick ließ sie erstarren. Zwei gigantische graue Riesen, und das Rauschen wurde immer lauter.
Grete war es, die den seltsamen Bann, der auf ihnen lag, mit einem Mal durchbrach.
»Das ist die Emslandstärke«, sagte sie.
»Was?«
»Die Kartoffelmehlfabrik.«

Christian Rochus biss sich auf die Zunge. Er hatte Anna Baumann beim Abschied nach der Untersuchung gefragt, ob sie abends auch zu den Corinths komme, zu der Konzert-Soirée. Aber sie war offensichtlich nicht eingeladen worden, hatte nicht einmal gewusst, wovon er redete, sich aber redlich bemüht, es zu überspielen.

Heinrich Piontek schloss die Tür hinter sich zu und wurde der Sonne gewahr. Er lächelte und lief die Wintershallstraße hinauf Richtung Kleikuhlenweg.

Gisela Piontek stand vor dem Bett ihrer Tochter. Sie konnte sich an dem kleinen Elias nicht sattsehen, eilte aber gleich wieder zurück in die Küche, wo das Huhn im Topf kochte.

Grete war frisch geduscht.

Sigrun stand auf. Sie hatte ein bisschen geruht und sah auf die Uhr. Zeit genug, um doch noch einen weiteren Kuchen zu backen, vielleicht noch einen ihrer berühmten Mohn- oder Streuselkuchen. Und Alma könnte sie anrufen und fragen, ob David gut angekommen war.
Alfred schlief noch, sie ließ ihn.

Ein fauler Geruch legte sich über die Ebene, die mächtigen Blähungen der blechernen Riesen. Je nach Windrichtung stank es im Dorf, und die Emlichheimer, jedenfalls die nach und nach Zugezogenen, hielten sich entweder die Nase zu – wie die Kinder David, Grete und Lara in diesem Augenblick – oder ließen eilig die Jalousien und Rollläden herunter, zogen die Vorhänge zusammen und verkrochen sich wie Maulwürfe in ihren Betten unter einer Vielzahl von Kissen, Decken und Überdecken.

Es stank also wieder einmal zum Himmel.

Müdes Schulterzucken am Ortsrand Nord. Schließlich hatten sie, die beiden Auslöser, einen wertvollen gelben Schatz zu hüten, und das ließ sich am besten bewerkstelligen, indem sie sich mit ihrem alles Lebendige erdrückenden Gewicht auf ihn setzten.

David erreichte den abseitig gelegenen Kleikuhlenweg – es gab tatsächlich Emlichheimer, die ihn noch nie betreten hatten – zeitgleich mit Heinrich Piontek, hinter dem er die letzten Schritte hergelaufen war, ohne ihn zu erkennen.

Der Riesen »weißes Gold« fand auf vielfache Weise Anwendung auf unterschiedlichsten Gebieten. Es diente der allgemeinen Industrie als Werkstoff, steckte in Papier und Wellpappen, sogar in Biokraftstoff löste es sich spielend auf, nicht zuletzt, weil es sich um einen im Turnus der Zeit auf den Grafschafter Äckern zuverlässig wieder nachwachsenden, insofern umweltverträglichen Rohstoff handelte. Außerdem ließ sich aus der kostbaren Stärke Glukose für verschiedene Zuckersorten und Sirupe gewinnen.

»Herr Piontek, Sie sind das. Ich habe Sie gar nicht erkannt.«
Er war alt geworden, grau.

»David!?«

Heinrich Piontek war erschrocken – David sah seiner Mutter sehr ähnlich –, aber jetzt lächelte er.

Es hatte sich nie etwas daran geändert, Heinrich Piontek duzte ihn, und David blieb artig beim Sie. Sie standen vor Gretes Haustür.

»Mal wieder im Lande?«

»Ja, aber nur für ein langes Wochenende«, sagte David.

»Da wird sich deine Mutter freuen. Wie geht es ihr eigentlich, wie geht es – Alma?«

Seine Stimme wurde brüchig, er schluckte, als er ihren Namen aussprach, aber David, immer noch zerstreut und nicht ganz bei der Sache, merkte davon nichts. Entsprechend machte er sich auch keine Gedanken darüber, dass Gretes Vater seine Mutter doch heute in der Schule gesehen haben müsste, dass Heinrich Piontek sie eigentlich jeden Tag in der Schule sah und insofern zumindest eine Ahnung davon haben müsste, wie es ihr so ging.

»Gut, gut geht's ihr.«

»Schön, ja.«

Sie standen immer noch da, auf dem Gehweg vor dem Haus, in der Sonne im Kleikuhlenweg. Heinrich Piontek machte keine Anstalten zu klingeln oder die Tür zu öffnen und ließ auch David nicht an sich vorbei, im Gegenteil, es schien, als versperrte er ihm den Weg.

»Ich habe einen kleinen Spaziergang gemacht, und jetzt wollte ich Grete hallo sagen. Wir haben uns ewig nicht gesehen. Oder ist sie gar nicht zu Hause? Arbeitet sie noch?«

Heinrich Piontek, etwas ungeduldig, sah ihn an.

»Du, David, das ist jetzt vielleicht nicht der richtige Augenblick, würde ich denken. Grete hat gegen Mittag entbunden, ich selbst habe das Kind noch nicht gesehen.«

»Oh!«

»Ein Junge, es ist ein Junge.«

»Ein Junge ...«

»Ich werde ihr sagen, dass du da bist. Vielleicht kommst du morgen vorbei, sie wird sich sicher freuen.«

Vor allem war die Stärke das perfekte Bindemittel in Limonaden, Brot und Fleischprodukten. Kein eingeschweißtes oder tiefgekühltes Fertiggericht, gleich welcher Marke und Provenienz, das ohne sie auskam. Keine Hausfrau – zumindest wäre sie keine wahre Emlichheimerin –, die sie nicht zum Binden von Suppen und Soßen verwendete, zum Backen von Kuchen und Torten, zum »Verfeinern« von Braten, Gemüse und Fisch. Alma Kretschmar dagegen drehte sich bei dem bloßen Gedanken an Stärke der Magen um. Niemals käme ihr das allen Geschmack trübende Kartoffelmehl ins Essen.

David taumelte einige Schritte zurück, er wankte, stolperte und sank in sich zusammen. Ein Schlag folgte dem nächsten, dachte er zuletzt, bevor die Sternchen vor seinen Augen funkelten. Seine Beine waren wie aus schmelzendem Wachs, sie knickten einfach weg oder zerflossen, er fiel und ließ es geschehen, ließ sich zu Boden fallen, ausgeschaltet, abgestellt, schürfte sich die Knie auf dem von trockenem Moos und Flechten überzogenen Beton auf, kleine Steinchen, Kiesel, die sich ins Fleisch wühlten, Abschabungen, Fetzen, er verstauchte sich auch den Ellenbogen, der schmerzte, Knochen knirschten, schlug, als reichte es alles noch nicht, mit dem Kopf, der Stirnseite, gegen die rote Ziegelmauer, in deren Fugen faule Schaben sonnenbadeten, eine plötzliche Platzwunde über den Brauen, aus der das dunkle Blut floss, und der Boden sog es gierig auf, das Blut verband sich mit dem Erdreich, entlang der Mauer rieb er sich im rutschenden Fall die Wangen und die Nase wund, während er schließlich mit dem Gesicht voran der Länge nach im warmen, rauen, schmirgelpapiernen Dreck landete – und endlich, endlich lag er da, wo er die ganze Zeit schon hatte liegen wollen. Und er blieb liegen, und merkte gar nicht mehr, dass er noch stand.

Er hätte weinen mögen.

Genüsslich räkelten sich die beiden Kolosse am Rande des Birkenwäldchens, wenn die Kasse klingelte. Nur gelegentlich gerieten sie in Streit. Ihre schauerlichen Stimmen schallten dann über die Dächer des Dorfes, die Speichertürme blähten sich auf, knirschten, drohten zu zerplatzen, und der Boden unter ihnen begann zu beben.

Doch bislang war derlei immer glimpflich ausgegangen, ohne dass einer der beiden Giganten den anderen ernstlich gefährdet hätte.

David wich zurück, murmelte etwas zum Abschied wie: »Ja, sicher, morgen ist auch noch ein Tag« und sah Heinrich Piontek die Tür öffnen und im Haus verschwinden. Rotkehlchen und Türkentaube schwiegen.

Er stand da. Fassungslos. In den Häusern links und rechts drängten sich die Emlichheimer an den Fensterscheiben und gafften, die Gardinen zur Seite gerafft, sie starrten ihn an, die versammelte Nachbarschaft des Kleikuhlenwegs und der näheren Umgebung, dutzende Augenpaare, die ihn durchbohrten. Stille herrschte ringsum, kein Laut mehr. Nur langsam, allmählich, machte sich aus weiter Entfernung ein untergründiges Rauschen, Brummen und Dröhnen bemerkbar, ein Rauschen, Brummen und Dröhnen wie aus einer anderen Welt.

Natürlich hätte er damit rechnen können – hatte er aber eben nicht.

Wie es wohl aussah, das Kind? David atmete ruhig ein und aus, hörte sein elendes Herz pochen. Wie es Grete wohl ging? Wie sie aussah, als Mutter? Und wer wohl der Vater war?

Seine Hand suchte einen Halt und traf auf den Stamm einer Birke, etwas klebte an seinen Fingern, Dreck, Schleim, Kot – oder hatte er eine Raupe zerquetscht?

Wie sollte er dem Vater des Kindes begegnen? Dem Kind? Wie sollte er Grete noch begegnen? Vielleicht sollte er – ja, das schien ihm das einzig Richtige zu sein –, er sollte gar nicht mehr wiederkommen, am besten gleich morgen früh wieder abreisen, heim nach Potsdam – heim, haha –, und seiner Mutter, Sigrun und Alfred etwas von einem personalen Engpass in der Klinik erzählen, einer Notsituation, ja, das war es, eine Notsituation, ein personaler Engpass in der Klinik, und er müsse sofort wieder abreisen – er wäre auf diese Weise nicht einmal gezwungen zu lügen.

Gerlinde Mülstegen, die ihre Sachen zusammengepackt hatte, verabschiedete sich. Sie würde abends noch einmal wiederkommen, um nach ihr zu sehen.
»Du schaffst das schon!«
Gisela Piontek, heftig atmend und in der Küche beschäftigt, aus der es schon verlockend duftete, schüttelte der Hebamme überschwänglich die Hand.
Im Flur, vor dem sonderbar verschwommenen Horst-Janssen-Selbstbildnis, begegnete sie noch dem bleichen, nach Zigarettenrauch stinkenden, grauhaarigen Heinrich Piontek, der sie beiläufig, wie abwesend, grüßte – »Hallo, Fräulein Mülstegen...« – und gleich an ihr vorbei ins Schlafzimmer eilte. Fräulein, er hatte wirklich Fräulein gesagt.
Sie war erschöpft, ihr Magen knurrte. Als sie die Haustür öffnete, sah sie einen jungen Mann auf dem Gehweg stehen, aber erkannte ihn nicht gleich. Die Sonne blendete. Sie nahm ihr Fahrrad, das an der Hauswand lehnte, und schob es zum Gartentor. Herrliche Luft hier draußen.
»David?«
»Ja.«
Er sah Gerlinde Mülstegen an, schaltete auch nicht sofort.
»Ach, du bist es. Natürlich...«
»Was machst du hier?«
»Ich wollte Grete besuchen, habe aber schon gehört, dass...«

»Ja, eine schöne Geburt. Eine tapfere Frau.«
»Das freut mich.«
»Und jetzt willst du…«
»Ihr Vater hat gemeint, ich solle besser morgen wiederkommen. Aber ich weiß nicht…«
Sie sah ihn an, neigte den Kopf ein wenig zur Seite.
»David?!«
»Ja?«
»Ich würde es heute noch einmal versuchen. Später, wenn sie alleine ist. Also, zu zweit alleine, mit dem Kind, du verstehst schon. Vielleicht rufst du sie vorher an oder schreibst eine SMS…«
»Meinst du?«
»Ja. Das Handy liegt neben ihrem Bett.«

Alma Kretschmar überlegte, ob sie sich mit einem Buch auf die Terrasse in die herrliche Nachmittagssonne setzen oder vielleicht doch noch ins Dorf fahren sollte, um frische Blumen zu besorgen, die weißen Tulpen im Wohnzimmer ließen ihre Köpfe schon ein wenig hängen. Sie überlegte eine Weile hin und her, entschied sich dann aber doch dafür, lieber ins Schlaf-zimmer zu gehen, um zu sehen, zu probieren, zu entscheiden, was sie am Abend anziehen könnte. Mal sehen, dachte sie, was der Kleiderschrank so hergab.
Alma Kretschmar wusste, dass sie eine Wirkung auf Männer hatte. Sie hätte nach dem Tod ihres Lebensgefährten – der nicht Davids Vater war, niemand wusste, wer Davids Vater war, und nie würde sie es verraten – längst wieder eine Beziehung eingehen oder sogar heiraten können, nur war bislang keiner ihrer Verehrer – und die standen gewissermaßen Schlange vor ihrer Tür – nach ihrem Geschmack gewesen.
Alleinstehend auf dem Dorf, das bedeutete so etwas wie vogel-frei zu sein, zumindest aus der Perspektive der Emlichheimer Männerschaft, für die nicht nur zu Hause nichts mehr oder we-nigstens nicht mehr viel zu holen war. Aber Alma Kretschmar

wusste sie meist rechtzeitig in ihre Schranken zu weisen. Eine Affäre mit einem verheirateten Mann, das kam für sie nicht infrage – wenn auch nicht aus moralischen Gründen. Es lag ihr nicht. Dafür war ihre Freundin Anna Baumann zuständig. Immer schon – und sie meinte das gar nicht herablassend, sie gönnte Anna ihre Seitensprünge und verurteile sie nicht. Sie ließ sich gerne von ihnen berichten, verstand ihre Freundin auch, schließlich kannte sie ja Siegfried, ihren Mann, der sein halbes Leben auf dem Tennisplatz verbrachte. Sie kannte ihn sogar besser, als es ihr lieb war – das war auch so einer, der es nicht hatte lassen können.

David lief die Mühlenstraße hinunter in südliche Richtung, er peilte das alte Pfarrhaus an, eilte am Dorfkrug vorbei, am Malerbetrieb Rüttler, am Frisör Rohloff und am Frisör Schipper und schließlich über die Bahngleise, auf denen, seit er denken konnte, nur Güterwagen verkehrten, die Öl und Produkte der Maschinenfabrik transportierten. Auf der anderen Straßenseite, sah er nun, war das alte Bahnhofsgebäude weggesprengt und an dessen Stelle ein weiterer Supermarkt gebaut worden. Er hatte schon davon gehört.

Linker Hand geriet jetzt der Baustoffhandel Büter in Sichtweite. Menschen, die ihm entgegenkamen. Autos, die neben ihm entlangfuhren, zähfließender Verkehr, und jetzt sanken auch noch die Schranken herab, rote Ampeln, quietschende Reifen. Eines der Autos hupte, aber David wusste nicht, ob er gemeint war. Trotzdem hob er die Hand und grüßte, wen auch immer, alte Gewohnheit.

Alles hatte sich verändert, nichts war mehr wie früher. Und vieles war doch so, wie er es kannte. Nicht kaputtzukriegen. Gedanken, die er schon gedacht hatte. Verstand und Gefühl, keine Einheit. Der Kleikuhlenweg, die schweigenden Vögel. Die Riesen, die Zwerge. Gretes Kind, das Licht der Welt. Das Potsdamer Klinikum. Die Augen des Mädchens, der alten Frau. Die geschlossenen Augen des Mädchens, das weichende

Leben, die Finsternis, die weit aufgerissenen Augen der alten
Frau, die Angst. Eines kommt, das andere geht. Leben und
Tod, Tod und Leben, wirr und wahrhaftig. Legte man sich in
den feucht-nassen, ewigen Sand, hinterließen die Gliedmaßen
einen engelhaften Abdruck, den schon die nächste, spätestens
die übernächste Welle wieder verwischte. Die Wellen ebneten
den Sand zu einer glatten Fläche, sie machten hier Tabula rasa.
Und was hatte Gerlinde Mülstegen gesagt? Er solle wiederkommen, wenn Grete alleine wäre.
Wozu wiederkommen? Als Patenonkel, als alter Freund der
Familie?
Der Vater war er nicht. Dessen war er sich sicher, dessen wurde er sich immer sicherer. Denn wenn er es wäre, hätte Grete
ihm das gesagt. Ja, wenn er es wäre, hätte sie ihm das nicht
verschwiegen. Dann wäre er jetzt bei ihr.

Die Sonne brannte, die Kinder – David, Grete und Lara –
lachten. Sie hatten ihr Ziel schließlich doch noch erreicht,
die Begegnung mit den furchteinflößenden Riesen verdaut
und kletterten unbeschwert, per Räuberleiter und mit einem
nur Kindern eigenen Trapeztalent, über den etwa einen Meter
hohen grünen Maschendrahtzaun am vorderen Ende der In-
dustriestraße, gegenüber dem Birken- und Weidenwäldchen,
das ans Firmengelände der Emslandstärke grenzte.
Den Hang der früheren Düne stürmten sie hoch zum kleinen,
blau ausgemalten Swimmingpool der Jugendbildungsstätte, die
sie alle vom Hörensagen kannten. Trotz des großen Risikos,
von einem der »Jubi«-Mitarbeiter erwischt und vom Gelände
verwiesen zu werden, zogen sie sich rasch um, ließen ihre Kla-
motten und Handtücher und auch den Rest der Süßigkeiten
auf den bunten Bänken am Beckenrand liegen und sprangen
einfach mitten hinein ins kühle Wasser. David als Erster, den
Mädchen voran.
Er spritzte sie nass, und sie quietschen, trauten sich dann aber
auch.

Wenn man ein bisschen schwamm, wurde einem schnell wärmer.

Lara tauchte einmal längs durchs Becken. David staunte und Grete lachte. Er versuchte, es ihr nachzutun, aber scheiterte bereits nach zwei Dritteln der Strecke und schnellte an die Oberfläche, um nach Luft zu schnappen. Er keuchte. Grete schwamm zu ihm. Lara, auf der anderen Seite angekommen, tauchte noch einmal unter.

David und Grete standen einander gegenüber, auf der flachen Seite des Beckens. Augenblicke später saßen sie nebeneinander am Rand und ließen die Beine ins Wasser baumeln. Grete war damals frisch am Blinddarm operiert worden und erzählte stolz von ihrem Aufenthalt im Nordhorner Kreiskrankenhaus, von dem Erwachen aus der Narkose, den Schmerzen – eine Indianerin kannte keinen Schmerz.

Lara wusste schon Bescheid und sah David mit hochgezogener Nase an. Grete Piontek war ihre Freundin, hieß das.

»Was ist denn ein Blinddarm«, fragte David.

»Ach, nichts Schlimmes! Halb so wild …«, antwortete Grete.

Wie stolz sie ihm ihre Narbe gezeigt hatte, dachte David. Ihr kühner, provozierender Blick, damals schon. Sie hatte mit ihm geflirtet, damals schon. Auf einer Fahrradtour, am Kanal, entlang nach Holland vielleicht, beim wilden Zelten in den Sieben Bergen – dem hügeligen Waldgebiet am Vechteufer – oder im Uelsener Freibad, auf dem Rasen liegend und Eis am Stiel lutschend. »So ein Quatsch!« (Grete) »Der Kuss!?« (David) »Bah, harmlos!« (Grete, schnippisch) »Eindeutig!« (David, triumphierend) »Hatte nichts zu bedeuten!« (Grete) »Typisch!« (David). Sie konnte sich so wunderbar künstlich aufregen.

Damals, Jahre später und so viele, unendliche Jahre zurück, zu Oberstufenzeiten, hatten sie es wieder versucht – miteinander, die Sache mit dem Küssen, mit den Dingen, die sich daraus ergaben, die darauf unweigerlich folgten – und waren irgendwann, nach einigen Monaten, vielleicht einem Dreivierteljahr, gescheitert, baden gegangen, nur anders. Warum, wusste David sich nicht mehr so recht zu erklären, vielleicht waren sie einfach zu jung gewesen und hatten noch andere Dinge entdecken und erleben wollen. Vielleicht war es so einfach. Grete, immer wissbegierig, wagemutig, überschwänglich, unbändig bis leichtsinnig, spontan, voller Tatendrang und Energie. Und er? Ruhig, introvertiert, langsam, abwägend mit diesem hemmenden Hang zur Melancholie. Vielleicht war es so einfach, vielleicht aber passten sie auch gar nicht wirklich zueinander, nicht auf diese Art und Weise. Aber warum verdammt noch mal eigentlich nicht? Jedenfalls hatten sie entschieden, sich zu trennen – irgendwann, kurz vor dem Abitur – und aber Freunde zu bleiben, für immer, schon wegen der Riesen, wegen des Swimmingpools der Bildungsstätte, wegen des ersten Kusses, des ersten Males, der Blinddarmnarbe und anderer Narben.

Die Deutschen – und die Emlichheimer stellten diesbezüglich keine Ausnahme dar –, das war ihre tiefste Überzeugung, hatten von jeher etwas gegen Fremde, ob sie nun aus dem Ausland stammten oder dem »Deutschen Reich«, dem eigenen, ob im verlassenen, aufgegebenen Schlesien oder hier, in diesem dunkel trostlosen und ewig verregneten Landstrich namens Grafschaft Bentheim, nahe der holländischen Grenze.
Des toten Führers Idee der »Volksgemeinschaft« funktionierte nur, solange sie nichts kostete, dachte sie. Die Deutschen hielten nur so lange zusammen, wie von ihnen keine Opfer verlangt wurden. Fremde, ob aus den eigenen Reihen oder woher auch immer, wurden beargwöhnt und ausgegrenzt. Hier wurde ihnen also vor die Füße gespuckt. Sie waren jetzt Flüchtlinge, und Flüchtlinge wurden, von den Ausnahmen abgesehen, die bei den Emlichheimer Familien zwangseinquartiert wurden, in provisorische Baracken gepfercht. Das hatte schnell die Runde gemacht, jeder Neuankömmling wusste darüber Bescheid, wie mit ihm verfahren wurde. Die Mutter wäre lieber in einer

Baracke gelandet, aber sie und ihre Tochter hatte ein anderes Los getroffen.

Ein alliierter Soldat in Uniform stand vor ihnen, ein Brite, mit dem typischen, bordeauxroten Barett. Neben ihm ein örtlicher Gemeindeverwalter in Zivil, der immerhin anders blickte, menschlicher als der ganze Rest, der aufmunternd nickte. Sie kamen zu einem Bauern, nach auswärts. Ringe hieß die Gegend, Richtung Hoogstede, einem anderen Dörfchen unweit von Emlichheim, zwei, vielleicht drei Kilometer, eine Strecke, die auch leicht zu Fuß zu bewältigen war. Mit anpacken könne man dort, hieß es, Arbeit gebe es. Wer etwas zu essen haben wolle, müsse auch arbeiten.

Sie kam sich vor wie auf dem Viehmarkt, den sie am Ortseingang zu sehen bekommen hatten, der Bullenschau, auf der die Bauern ihre schwarzbunten Zuchttiere an der kurzen Leine stolz im Kreis herumgeführt hatten. Ja, es waren prächtige Exemplare dabei gewesen. Sie kannte sich aus, sie hatte ein großes Gut alleine beaufsichtigt, seit ihr Mann an die Front einberufen worden war, sie war Gutsherrin und Großbäuerin, aber alles, was sie auf dem Weg hierher vom Wagen aus gesehen hatte, hatte bei ihr nur einen Eindruck von Dürftigkeit und Schäbigkeit hinterlassen.

Auf solch einem Gehöft sollte sie jetzt arbeiten? Als Magd in Knechtschaft geraten? Sie, eine Gutsfrau? Und wie unkultiviert die Menschen hier sprachen. Aber sie hatte genug von der Flucht, genug von den Auffanglagern. Ein eigenes Bett, dachte sie, ein bisschen Raum für sich.

Mit einem routinierten Griff zog Gerlinde Mülstegen die Post aus dem Briefkasten und blickte, aus reiner Gewohnheit, einmal über ihre Schulter auf die andere Straßenseite, um zu sehen, ob die alte Brügging da irgendwo lauerte.

Sie trat in den Flur, steuerte die Küche an, sah die stehengebliebenen Essensreste der letzten Tage, den Berg Abwasch, der dort wartete, und ging ein paar Schritte zurück durch die immer noch offen stehende Haustür ins Freie, lief in die Garage, wo sie ihr Fahrrad abgestellt hatte, nahm es, schwang sich auf den Sattel und fuhr davon.

In der Nähe des Altenzentrums ging ein paar Tage früher oder später ein hochbetagtes Rentnerpärchen Hand in Hand spazieren, blieb hinter einer Koniferenhecke stehen, sah sich verstohlen um und küsste sich.

Hinter einer zerfurchten Eiche hatte sich eine Kinderschar versteckt, darunter David und Lara, die dem dorfbekannten Paar – Knutschopa und Knutschoma – schon eine Weile gefolgt war und nun johlend hervorschoss.

»Ei, ei, ei, was seh' ich da, ein verliebtes Ehepaar, noch ein Kuss, dann ist Schluss, weil ich dann nach Hause muss…«

Gisela Piontek hatte in Gretes nun im Meister-Proper-Glanz blinkender und vorübergehend zitronig duftender Küche gekocht und die Zeit über, die sie dafür am Herd stand, zur Abwechslung einmal ruhig und entspannt geatmet, zwischendurch sogar leise eine Melodie gesummt – sie sang jede zweite Woche im lutherischen Kirchenchor. Wenn sie kochte, war Gisela Piontek ganz bei sich.

Das Kind war da, ihm ging es gut und auch ihrer Tochter, die die Geburt so tapfer bewältigt hatte. Ihr Heinrich war ganz stolzer Großvater. Vielleicht brachte sie das einander wieder näher, dachte sie flüchtig. Dann konzentrierte sie sich auf den dampfenden Topf, der vor ihr auf der Herdplatte stand. Auch musste sie die Petersilie noch hacken. Es gab Hühnersuppe, Hühnersuppe für alle.

Es hatte ein bisschen gedauert, Karotten und Sellerie mussten fein gewürfelt und der Lauch in dünne Ringe geschnitten, anschließend im sprudelnden Topf mit dem gründlich gesäuberten Huhn gegart und Letzteres am Ende in feine Stückchen zerpflückt werden. Das machte immer eine Heidenarbeit und hinterließ eine ziemliche Sauerei. Aber es lohnte sich, es gab kaum etwas Köstlicheres als eine frisch zubereitete Hühnersuppe. Und wo sie schon einmal da war, konnte sie Gretes Küche auch gleich ein zweites Mal auf Hochglanz polieren, das war in dieser Situation nur selbstverständlich. Es war ihre Aufgabe, ihrer Tochter ein bisschen unter die Arme zu greifen.

Einmal abschmecken, es fehlte noch ein bisschen Salz. Ach ja, die Petersilie nicht vergessen. Und wo bewahrte Grete nur die Suppenteller auf? Ach, Mädchen, Mädchen, ein bisschen mehr Ordnung!

Ende der Sprechstunde, und das Wartezimmer endlich leer. Christian Rochus atmete auf, nahm das Stethoskop vom Hals und hängte seinen Kittel an den Haken.

Vier Uhr nachmittags. Tea Time, dachte er – ob Five O'Clock Tea oder Four O'Clock Tea, das war ihm ganz egal – und am liebsten hätte er sie in Gesellschaft und nicht schon wieder allein verbracht. Was gäbe er jetzt für eine Tasse Tee, dachte er. Zu den Corinths aber, die für einen spontanen Nachmittagsbesuch – und eine frisch aufgebrühte, kräftige Tasse Assam – normalerweise immer infrage kamen, konnte er noch nicht fahren, die würden ganz mit den Vorbereitungen für die Soirée beschäftigt sein, er würde da nur stören. Vielleicht zu Grete, ja, das war eine gute und zuverlässige Idee. Es waren nur ein paar Schritte von der Praxis bis hinüber in die Schmiede, die bis achtzehn Uhr – also noch zwei Stunden – geöffnet hatte, wie fast alle anderen Läden im Dorf auch. Bei ihr stand immer eine Teekanne auf dem Stövchen, er könnte auch ein paar Kekse oder Plätzchen mitbringen – und mit seinem Besuch der Emlichheimer Gerüchteküche, über die sie sich beizeiten amüsierten, weiter einheizen. Vielleicht kam sie abends mit zu den Corinths, falls sie sich noch in der Lage dazu fühlte.

Er schlenderte am leeren Wartezimmer vorbei.

»Herr Doktor, haben Sie es schon gehört? Grete Pionteks Kind ist da. Ein Junge, Elias heißt er. Knapp vier Kilo…«

Christian Rochus, perplex, sah seine Arzthelferin an.

»Woher wissen Sie denn das schon wieder?«, fragte er ein bisschen unangebracht streng – aber jetzt war es zu spät, die Arzthelferin zuckte schon zusammen – und lächelte sogleich beschwichtigend.

»Na, die alte Frau Aaldering war doch eben da und hat ihr Rezept abgeholt – für die Spritzen –, die hat Frau Piontek, also Gisela Piontek, der Grete ihre Mutter, vorhin im Dorf vorm Blumenladen getroffen, und die hat es ihr erzählt. Heute Mittag ist es gekommen. Eine Hausgeburt, Gisela Piontek war sogar die ganze Zeit dabei. Ist alles gutgegangen, weil sich Gerlinde Mülstegen drum gekümmert hat. Gerlinde Mülstegen, Herr Doktor, die Hebamme …«

»Ja, ja.«

Christian Rochus freute sich viel zu sehr, er war viel zu erleichtert, als dass er sich weiter über die Tratschgewohnheiten der Emlichheimer hätte aufregen können. Grete hatte ihren Sohn geboren, und offenbar ging es beiden gut. Eine Hausgeburt barg doch immer auch Risiken, sie hatten mehrfach darüber geredet, aber wenn sich Grete einmal etwas in den Kopf gesetzt hatte, war sie nur schwer davon abzubringen – so gut hatte er sie inzwischen kennengelernt. Außerdem schien Gerlinde Mülstegen, nach allem, was er über sie gehört hatte, eine überaus tüchtige Hebamme zu sein.

Er ging also wieder nach Hause zurück, das hieß, die paar Schritte durch die Hintertür nach nebenan, denselben Weg, den er am Morgen gekommen war, setzte Wasser für den Tee auf – Darjeeling, First Flush –, holte, nachdem er ihn aufgegossen hatte, das von den Corinths ausgeliehene Buch über die Kirchen und Kirchengeschichte Emlichheims und der Grafschaft Bentheim aus dem Schlafzimmer und machte es sich am offenen Fenster im Wohnzimmer bequem.

Die alte Brügging lief mit ihrer Tochter durch die Osnabrücker Altstadt in Richtung der Fußgängerzone und Einkaufsstraßen. Genauer: Sie lief ihrer Tochter durch die Osnabrücker Altstadt in Richtung Fußgängerzone und Einkaufsstraßen hinterher. Den Wagen hatten sie in einem Parkhaus in der Nähe des Heger Tors abgestellt, das eigentlich Waterloo-Tor hieß, nur nannte es niemand so, und als Kriegerdenkmal gebaut worden war – eine Mischung aus römisch-klassizistischem Triumphbogen und historisch-mittelalterlicher Wehranlage zu Ehren der rekrutierten Osnabrücker Soldaten in der letzten, siegreichen Schlacht gegen Napoleon.

Aufmerksam und verängstigt, aber darauf bedacht, es sich nicht anmerken zu lassen, schaute die alte Brügging hin und her. So viele Leute auf einem Flecken hatte sie in ihrem Leben noch nicht gesehen. Sie war ein bisschen zurückgefallen und legte einen Schritt zu, um ihre Tochter nicht noch zu verlieren. Allein in der Großstadt, o Gott, o Gott. Am liebsten hätte sie sich bei ihr untergehakt, aber das wäre zu viel der Blöße, die sie sich geben könnte.

»Wollen wir vielleicht erst einmal Kaffee trinken«, fragte ihre Tochter, als sie gerade an dem spätromanischen St.-Peter-Dom vorüberliefen.

Erleichterung. Der alten Brügging kam das mehr als gelegen. Sitzen, ausruhen, eine Tasse Kaffee trinken. Ein Stück Kuchen oder Torte – zur Feier des Tages – wäre auch nicht schlecht. Das nächste Café, das sie beide ansprach, hieß Leysieffer. Sie setzten sich nach draußen, an die Straße. Kaum hatten sie bestellt – ein Kännchen Kaffee und zwei Stück Käsetorte – und die Blicke ein bisschen schweifen lassen, wurde die alte Brügging plötzlich unruhig, sie konnte kaum sprechen und zupfte nur immer am Ärmel ihrer Tochter.

»Kiek is, kiek moal doar!«*

»Was ist denn? Was hast du denn«, fragte ihre Tochter sichtlich genervt.

Die alte Brügging bekam kaum noch Luft. Für einen Moment überlegte ihre Tochter besorgt, ob sie der alten Dame vielleicht doch etwas zu viel zumutete mit dieser kleinen Reise.

* »Guck mal, guck mal da!«

168

»Mutter, was hast du denn? Sprich mit mir!«

»Kiek doar. Doar achtern!«* Ihr Gesicht war puterrot.

Ihre Tochter guckte in die Richtung, in die ihre Mutter deutete.

»Ja, und? Was ist denn da?«

»Nen Schwatten!« Sie konnte ihren Mund nicht mehr schließen, so weit hatte sie ihn aufgerissen.

»Was?«

»Nen Schwatten!«

»Wie bitte? Nee, Mama, oder? Jetzt sag mir nicht, dass du noch
nie in deinem Leben …«

Für den Sonntagnachmittag – Wochen waren seit ihrer letzten
Begegnung vergangen – hatte Pastor Riemenschneider den stei-
fen Direktor der Wintershall gemeinsam mit Oudehinkel, dessen engstem Mitarbeiter, zum Tee und zum Doppelkopfspiel
eingeladen. Es gab Kuchen und Aufgesetzten, den der Direktor,
der über die Einladung des Pastors höchst überrascht gewesen
war, mitgebracht hatte – den guten Aufgesetzten seiner Gattin,
Johannisbeere in vermutlich schwarz gebranntem Korn.

Riemenschneider kam das Mitbringsel gelegen, er hätte ansonsten für Ersatz sorgen müssen. Alkohol spielte in seinem Vorhaben keine unbeträchtliche Rolle, jedenfalls ging er davon aus.
Der vierte Mann war Wischnewski, das hatte sich der Pastor
nicht nehmen lassen. Sie saßen um den kleinen Küchentisch
herum und rauchten britische Zigaretten. Der Direktor und
sein Angestellter spielten nun nach verschiedenen Runden und
Konstellationen gemeinsam »gegen die Alten«, die Kreuzda-
men, die Oudehinkel und Riemenschneider in den Händen
hielten.

Die Runde begann mit einem frühen, gutgelaunt verschmitz-
ten »Kontra« des Direktors, einem unauffällig zustimmenden
Zwinkern Wischnewskis und äußerst verzagten Mienen auf
der anderen Seite des Tisches. Riemenschneider hatte gegeben,
und der Direktor spielte den ersten Stich mit einem Ass an,

* »Guck, da. Da hinten! – Ein Schwarzer!«

Fehlfarbe Kreuz, den Wischnewski gleich mit einer Zehn butterte und den der Direktor samt zwei zumindest spieltaktisch wertlosen Königen unverzüglich kassierte.

»Keine Neunzig«, sagte er, obwohl er auch mit dieser Ansage noch einen Stich hätte abwarten können. Die nächste von ihm ausgespielte Karte war ein Pikass. Wieder butterte Wischnewski. Von Riemenschneider kam ebenfalls eine Zehn und auch der schweigsame Wintershallmitarbeiter Oudehinkel musste bedienen, seinerseits mit einem Pikass. Das hieß Doppelkopf.

Der etwas aufgetaute Direktor und Wischnewski prosteten einander vertraulich zu, auch Riemenschneider und Oudehinkel kippten den klebrigsüßen Aufgesetzten in einem Zug weg – das rote Zeug bloß nicht zu lange im Mund behalten.

Nachdem beide Füchse gefangen, der letzte Stich mit einem Karlchen geholt, die Partie also haushoch gewonnen war, und der Direktor, der insgesamt an Punkten deutlich führte, mit hochrotem Kopf triumphierte, räusperte sich Riemenschneider und sah ihn herausfordernd an.

»Herr Direktor, sagen Sie, wie ist das mit der Zementlage bei Ihnen? Erzählen Sie mal …«

Wischnewski – bis zu diesem Zeitpunkt ahnungslos über die Intentionen des Pastors – riss die Augen auf, Oudehinkel blickte verdattert und der eben noch so rotgesichtige Direktor erblasste für einen Moment.

Er wusste, er hatte dem Pastor versprochen zu helfen. Er hatte auch bereits geahnt, dass es mit diesem spontanen Treffen etwas auf sich haben könnte, ja musste. Aber in der gegenwärtigen Situation – er dachte an die Wassereinbrüche und die dadurch hervorgerufene Notlage, von der der Pastor wissen musste, jeder in Emlichheim wusste davon – ausgerechnet Zement von ihm zu verlangen, das hätte er sich nicht träumen lassen.

»Schlimm!«, antwortete er dann auch kurz und knapp.

»Spielen vierzig Tonnen Zement für Sie eine Rolle?«, fragte Riemenschneider unbeirrt und kühlen Kopfes.

Der Direktor wusste nicht so richtig, wie er reagieren sollte. Er rutschte auf seinem Stuhl hin und her. Souverän zu zocken, wie eben noch beim Doppelkopf, funktionierte hier, in dieser neuen Situation, auf einmal nicht mehr.

»Vierzig Tonnen Zement? Wenn man die hätte«, seufzte er.

Wischnewski konnte sich ein leises Lächeln nicht verkneifen, aber auch das bemerkte niemand außer Riemenschneider, der sich nun gänzlich entspannt zurücklehnte und mit beiden Handflächen auf den Tisch klatschte.

»Herr Direktor, ich leihe Ihnen vierzig Tonnen Zement, bis zum Beginn der Bausaison«, sagte er selbstsicher. Er wusste, er hatte den Trumpf im Ärmel.

Beide, der Direktor und Oudehinkel, sein Kompagnon, sahen ihn an, und wie auf ein unsichtbares und unhörbares Kommando brachen sie in schallendes Gelächter aus. Ein dahergelaufener Pastor einer winzigen schlesischen, das hieß vom anderen Ende des Reiches stammenden, das hieß, vom anderen Ende des Landes stammenden, das hieß nicht einmal mehr daher stammenden Gemeinde, die nur aus verarmten, wenn auch durchaus tüchtigen Flüchtlingen bestand, bot ihm, also der renommierten Firma Wintershall, vierzig Tonnen Zement an! Das war in der Tat zum Lachen.

Aber Riemenschneider, der eine Weile mitgelacht hatte, zog seinen Lieferschein aus der Jackentasche und las den beiden staunenden Herren laut und deutlich vor, dass der Zement bereitstehe und bis Mitte des Monats abzuholen sei.

Der Direktor rieb sich die Augen, Oudehinkel glotzte blöde. Mit dem Doppelkopfspiel war es vorerst vorbei.

Es hatte geklingelt. Ein dreifacher Gong.

Heinrich Piontek, der zu dem Zeitpunkt – nur wenige Tage vor Gretes Niederkunft – gerade damit beschäftigt gewesen war, seine Uhrensammlung mit einem etwas antik anmutenden Federwedel zu entstauben, schlurfte missmutig durchs Haus und öffnete die Tür.

Sonnenstrahlen, Lichtflut, Blendung, schließlich ihn übermannende Schwindelgefühle. Ihm gingen fast die Augen über, als er wieder sehen konnte, Umrisse erkannte und nun ausgerechnet Alma Kretschmar auf der Fußmatte neben dem schweren Steinkübel mit den bunt blühenden Stiefmütterchen vor ihm stand. Er begriff nicht alles, was sie sagte, sah nur, wie sich Almas Mund bewegte, ohne dass er ihre Worte im Einzelnen verstand, realisierte aber, dass sie nicht seinetwegen gekommen war. Warum auch. Sie wollte nichts von ihm, sie wollte etwas von Gisela, aber seine Frau war zum Einkaufen ins Dorf gefahren oder zu Grete, deren Kind ja demnächst kommen würde, jedenfalls war sie nicht da.

»Nein, Gisela ist einkaufen«, sagte er, als er wieder einigermaßen denken konnte, »aber bitte, Alma, komm doch für einen Moment herein.«

Alma Kretschmar, die von der Fußmatte aus auf die große Standuhr im Flur blickte und sich schon umdrehen und wieder gehen wollte, fühlte sich überrumpelt. Ärger stieg in ihr auf, doch sie folgte ihm, wenn auch zögerlich. Sie hatte eigentlich Besseres zu tun, als hier ihre Zeit mit diesem drögen Kollegen zu verplempern, den sie schon jeden Tag in der Schule traf, aber vielleicht war Gisela ja bald wieder zurück. Ein paar Minuten, das konnte nicht schaden.

Er führte sie durch den Flur und das Wohnzimmer. Überall standen, hingen und tickten Uhren in den mannigfaltigsten Formen – was man nur daran finden konnte, dachte sie. Draußen, auf der Terrasse, blieb er stehen und sah sie an, er versuchte ein Lächeln.

»Möchtest du etwas trinken?«

»Nein, Heinrich, mach dir keine Mühe, ich muss wirklich gleich weiter. Ich wollte Gisela nur fragen …«

»Ich mache uns einen Kaffee.«

Er verschwand.

Alma Kretschmar dachte an die Kaffeemaschine im Lehrerzimmer.

»Nein«, schrie sie ihm beinahe hinterher, »für mich doch lieber einen Tee, keinen Kaffee…«

Sie setzte sich auf einen der Plastikstühle und sah sich um.

Ein ordentlicher, gepflegter Garten, etwas zu ordentlich und zu gepflegt für ihren Geschmack. Ein schmales, sauber geharktes Blumenbeet, das die Terrasse umrandete, auch hier Stiefmütterchen, Narzissen und Tausendschön, frisch gemähter, kräftig grüner Rasen, ein kleiner Teich mit Springbrunnen und einem überaus scheußlichen Frosch aus Stein und mit Krone, weiter hinten ein Gemüsebeet, Spargeldämme – immerhin, auf die Spargelzeit freute sie sich –, und ein winziges Gewächshaus. Ein Gewächshaus, das wäre eigentlich was, dachte sie.

»Du bist doch alleinstehend, Alma. Wir könnten doch…«, sagte Heinrich Piontek, der wieder auf die Terrasse getreten war.

Alma Kretschmar glaubte, nicht richtig gehört zu haben. Ihr Kollege aber stand erwartungsvoll vor ihr.

»Wie bitte?«

»Ich meine, wir könnten doch mal miteinander…«

»Heinrich, äh, ich glaube…«

Sie stand auf.

»… ich meine, irgendwo hinfahren, essen gehen, einen Ausflug…« Heinrich Piontek stellte endlich das Tablett ab und kniete sich nieder, unmittelbar vor ihre Füße. »Alma, ich liebe dich.«

Sie starrte ihn fassungslos an.

»Nein, Heinrich, das ist Unsinn, ein Irrtum, und sowieso…«, sagte sie, griff nach ihrer Tasche, die sie auf einem der Plastikstühle abgelegt hatte, und ging.

Heinrich Piontek, ein begossener Pudel, blieb alleine auf der Terrasse zurück.

Der Direktor der Wintershall merkte schnell, dass sein Gegenüber, der Pastor, nicht falsch spielte. Er hielt ja nun den Lieferschein selbst in seinen Händen, Riemenschneider hatte ihn ihm über den Tisch zugeschoben, und immer wieder blickte er ungläubig auf das Geschriebene. Auf einmal, als hätte ihn der Hafer gestochen, sprang er auf und eilte los.

Die anderen blickten ihm verdutzt hinterher.

Er wolle sofort seinen Architekten anrufen und ihn hierher zu Riemenschneider bestellen, rief er noch und ließ hinter sich die Tür ins Schloss fallen.

Riemenschneider und Wischnewski zwinkerten sich zu. Oudehinkel, den sein Direktor unvermittelt zwischen den beiden Flüchtlingen sitzen gelassen hatte, wusste nicht so recht, was er sagen sollte, und schenkte sich möglichst unauffällig noch einen Schnaps ein.

»Das ist ja ein Ding, man glaubt es nicht…«, murmelte der blasse Adjutant.

»Schauen wir einmal, was dieser Tag noch alles bringt…«

»Schauen wir…«

»Ja…«

»Prost übrigens«, sagte Riemenschneider, der Wischnewski und sich auch noch einmal nachschenkte.

»Prost.«

»Ja, Prost.«

David hatte sich beeilt, das Cello samt Koffer aus der Tannenstraße geholt und, leicht verschwitzt, aber dankend, das Angebot seiner Mutter, ihn mit dem Auto zu den Corinths zu bringen, angenommen. Alma Kretschmar war dann, gleich nachdem sie ihn abgeliefert hatte, wieder gefahren, sie wollte sich noch umziehen und sowieso: nicht stören. Sie war gehemmt in diesen Situationen, sie fühlte sich überflüssig, wenn David und Sigrun sich ihrer Musik widmeten.

David saß im Wohnzimmer des alten Pfarrhauses. Hinterm Flügel, auf den man zuerst stieß, türmten sich die Bücher und Noten in den Regalen bis zur Decke, und es roch hier immer so heimelig, nach Kräutern oder Gebackenem. Noch hielt er eine dünne Porzellantasse mit schwarzem Tee in der Hand, das Instrument klemmte bereits zwischen seinen Beinen.

Alfred, der ihm kurz von seiner bevorstehenden Predigt berichtet und zuvor um Erlaubnis gebeten hatte, während des
Probedurchlaufs bleiben zu dürfen, saß auf dem Sofa und
lehnte sich zurück.

Auch Sigrun, die ihren Neffen die ganze Zeit über festgehal-
ten, gedrückt und geherzt hatte, ließ nun endlich von ihm
ab, setzte sich auf ihren Klavierhocker und blätterte in der
Partitur, während David die Teetasse samt Unterteller auf dem
marmorierten Beistelltisch platzierte.

Stille … Sie sahen sich noch einmal an – David nickte –, Sigrun
legte ihre Hände auf die Tasten, hielt einen Moment lang inne
und ließ nun behutsam die ersten Noten des Allegro-moderato-
Satzes der Arpeggione-Sonate erklingen.

David setzte wenige Takte später ein, wiederholte vom Klavier
begleitet das elegische erste Thema und vervollständigte die
Melodie um das rauchige Kolorit seiner Saitenklänge, bis sie
zusammen, Cello und Klavier, das zweite, tänzerische Thema
anstimmten und damit einen Stimmungswechsel vollzogen –
ein kurzer Lidschlag, Alfred Corinth wischte eine Träne aus
seinem Auge –, Schatten und Licht, Heiterkeit und Schwer-
mut, Melancholie und, doch, irgendwie, Leben, dachte er.

Sie standen auf dem Hof vor dem aus roten Ziegeln gebauten
Bauernhaus, in das sie einquartiert werden sollten, und ein
britischer Soldat, der ebenfalls ausgestiegen war, winkte ihnen,
zu folgen.

Der Mutter und ihrer Tochter war nichts geblieben, nichts als
ein größerer und ein kleinerer Lederkoffer, worin allerdings
nach den vielen Tauschgeschäften kaum noch etwas von Wert
war. Immerhin Wäsche zum Wechseln.

Die Bäuerin – spitze Nase, schmale Lippen – stand vor dem
grünen Hoftor und sah sie verächtlich an, einen Augenblick
schien es, als wollte sie dem Soldaten und seinen Schützlingen
den Weg versperren, dann aber machte sie zögerlich Platz und
ließ auch die Mutter und ihre Tochter durch die Diele in die

gute Stube eintreten, in der ein großer Tisch stand und ringsherum aufgereiht acht Stühle mit sehr hohen Lehnen. Kühl war
es hier drinnen, so dass es sie nach der warmen Frühlingsluft
draußen regelrecht fröstelte.

Die Mutter sah sich um, ihr Blick fiel auf die feine Anrichte,
das polierte und blinkende Porzellan, kostbar. Neben der Bäuerin standen zwei Kinder. Eines davon, ein Junge, war wohl
im Alter ihrer Tochter. Die hielt ihre Hand, drückte sie fest
und verbarg das Gesicht in ihrem Rock. Sie wäre lieber bei der
netten Familie geblieben, die sie vom südlichen Berliner Stadt-
rand aus bis Hannover mitgenommen hatte. Hier in dieser
feindseligen Umgebung also sollten sie unterkommen, dachte
die Mutter und erinnerte sich an die wenigen Menschen, die
ihnen bisher freundlich begegnet waren – sie konnte sie an
einer Hand abzählen.

Der Brite machte der Bäuerin in gebrochenem Deutsch un-
missverständlich klar, dass sie hier zu bleiben hatten und zu
versorgen seien. Sie fügte sich scheinbar. Als der Soldat aber
gegangen war, schleuderte sie ein paar drohende Sätze in
Richtung der Flüchtlinge, von denen die Mutter aufgrund
der seltsamen Sprechweise, des Dialektes, nur einen verstand:
»Wartet ab, bis mein Mann nach Hause kommt, der wird es
euch schon zeigen…«

Keine Stunde später saßen sie wieder zusammen, Riemenschneider, der Direktor, sein aus der Sonntagsruhe aufge-
scheuchter Architekt, den er in fliegender Hast hergeschleift
hatte, der getreue Oudehinkel und immer noch Wischnewski,
ein lächelnder Wischnewski, der die Situation genoss – und
sich währenddessen, gemeinsam mit Oudehinkel und schon
bald nicht mehr ganz unauffällig, an den klebrigsüßen Aufgesetzten gehalten hatte und weiterhin hielt. Ex und hopp und
nachgeschenkt. Riemenschneider dagegen hatte sich zurück-
gehalten. Dennoch, bis auf den Architekten war keiner der
Herren am Tisch mehr ganz nüchtern, die Stimmung den Um-

ständen entsprechend ausgelassen. Der Direktor hatte schon wieder einen hochroten Kopf, er dampfte.

»Wir bauen ein Haus. Der Zement kommt nach. Fangen Sie sofort an zu arbeiten, unverzüglich!«, sagte er zum Architekten, der noch überhaupt nicht verstand, worum es eigentlich ging.

»Sofort, unverzüglich?«

»Genau«, sprach der Direktor und hob sein Glas.

Der Architekt machte Anstalten aufzustehen. Der Direktor zog ihn aber gleich wieder auf seinen Stuhl zurück.

»Spätestens morgen früh«, entschied er und wendete sich Riemenschneider zu, dieses Mal vorbehaltlos aufgeschlossen.

»Die beiden Nissenhütten geben Sie uns, Riemenschneider. Sie bekommen ein Haus!«

Der Pastor lächelte zufrieden.

»Alle Achtung, Riemenschneider, alle Achtung! Das ist wirklich ein Ding. Wie haben Sie das nur angestellt?«

»Tja…«

»Pfundskerl!«

Bütering hieß der Bauer, der auf dem Hof, auf dem sie gelandet waren, das Sagen hatte.

Es hatte eine Weile gedauert, bis er in die Stube kam, und jetzt baute er sich vor ihnen auf. Nicht sehr groß gewachsen, dafür drahtig, gescheiteltes, blondes Haar, schmaler Schnurrbart und hohe, schwarze Stiefel. Fehlte nur das rote Armband mit dem Hakenkreuz auf weißem Grund, das Männer wie dieser in der vergangenen Dekade mit so großem Stolz und so grenzenlos dümmlicher Überheblichkeit getragen hatten, das sie alle mit Begeisterung getragen und wenn nicht selbst getragen, dann frenetisch bejubelt hatten, Männer und Frauen, die Kinderscharen der Hitlerjugend, Eltern und Großeltern, dachte die Mutter, die mit ihrer Tochter inzwischen auf dem Boden saß und einfach abwartete, was geschah. Beide lehnten erschöpft mit dem Rücken an der Wand.

Seine Abzeichen und vermutlich auch sein Parteibuch hatte

dieser Bütering sicher irgendwo auf seinen Äckern vergraben. Das Ding aber, das der Mann da fest und angespannt in der rechten Hand hielt, war eine Peitsche.

Hier in der Stube hätten sie nichts verloren, am Ende verdreckten sie noch das gute Leinen, zischte er.

»Raus hier! Aber schnell.«

Er trieb sie vor sich her, die Peitsche in der Hand, in den vorderen Bereich des Gebäudes, in dem auch die Kühe standen. Ein Verschlag war leer, aber es gab Heu.

Hier könnten sie bleiben, sagte er, blieb stehen, spuckte auf den Boden und musterte sie.

Alma Kretschmar bremste. Sie befand sich auf dem Weg von ihrer Schwester und ihrem Schwager zurück nach Hause und musste sich beeilen, da sie sich noch umziehen und für die Soirée ein bisschen zurechtmachen wollte. Wenn sie schon einmal in der Nähe war, konnte sie auch gleich frische Blumen kaufen. Hatte sie das nicht ohnehin vorgehabt?

Am Straßenrand vor dem Blumenladen standen die Emlichheimer Tratschtanten versammelt, die üblichen Verdächtigen, Fenna Brookschnieder, Aleida ten Brink, Gerda Wesselink, nur die alte Brügging konnte sie auf die Schnelle nicht entdecken. Zu dumm. Unmittelbar an der Kreuzung konnte sie nicht halten, der schmale Streifen auf der dem Blumenladen gegenüberliegenden Seite war von anderen Autos besetzt. Also fuhr sie am Kreisverkehr links ab, an dem hässlichen Neubaukomplex mit der Ladenzeile vorbei, dann wieder links auf den dahinter versteckten Parkplatz, stieg aus ihrem Peugeot und schlug die Tür hinter sich zu. Von hier aus konnte man einige der Geschäfte durch den Hintereingang betreten, auch Gretes Goldschmiede, es existierte aber auch ein tunnelartiger Durchgang, den sie als Abkürzung wählte und der sie zur Ringer Straße, dem Abschnitt zwischen Kirchstraße und Kreisverkehr, führte. Es waren nur wenige Schritte.

Vor dem Blumenladen angekommen, musterten die versammelten Damen sie, einige grüßten verhalten, und Alma Kretschmar grüßte zurück.

Gerlinde Mülstegen, die in der Zwischenzeit in der Imbissstube eine Portion Pommes frites mit Mayonnaise gegessen hatte, fuhr nun mit dem Rad am Kanal entlang, ins Grüne.

Christian Rochus überlegte, sich den nachtblauen Anzug anzuziehen. Vermutlich wäre er damit bei der Soirée ein bisschen overdressed, aber wann ergab sich hier in Emlichheim sonst die Gelegenheit, einen Anzug zu tragen? Er konnte ja die Krawatte weglassen.

Alfred Corinth klatschte und erhob sich vom Sofa.
Sigrun Corinth und David standen auf – er hielt sein Cello noch in der Hand – und sahen sich an, beiderseits zufrieden lächelnd. Das Ergebnis konnte sich hören lassen.

Johann Bütering stieg in seinen Mercedes und fuhr los. Neben der Scheune stand sein Großvater, eine Forke in der Hand, und sah ihm hinterher.

Anna Baumann, die nach ihrem Arztbesuch noch ein paar Erledigungen gemacht hatte, kam Johann Bütering, ihrem Nachbarn, auf dem schmalen, aber immerhin asphaltierten Feldweg mit ihrem schrillen Citroën entgegen und zwang ihn, ihr auszuweichen.

Heinrich Piontek hatte sich bald wieder verabschiedet und ging nach Hause zurück. Um seine Uhren zu pflegen, was er aber nicht gesagt hatte.

Gisela Piontek blieb noch, sie schwieg aber, um ihre Tochter und das Neugeborene nicht zu stören.

Grete, den Kleinen auf ihrer Brust, lag in ihrem Bett und schlief.

3. TEIL

ABENDS

VIII. GEGEN ABEND

»Und dann sind wir an einem der nächsten Tage gefahren und haben die vierzig Tonnen Zement tatsächlich abgeholt«, endete der greise Pastor seinen Satz, aber noch nicht seine Erzählung, für die er so weit ausgeholt und die im Jahr 1947, ein Jahr nach seiner Ankunft in Emlichheim, eingesetzt hatte.

Die Kinder – David, Grete und die blondzöpfige Lara –, die dicht nebeneinander auf einer der bunten Bänke vor dem verbotenen, von ihnen für eine kurze, magische Zeit eroberten Swimmingpool saßen, hörten ihm mit offenen Mündern voller Zahnlücken zu. Sie hatten sich längst abgetrocknet und wieder angezogen, nachdem sie von der auf dem Gelände der Jugendbildungsstätte wohnenden Köchin in Begleitung des seit einer komplizierten Hüftoperation am Stock gehenden Pastors beim unerlaubten Baden erwischt worden waren, beim unerlaubten Baden ohne Aufsicht, das war der springende Punkt.

»Was, wenn einer von euch untergegangen wäre? Die Ohren sollte man euch langziehen...«

»Na, na.«

Riemenschneider, gütig wie immer, hatte die Schimpftirade seiner Landsmännin mit milden Worten gebremst – es sei doch alles halb so wild –, die Kinder, die ihm bekannt vorkamen, nach ihren Namen gefragt, sie aufgefordert, sich zu ihm zu setzen, und begonnen seine wundersame Geschichte zu erzählen, während die Köchin auf ein Augenzwinkern hin den Hügel hinunter zwischen den Birken verschwunden war. Die Hüfte mochte lädiert sein, Riemenschneiders Gedächtnis aber war es nicht und sein Erinnerungsvermögen nach wie vor beträchtlich.

Noch schien die Sonne, noch war es einigermaßen warm, aber sie neigte und verfärbte sich bereits.

183

Vier Zentner Textilien von NINO – dem zur Zeit des heimlichen Schwimmausflugs der Kinder noch hoffnungsfroh ums Überleben kämpfenden Nordhorner Textilfabrikanten, der ein gutes Jahrzehnt später, Mitte der Neunziger, den Betrieb einstellen musste – habe er dann, erzählte Riemenschneider weiter, »zur Kompensation« mitgenommen und der Wintershall-Direktor, der ja höchstpersönlich mitgefahren war, seinerseits einen ganzen Haufen Benzingutscheine. Kaum war der Zement vor Ort angekommen, wurde er sofort verbraucht, und aus der Unkenntnis, was eine Tonne war, wurde in rasendem Tempo das Jugend- und Gemeindeheim, der Vorläufer der Jugendbildungsstätte, und das spätere Kindergartengebäude, und Riemenschneider, der sich an die Zeit, die mehrere, bald vier Jahrzehnte zurücklag, noch sehr gut erinnerte, lächelte. Es handelte sich um dasselbe Kindergartengebäude, in dem David die Schmetterlingsgruppe und Grete und Lara die Marienkäfergruppe besucht hatten, bevor sie in die Grundschule gekommen waren, wie nun wiederum die Kinder dem alten Pastor erzählten, der sich ihnen, die sie da alle durcheinanderredeten, aufmerksam zuwendete.

»Wie ihr gehört habt – und ich hoffe, ihr habt aufmerksam zugehört –, schadet es nicht, wenn ihr in der Schule nicht immer nur aufpasst, schließlich gibt es auch wichtigere Dinge als den Unterricht, zumal für Kinder wie euch. Außerdem bergen auch Fehler und Missverständnisse Möglichkeiten und können ungeahnte Blüten treiben. Ich habe das selbst früher, vor langer Zeit, anders gesehen. Aber aus Fehlern wird man klug, sagt man. Merkt euch das gut. Fehler gehören zum Leben dazu, es wäre entsetzlich, entsetzlich langweilig, wenn wir keine machen würden. Nur lasst bloß eure Eltern nicht wissen, dass ihr das von mir habt...«

Riemenschneider verschluckte beinahe das letzte Wort, denn in dem Moment tauchten sie auf – Alma Kretschmar, ihre Freundin Anna Baumann und auch Gisela Piontek, die sich bereits Sorgen gemacht hatten, die irgendwann durch einen

Anruf über den Verbleib ihrer Kinder informiert worden waren und nun von der Köchin den Hügel zum Swimmingpool
heraufgeführt wurden. Die Kinder hatten sie bereits mit zu-
nehmender Furcht erwartet.

»Guten Abend, liebe Alma. Guten Abend, Frau Piontek, Frau
Baumann...«

»Herr Pastor, das ist ja eine Überraschung, wie schön. Sind Sie
einmal wieder zu Besuch in Emlichheim?«

»Guten Abend, Herr Riemenschneider.«

»Guten Abend, Herr Pastor.«

»Wir haben die Ausreißer für Sie eingefangen«, sagte er.
Die Kinder schwiegen schuldbewusst. Sie hatten an alles gedacht, nur die Zeit wie so oft schon aus den Augen verloren.

»Kinder, Kinder...« Die Mütter, die ihnen Pullover zum Überziehen mitgebracht hatten, verzichteten auf strenge Tadel.

»Setzt euch doch. Ich erzähle gerade davon, wie das hier alles
entstanden ist...«

»Bitte, bitte, Mama, dürfen wir die Geschichte zu Ende hören?«
Die Mütter sahen sich an, nickten und setzten sich.

»Also gut...«
Riemenschneider räusperte sich.

»Wie gesagt, zunächst war alles in dem heutigen Kindergartengebäude untergebracht. Die eigentliche Jugendbildungsstätte
wurde, wie ihr seht, in unmittelbarer Nähe, auf demselben,
weitläufigen Dünengelände errichtet, wo bereits zwei Werk-
wohnungshäuser der Wintershall standen«, er deutete mit der
Hand in die jeweilige Richtung. »Das Dünenhaus und das
Birkenhaus. Anfang der sechziger Jahre hieß es dann von Seiten
des Kultusministeriums, das Heim solle in den unmittelbaren
Osnabrücker Raum verlegt werden, die Unterbringung am
Emlichheimer Standort sei zu primitiv, der Jugend seien die
desolaten Verhältnisse vor Ort nicht zuzumuten«, aber Riemenschneider, der Dickkopf mit inzwischen schlohweißem Haar,
war nicht mehr umzustimmen gewesen. »Klar. Ich war dagegen. Man hat es damals nicht für möglich gehalten, dass sich

eine Jugendbildungsstätte im Grenzraum entwickeln könnte. Ich habe immer entgegengehalten: nicht mehr die alten Kulturzentren, sondern die Nahtstellen der Länder seien für die Zukunft wichtig.«

»Da sprechen Sie ein wahres Wort gelassen aus«, sagte Alma Kretschmar, die ihr Kinn auf ihre Faust stützte.

»Pst, Mama!«, sagte David.

Das »Grenzlandheim«, so hatte er die Bildungsstätte getauft, war, wo es war, geblieben – und der Pastor war der Einzige gewesen, der gegen die spätere Namensänderung in »Jugendbildungsstätte« votiert hatte.

»Denn das Heim war für mich die offene, die durchlässige Grenze; das Zueinanderkommen von Menschen, die nicht von Vornherein die gleiche Geschichte, die gleiche Prägung hatten. Das, was ich Einübung in gemeinsames Leben nenne, sollte hier stattfinden. Liebe Alma, du weißt, wovon ich rede. Ihr alle wisst das … «

Die Mütter nickten wissend, die Kinder dagegen überlegten angestrengt, was wohl gemeint sein könnte.

»Es wurde um einige größere Anbauten erweitert – und um ein Schwimmbad. Dieses Schwimmbecken hier. Wir bekamen es, weil die Gemeinde nicht wusste, wohin sie mit dem Erdreich sollte, das bei der Vechteregulierung angefallen war. Die Häuser befanden sich auf den Dünen, dazwischen gab es Täler, die nun mit Erde aufgefüllt wurden. Ein Vechtehochwasser verschob die Bauarbeiten, so dass das Schwimmbad zunächst gar nicht benutzt werden konnte. Doch dann war es so weit. Den Rest der Geschichte kennt ihr … «

So lauteten Riemenschneiders letzte Worte, und am Ende – er hatte es nicht ahnen können, aber jeder musste irgendwann einmal abtreten –, am Ende war er von allen damals an der Swimmingpool-Episode Beteiligten und Anwesenden derjenige geblieben, der den Rest der Geschichte nicht mehr hatte kennenlernen sollen. Anders als Grete und auch David in Potsdam, der erst vor wenigen Wochen von seiner Mutter am Telefon erfahren hatte, dass es sie nicht mehr gab, dass es in der Zeitung gestanden hatte – den Grafschafter Nachrichten –, dass sie für immer geschlossen worden war, die Jugendbildungsstätte, dass sie endgültig der Vergangenheit angehörte. Und mit ihr auch der geschichtsträchtige Swimmingpool.

In dem Moment tauchte die Köchin wieder auf und brachte nicht nur die alte Frau Riemenschneider mit, die noch etwas wackeliger auf den Beinen war als ihr Mann und die sich bei der Köchin untergehakt hatte, sondern auch ein Tablett mit belegten Broten für alle. Die Kinder machten sich gleich ausgehungert darüber her.

Als alles aufgegessen war, schlug die Köchin vor, in die Großküche umzuziehen, dort gebe es Nachschub und auch etwas zu trinken. Sie ging voran, und alle folgten ihr.

Die Kinder – ihre Mütter hatten ein Einsehen – durften an diesem denkwürdigen Abend länger als gewöhnlich aufbleiben.

Am Zaun aber, unten am Fuße des Hangs, versammelte sich nun nach und nach die Emlichheimer Dorfjugend, die hier um diese Uhrzeit regelmäßig bis in den tiefen Abend hinein ihr Bier trank – Dortmunder Union in Zehnerpacks –, auch Schnaps – meist Apfelkorn –, noch nicht volljährige, jedenfalls in keiner Weise mündige Jugendliche, die irgendwann randalierten und denen von den Jubi-Mitarbeitern schon mehrfach Hausverbot erteilt worden war – gar nicht so selten musste die Polizei vorfahren.

Sie trugen die Haare vorne kurz und hinten schulterlang und länger, schwarze T-Shirts mit bizarren Darstellungen darauf – Pentagramme, Stahlhelme, Bierkrüge – und Jeansjacken, mit abgeschnittenen Ärmeln und Aufnähern bestickt.

Mit ihrer speziellen Tracht und ihrem doch eher ungeschickten Balzgehabe wollte die angetrunkene Dorfjugend die Aufmerksamkeit der jungen Mädchen aus den Gruppen auf sich ziehen, die in der Bildungsstätte beherbergt waren, so hofften sie Abend für Abend. Mitunter gelang das sogar.

David sah auf die Uhr, die mal verborgen, dann aber wieder unübersehbar an der Wand im Wohnzimmer tickte – es war kurz vor sechs. Sie lagen gut in der Zeit. Ab neunzehn Uhr würden die ersten Gäste eintrudeln, hatte Sigrun gesagt. Zeit genug für noch einen Spaziergang also, dachte er. Wenn er jetzt hier im Corinth'schen Wohnzimmer sitzen bleiben würde – mit Blick auf den Flügel, die Noten und vor allem auf sein Cello –, würde er nur nervös werden. Langsam kam es auf, das Lampenfieber, das immerhin half, nicht mehr an andere Dinge zu denken. Außerdem hatte Sigrun längst alles vorbereitet, die vielen Tabletts mit den Köstlichkeiten standen in der Küche und im Flur. Er wäre keine Hilfe, würde nur im Weg stehen, und nach Reden war ihm wirklich nicht zumute.

»Geh ruhig noch ein bisschen an die frische Luft, David«, lauteten Sigruns Worte.

Sie kannte ihren Neffen. Sie besaß sogar ein vages Gespür für die Situation, in der er sich befand, wovon wiederum David nichts ahnte.

Alfred Corinth, beiläufig, entkorkte bereits den Wein.

David überlegte, wem er am Abend noch begegnen würde. Das Apothekerehepaar Waldau war natürlich eingeladen, wie immer, die Wischnewskis, die er von klein auf kannte, das Pastorenehepaar Reineke, sein früherer Englischlehrer Fluthwedel mit Frau, die Deutschlehrerin Henriette Sommer und ihr Lebensgefährte, mit dem er noch nie ein Wort gewechselt hatte, neue niederländische Nachbarn, die er nicht kannte, der alte, pensionierte Landarzt van der Lohe, ein früherer Marinearzt, und seine Frau, ebenfalls Ärztin im Ruhestand, eine ganze Reihe weiterer Emlichheimer, die er besser oder schlechter kannte, und außerdem hatte Sigrun den Nachfolger der van der Lohes, den neuen Allgemeinmediziner, angekündigt, den Landarzt des Dorfes, einen »klugen und sympathischen – der wird dir gefallen«, Christian Rochus aus dem südlichen Hessen. Jedenfalls eine bunte, gar nicht so kleine Runde, dachte er. Nur Grete würde fehlen.

Langsam wäre es an der Zeit, David, dachte Grete.

Die Sonne war an der Fensterseite vorübergewandert, doch im Zimmer blieb es immer noch sehr hell. Elias schlief, aber er rührte sich schon – vielleicht hatte er ihr Erwachen gespürt. Wenig später tat er seine Augen auf, blinzelte und sah Grete an, als kenne er sie bereits, als wisse er schon: ja, genau, das ist meine Mutter, die und keine andere.

Sie hob ihn an, roch an ihm, küsste ihn und gab ihm die Brust.

Als David vor die Tür trat und seine Blicke auf die riesigen, kräftige Knospen treibenden und vermutlich im Mai aufblühenden Rhododendren fielen, fühlte er sich auf einmal wieder fremd und fehl am Platze. Grete, deren Familie auch aus Schlesien geflohen war, kannte solche Gefühle nicht. Sie hatten oft darüber geredet, und er verstand nicht, weshalb sie ihn nicht verstand, und sie verstand nicht, weshalb er so dachte und nicht wenigstens versuchte, anders zu denken.

Kleine, auf den ersten Blick bedeutungslose Dinge, hämische Bemerkungen und Hänseleien, einzelne Worte, die sich verkeilt und festgebissen hatten und im Moment der Erinnerung heftig anschwollen, als handelte es sich um Eiterpusteln kurz vor dem Aufplatzen. So unstimmig fand er das Bild nicht. Manchmal wünschte er sich das. Dass es in ihm aufplatzte und aus ihm herauslief, das Elend. Dass er es loswurde.

Es war – zum Beispiel – an einem Sonntag, einem herrlichen Frühlingstag wie diesem gewesen. David erinnerte sich noch genau daran, wie angenehm sich die Sonne auf seiner Haut angefühlt hatte, die noch ungewohnte, ihn durchflutende Wärme, als er aus dem kühlen Pfarrhaus auf den Kirchenvorplatz getreten war – es hatte sich in etwa so angefühlt wie jetzt –, um einen Klassenkameraden zu begrüßen, der dort wiederum mit einem anderen, ihm unbekannten Jungen gestanden hatte.

Die beiden Jungen redeten Platt miteinander, und er stand stumm daneben.

Als der Junge, den er nur vage vom Sehen her kannte, ein fülliger Rothaariger mit dickem Kopf, einmal das Wort an ihn richtete, wusste er nichts zu erwidern, weil er nichts von dem Kauderwelsch – so hatte seine Großmutter das Plattdeutsche immer genannt – verstand.

Der Rothaarige musterte ihn abfällig und bewegte seinen Mund – es sah aus, als sammelte er Unmengen an Speichel darin. Er schüttelte den Kopf und wandte sich dann wieder Davids Klassenkameraden zu.

»Denn kann kinn Platt proaten? Woar kump denn dann vandann? Wat is dat dann van eene?«

Die Worte hatte David verstanden. Wo kam er denn her? Was war er denn für einer?

»Ich kriege es nicht hin, er trinkt nicht. Was mache ich nur?«

»Ich komme, ich bin gleich bei dir«, antwortete Gerlinde Mülstegen und steckte das Handy wieder in die Tasche.

Sie hielt an, drehte das Fahrrad, ihr großes schwarzes Holländer-Damenfahrrad, einmal um hundertachtzig Grad und trat in die Pedale – zurück Richtung Emlichheim.

Vom alten Pfarrhaus war es nicht weit bis zur Vechte, David konnte eine Abkürzung über den Kirchhof nehmen.

Er lief unter den riesigen, immer noch kahlen Eichen, an den furchigen, mehrere Jahrhunderte alten Stämmen vorbei und zwängte sich durch die schwer duftenden Koniferen und Eiben hindurch aufs Friedhofsgelände. Hier lagen die Einheimischen, aber auch viele der Flüchtlinge aus den Ostgebieten, die sich nach dem Krieg in Emlichheim angesiedelt hatten. Von weitem sah er das Grab des alten Wischnewski, den er als Kind noch kennengelernt hatte, und dessen jüngstem Sohn, der noch jünger war als seine Mutter, er später im Corinth'schen Wohnzimmer begegnen würde.

David schlenderte zum Mittelweg, um auch das Grab seiner Großmutter zu besuchen. Am liebsten wäre die stolze Dame im Wald begraben worden, hatte sie einmal gesagt. Auf einer Lichtung. In der schönen Waldeinsamkeit, zwischen Blaubeeren, Farn, Pilzen und Waldmeister. Mit einem Ameisenhaufen in Sichtweite. Am liebsten in der alten Heimat.

Man konnte die Stelle, an der sie begraben lag, schon von weitem erkennen, anhand der Birke, die sie daneben gepflanzt hatten und die allmählich eine beträchtliche Höhe erreicht hatte. Ein schlichter, wenn auch ansehnlicher Findling, den die Gletscher aus der Eiszeit vor Jahrtausenden hierhergeschoben hatten. Vielleicht aus Schlesien, vermutlich aber von noch viel weiter her, aus der russischen, kasachischen, mongolischen Steppe, dem endlosen Osten. Aus schlichten Findlingen wie diesem waren schon die heidnischen Hünengräber geschichtet worden. Schlicht auch die Inschrift des Grabsteins, nur ihr Name in bronzenen, geschwungenen Lettern – Emma Arndt selig –, das Geburts- und das Sterbedatum. Anstelle von Stiefmütterchen oder Eisbegonien wuchsen Vergissmeinnicht und verschiedene Kräuterbüschchen auf ihrem Grab, Rosmarin, Lavendel – die Vergissmeinnichte hatten sich auch weit über die Ränder hinaus ausgesät. Eine wilde, irgendwann altrosa blühende und duftende Rose.

Er blieb eine Weile vor dem Grab stehen und erinnerte sich an die Geschichten vom Krieg, von der Flucht, die sie so oft erzählt hatte – niemand sollte diese Geschichten vergessen, damit sie nicht noch einmal geschähen … so hatte sie gesagt –, von der Kälte und dem Hunger, der Ankunft in der Grafschaft – dem Daumenabdruck Napoleons, auch die Geschichte hatte sie immer gerne erzählt –, von der Ablehnung und Feindschaft, auf die sie hier zunächst gestoßen waren, Sigrun und sie, und von dem allmählichen Ankommen.

David dachte einen Moment an Sigruns ältere Schwester, die ja auch seine Tante war oder seine Tante gewesen wäre, wenn sie nicht die Kugel eines russischen Gewehres erwischt hätte. Wenn sie nicht über dieses Feld an der Oder gelaufen wären. Wenn sie gleich mit dem Bauern gefahren wären. Wenn sie ihren Handwagen nicht zurückgelassen hätten. Wenn sie nicht aus der Heimat hätten fliehen müssen. Wenn der Krieg nicht gekommen wäre … und so weiter und so fort.

Sigrun hatte ihm erzählt, vor Jahren einmal, dass sie und ihre Mutter erst hatten weinen und die Tote betrauern können, als sie sich wirklich in Sicherheit gefühlt hatten. Das Grab am Feldrand hatten sie nie wieder gesehen.

Bei den Corinths klingelte unterdessen das Telefon.

Sigrun lief aus der Küche zurück ins Wohnzimmer und griff nach dem Hörer. Alfred Corinth, eine Flasche Sekt in der Hand, war ihr gefolgt und stand in der Tür.

»Grete, mein Kind, wie schön. Geht's dir gut? Du, sei mir nicht böse, aber wir sind mitten in den Vorbereitungen, du weißt ja. Alfred hat schon den Wein dekantiert. Sag, kommst du gleich?«

»Ach ja, die Soirée, es tut mir leid, daran hatte ich gar nicht gedacht. Aber nein, ich liege im Bett. Ich wollte euch nur etwas mitteilen. Also, um es kurz zu machen, heute ist …«

»Nein!«

»Doch!«

Sigrun sank aufs Sofa herab und winkte Alfred hektisch, neben ihr Platz zu nehmen.

»Wann?«

»Heute um zwölf Uhr ist Elias geboren …«

»Elias?«

»Ja.«

»Und …«

»Er wiegt dreieinhalb Kilo und ist einundfünfzig Zentimeter groß.«

»Wie …«

»Uns geht es gut, sehr gut. Wir haben mit dem Handy Fotos gemacht, warte, ich schicke euch gleich welche. Vielleicht kommt ihr mich morgen besuchen?«

»Ja, sicher. Mein liebes Kind …«

Johann Bütering parkte seinen Mercedes, eine Limousine, schwarzmetallic, C-Klasse der Baureihe 204 – er würde sich aber bald einen neuen der Baureihe 205 leisten –, in der Nähe des alten Pfarrhauses, in Sichtweite der Rhododendren, doch er hatte keine Ahnung, was da drin, bei den Corinths, vor sich ging und im weiteren Abendverlauf noch vor sich gehen sollte. Johann Bütering hatte alles in allem überhaupt keine Ahnung, aber manchmal, manchmal hatte er Glück, gelegentlich sogar großes, unvorstellbares Glück.

Das Wagentürschloss verriegelte automatisch durch Knopfdruck auf den Autoschlüssel. Er trug schwarze Jeans, ein blau kariertes Hemd und eine braune Lederjacke, steuerte den Imbiss an, den in Emlichheim alle »Schlemmerstübchen« nannten, der vermutlich tatsächlich so hieß und wo er mit seinem Kumpel Helmut Ratering zum Schnitzelessen verabredet war. Helmut Ratering stand schon da und rauchte, filterlose Reval. Johann Bütering hob die Hand, ohne ein Wort zu sagen. Ratering nickte.

Bis zum Möppken, ihrem allwöchentlichen Endziel, hatten sie es nicht weit, die Dorfkneipe lag direkt gegenüber. Aber vorm Saufen brauchte es eine ordentliche Grundlage, eine deftige Mahlzeit, das war eine Weisheit, die sie von klein auf verinnerlicht hatten.

Beide, Bütering und Ratering, sahen dem Sommer mit Vorfreude entgegen, Sommerzeit war Zelt- und Scheunenfestzeit. Man saß nicht nur im Möppken und »hing dort ab« oder fuhr alle paar Wochen einmal wieder ins »Zak«, die Großraumdisko im Uelsener Industriegebiet, sondern ging auf Schützenfeste, auf Sportfeste, auf Volksfeste, die auch Volksvermehrungsfeste genannt wurden. Davon existierten eine ganze Menge, jedes Dorf in der Region richtete pro Saison mindestens ein Zeltfest aus, Esche, Laar, Hoogstede, Uelsen und wie sie alle hießen. Die Orte Gölenkamp, Agterhorn, Ratzel, Striepe, Getelo-Moor oder Itterbecker Dose aber waren zu klein für Zeltfeste, hier gab es höchstens einmal ein Scheunenfest. Höhepunkt für Johann Bütering und Helmut Ratering war das Schützenfest in Emlichheim, wenn das ganze Dorf mit grünweißen Fahnen und Fähnchengirlanden geschmückt wurde und für ein langes Wochenende Ausnahmezustand herrschte, kollektive Volltrunkenheit, bis ein schmuckloser Holzadler oder sonst ein schräger Vogel abgeschossen wurde.

»Zigeunerschnitzel, Pommes«, rief Helmut Ratering der Bedienung zu, die vor der spritzenden Friteuse stand. Im Schlemmerstübchen roch es immer penetrant nach Frittierfett.

»Jägerschnitzel, Pommes«, sagte Johann Bütering. Er liebte die braune, sämig-salzige Soße und die glibberigen Pilze aus dem Glas oder aus der Dose. »Und zwei Fleischkroketten mit Mayo.«

Fleischkroketten? Raterings Kinnlade klappte nach unten. Er sah Johann Bütering neiderfüllt an. Nein, er wollte nicht zurückstehen.

»Mir auch zwei. Fleischkroketten. Und ein Bier.«

Sigrun Corinth kramte hastig ihr Smartphone aus der Schublade und setzte sich wieder zurück zu Alfred aufs Sofa, um abzuwarten. Sie hatte es im letzten Jahr zum Geburtstag bekommen, nutzte es aber kaum. Doch jetzt war sie froh, dass sie eines besaß.

Die Fotos hatte Grete bald gesendet: Auf dem einen sah man den Kleinen schlafend, auf dem anderen hatte er die Augen geöffnet, und auf einem dritten hielt Grete ihn im Arm. Alfred freute sich fast so sehr wie Sigrun – er hatte gleich die Flasche Sekt aufgemacht und zwei Gläser zum Anstoßen eingeschenkt –, aber er sagte nichts.

Männer, dachte Sigrun nur. Dabei war die Ähnlichkeit frappierend, Elias war seinem Vater wie aus dem Gesicht geschnitten. Dieses Geheimnis – kaum zu übersehen – war also gelüftet, und es würde nicht sehr lange Geheimnis bleiben, nicht hier auf dem Dorf, in Emlichheim.

»Ich hab Bierdurst«, sagte Johann Bütering ungeduldig, und Helmut Ratering pflichtete ihm bei. Doch just in dem Moment brachte ihnen die Bedienung das Ersehnte.

Sie hoben die Gläser – »Prost!« – »Prost!« – und tauchten ihre Nasen in die Krone.

Heinrich Piontek hatte es sich gemütlich gemacht, saß im Ohrensessel, wartete auf die »heute«-Nachrichten und lauschte. Vertraute Geräusche, die die Treppe herauf klangen. Er lehnte sich zurück, ließ die Zeitschrift, in der er gerade blätterte, auf die Knie sinken. Gisela, die – wie gewohnt – in der Küche herumwuselte, kochte oder buk, irgendetwas auf Vorrat. Nur hatte er nicht gehört, wann sie zurückgekehrt war. Es würde nicht leicht werden, dachte er. Das war nur natürlich, wenn man schwere Entschlüsse fasste.

Sein Blick fiel auf die entstaubten und polierten Uhren, die tickten und tickten, deren Zeiger hinaufkletterten und herabstiegen und wieder heraufkletterten, die ständig in Bewegung waren. Nur er kam nicht vorwärts, er stand still und harrte aus, auf der Stelle, bis in alle Ewigkeit und auch noch bis in die Zeit danach, fürchtete er. Er mochte sie, Gisela, seine Frau. Manchmal rührte sie ihn sogar. Er hatte ihr nichts vorzuwerfen. Oder doch, eine Menge, einen zentnerschweren Katalog der Belanglosigkeiten, der kleinen, nichtigen Verbrechen, der beiläufigen Dinge, die, einmal ausgesprochen, nicht mehr der Rede wert wären. Nur nichts Bestimmtes, nichts wirklich Wesentliches, nichts, das man aus der Welt hätte schaffen können. Aber es konnte doch nicht sein, dass der Lauf der Zeit die einzige Rechtfertigung darstellte für das, was war und Tag für Tag so lähmend geschah.

Jetzt hatte seine Grete ein Kind bekommen. Das war ein Einschnitt, eine Zäsur. Das war neues Leben, verhieß Zukunft, ein frisches, erhebendes Gefühl dafür, ähnlich, wie es war, wenn man sich verliebte – so unverhofft und leichtsinnig wie es ihm passiert war.

Heinrich Piontek erhob sich, um einen Blick aus dem Fenster zu werfen, in den bevorstehenden Sonnenuntergang, dort hinten, am Horizont. Weiter westlich wäre es noch länger hell. Das Kind, dachte er. Sollte er die Geburt nicht ein für allemal zum Anlass nehmen, auch sein Leben zu ändern? Sollte er, Elias' Großvater, so weiterleben und den kleinen Erdneuling, in dem Glauben an eine heile Welt aufwachsen lassen, die es nicht gab – auch wenn sie immer wieder von neuem ach so heimelig klang und duftete, nach gebackenem, ofenwarmem Kuchen etwa, nach Äpfeln und Zimt?

Er hatte schon seine Tochter und natürlich seine Frau, was noch viel schlimmer war, in dem Glauben gelassen, alles sei richtig und in Ordnung. Vielleicht konnte er für seinen Enkel aufrichtigere Verhältnisse schaffen. Und das hieß – denn die Bedeutung seiner Gedanken war an einen schweren Schritt gekoppelt –, diese Ehe zu beenden, seine Frau, Gisela, zu verlassen, mit der er seit Jahrzehnten verheiratet war, auszuziehen aus dem Haus in der Wintershallstraße und, wer wusste es schon, womöglich fortzugehen.

Ein knappes Jahr war seit ihrer Ankunft vergangen, einen ganzen langen Winter hatten sie hier bereits verbracht, im Stall, zwischen dem Vieh, auf dem nahe der sich durch die Landschaft schlängelnden Vechte gelegenen Gehöft weit vor den Toren Emlichheims. Frühling lag in der Luft, aber nach Sonnenuntergang war es immer noch kühl draußen. Noch konnte es Nachtfrost geben.

Die Mutter und ihre Tochter durften in ihrem Verschlag beim Vieh schlafen, den immerhin behagliche Wärme verströmenden schwarzbunten Kühen, und tagsüber auf dem Hof helfen, auf dem Acker und den Feldern. Harte, zehrende Plackereien hatten sie zu verrichten, die Schwielen an den Händen verursachten, Blasen an den Füßen. Immerhin bekamen sie dafür warme Mahlzeiten. Brot und Milch. Sie mussten nicht mehr die Bomber und Tiefflieger fürchten, lange schon nicht mehr, die tags und nachts über ihre Köpfe hinweggeschossen waren, keine russischen Heckenschützen, keine vom Laufen wunden, vom Frost angenagten Füße mehr.

Deutschland, wusste man jetzt seit einiger Zeit, war in Zonen aufgeteilt, und Schlesien unter polnische Verwaltung gestellt worden. »Schlesien polnisch«, hieß es, flüsterte man sich beim Einkaufen, auf dem Weg zur Arbeit oder zur Kirche, zu. Gerade erst sei die deutsche Bevölkerung enteignet worden, alles Zurückgelassene gehörte jetzt den Polen, auch ihr Hof und ihre Ländereien. Nun denn. Hieß es in der Bibel nicht Auge um Auge, Zahn um Zahn? Waren nicht die Polen die Ersten gewesen, die dem deutschen Größenwahn zum Opfer gefallen waren? Hatte nicht die vor Danzig liegende »Schleswig-Holstein« damit begonnen, die kleine polnische Garnison auf der Westerplatte zu beschießen? Hatte nicht die SS das polnische Postamt in der Freien Stadt Danzig gestürmt? »Schlesien polnisch«, also… »Wer Wind sät, wird Sturm ernten«, hieß es in der Schrift. Und wer Sturm säte?

Und die Flüchtlinge im Dorf, nicht zu vergessen, hatten jetzt einen Pastor. Die Emlichheimer ließen ihn in der reformierten Kirche predigen. Das war eine der letzten Nachrichten, die bis zu ihr vorgedrungen waren. Der Milchfahrer hatte davon berichtet, einer der wenigen, der sich dazu herabließ – von oben, vom Kutschbock herunter –, mit ihr, der »Polackin«, zu reden. Ihr war das an sich gleich – ein weiterer Neuankömmling, ein Pastor, was kümmerte sie das. Doch er schien, wenn sie den Schilderungen nicht nur des Milchfahrers Glauben schenken durfte, ein tüchtiger Mann zu sein. Wenigstens das. Einer, der sich nicht herumkommandieren, nicht herumstoßen ließ. Angeblich stammten seine Frau und er aus ihrer Gegend, aus der Nähe von Breslau. Sie hatte nachgebohrt, aber seinen Namen hatte sich der Milchfahrer nicht gemerkt. Kein Name, der hier gängig wäre. So viel immerhin hatte sie aus ihm herausbekommen.

Ihre Tochter, die Sigrun – die tagsüber über die Wiesen lief, um nach Frühlingsblumen, die sie pflücken konnte, Ausschau zu halten –, war noch einmal in den Schafstall gelaufen, um nach den Lämmern zu sehen. Manchmal schlief sie heimlich bei den Schafen und handelte sich den üblichen Ärger mit der Bäuerin ein.

Alma Kretschmar sah umwerfend aus, sie trug ein beigefarbenes Kostüm mit einem losen, schwarz gesäumten Tweed-Jäckchen. Französisch, klassisch, elegant – und während eines ihrer Besuche bei David in Berlin gekauft.

Den Peugeot hatte sie in unmittelbarer Nähe des alten Pfarrhauses geparkt – neben einer dieser hässlichen und protzigen Mercedeskarossen, die hier jeder Bauer, der etwas auf sich hielt, fahren musste.

Alma Kretschmar blickte sich noch einmal um, bevor sie auf dem schmalen Weg zum Pfarrhaus hinter den Rhododendren verschwand. Niemand. Sie befand sich ganz allein auf der Straße. Schade, dachte sie für einen Moment. Gegen den einen oder anderen Zuschauer, der ihr Chanel-Kostüm bemerken würde, hätte sie nichts einzuwenden gehabt.

Ausgeruht und auch ein bisschen hungrig ging Christian Rochus zu Fuß zu den Corinths. Er hatte es schließlich von der Dorfstraße aus nicht weit, musste nur einmal die Hauptstraße kreuzen und gelangte über den Bremarkt zum alten Pfarrhaus, das keine fünf Minuten von der Praxis entfernt lag.

Er liebte seinen Anzug, diesen ganz besonders, aber hier im Dorf fühlte sich der edle Stoff am Leibe fremd an. Dabei war die Sache ungleich einfacher: in Emlichheim trug – abgesehen von den Sparkassenangestellten mit ihrer desaströsen Stangenware aus dem Textildiscounter – niemand Anzug, zumal keinen eleganten und schon gar nicht um diese Zeit.

Egal. Nachtblau war er, sein Schmuckstück, und tailliert. Darunter trug er ein himmelblaues Hemd und an den Füßen italienische Schuhe aus rötlichbraunem Leder. Natürlich guckten die Leute, die ihm auf der Straße begegneten, einige waren seine Patienten, er grüßte mal dahin, mal dorthin – die Frauen grüßten zurück, die Männer blickten irritiert.

Zielstrebig steuerte er das alte Pfarrhaus an, wechselte die Straßenseite, ließ das reformierte Gemeindehaus hinter sich und war schon fast angekommen.

Durch die Rhododendren hindurch, eine schmale, zufällige Schneise, sah er Alfred Corinth, der gerade seiner Schwägerin Alma Kretschmar die Tür aufhielt, und legte einen Schritt zu.

»Halt! Hallo, Herr Corinth … Ich meine, Alfred. Hier bin ich, ich bin auch schon da!«

»Lieber Christian, guten Abend.«

»Ein bisschen früh, ich weiß …«

»Nein, keinesfalls. Kommen Sie nur herein, Sie sind nicht zu früh.« Alfred Corinth flüsterte verschwörerisch. »Der Wein hat genau die richtige Temperatur …«

Christian Rochus trat ein, Alfred Corinth folgte ihm, und sie standen gemeinsam mit Alma Kretschmar im Flur.

»Guten Abend, Frau Kretschmar. Sie sehen umwerfend aus, wenn ich das einmal bemerken darf …«

»Das stimmt, da hat der Christian recht, liebe Alma«, beeilte sich Alfred Corinth zu sagen.

»Guten Abend, Herr Doktor. Danke für das Kompliment, aber Sie können sich durchaus auch sehen lassen. Alle Achtung.« Sie lächelten.

Alfred Corinth führte die beiden ins Wohnzimmer und verließ sie wieder, als es an der Haustür klingelte.

Mit einem Glas Sekt in der Hand stellten sie sich vor das Bücherregal, und Christian Rochus begann, nacheinander die Buchrücken zu studieren – theologische Literatur überwiegend, haufenweise Partituren, Geschichtsbücher, politische Biografien und eine Menge Klassiker-Gesamtausgaben –, von der Tür zum Flur aus gesehen stand er unmittelbar hinter dem Flügel, an dem nach wie vor Davids Cello lehnte. Er nahm ein Buch in die Hand – »Emlichheim im Dritten Reich«, das neben dem ebenfalls großformatigen Band »Emlichheim früher und heute« einsortiert war.

»Eine eindrucksvolle Bibliothek, oder? Auch, was die Sektion Heimatgeschichte anbetrifft.«

»Ja, speziell was die Sektion Heimatgeschichte anbetrifft«, antwortete Alma Kretschmar spitz.

Christian Rochus schob das eine Buch zurück ins Regal und zog ein anderes hervor, dessen Titelseite mit goldenen Lettern bedruckt war und einen weißen Schwan im Zentrum zeigte.

»Was ist denn das hier, das ist ja hübsch …«

»Ach ja, ›Der Singschwan‹. Das ist ein Buch von Ludwig Brill, einem Emlichheimer Heimatdichter aus dem neunzehnten Jahrhundert. Der liegt, wenn mich nicht alles täuscht, in Quakenbrück begraben …«

»Lyrisch-epische Dichtungen.«

»Meine Schwester und Alfred sammeln alles, was an Büchern über Emlichheim und die Grafschaft Bentheim erschienen ist. Sie könnten damit dem Heimatverein Konkurrenz machen.«

»Ja, ja, liebe Alma, so ist das«, erwiderte Alfred Corinth, der wieder ins Wohnzimmer zurückgekehrt war, gutmütig.

Aus dem Flur hörten sie verschiedene Stimmen.

»Ich hole mal Sektgläser …«

»Es ist schon beachtlich, wie viel Literatur es über diese Gegend hier gibt«, sagte Christian Rochus. »Ich lese beispielsweise gerade ein Buch über die Kirchen und die Kirchengeschichte der Grafschaft Bentheim, ein interessantes, wenn auch weites, wirklich weites Feld. Natürlich habe ich es mir von Ihrer Schwester und Ihrem Schwager ausgeliehen …«

»Vier Kirchen unterschiedlicher Konfession in einem einzigen Dorf, das muss doch auf einen Neuankömmling wie Sie irgendwie befremdlich wirken, oder nicht?«, fragte Alma Kretschmar.

»Befremdlich? Vielleicht. Aber auch bemerkenswert, interessant. Und so neu bin hier ja nun auch wieder nicht. Man gewöhnt sich an vieles …« Christian Rochus zog noch ein anderes Buch aus dem Regal – den Band »Emlichheim früher

und heute« – und blätterte darin. »Ein bemerkenswerter Ort, vielleicht gerade auch durch seine dunklen Geheimnisse …«
»Sagen Sie das bloß nicht zu laut, Herr Rochus. Sonst hört Sie noch meine Schwester.«
In dem Moment trat Sigrun Corinth ins Wohnzimmer, sie trug ein Tablett. Alfred folgte ihr mit den Sektgläsern und den ersten Gästen.
»Ach Alma, mach dich doch nicht immer über die Emlich-heimer lustig, schließlich sind wir auch welche. Du bist, im Gegensatz zu mir, sogar hier geboren …«, flüsterte Sigrun den beiden zu.
»Pst, du musst doch nicht immer alles verraten.«

Am Gründonnerstag erreichte sie in Essen die erschütternde Nachricht aus West-Berlin. Sigrun und Alfred Corinth saßen gerade beim Abendessen. Ihr Freund, den sie kürzlich noch bei sich beherbergt hatten, war am Nachmittag von einem jungen Rechtsradikalen vor dem SDS-Büro am Kurfürstendamm mit drei Schüssen niedergeschossen worden. Er hatte überlebt, schwerverletzt, und wurde operiert.
Alfred Corinth telefonierte stundenlang – kaum hängte er ein, klingelte es erneut, wenn nicht, wählte er eine weitere Nummer.
Die Nachricht hatte sich wie ein Lauffeuer verbreitet, Flug-blätter wurden gedruckt, nur Stunden später, in Berlin wie auch im Westen. Springer habe mitgeschossen, hieß es. Das stimmte, Alfred Corinth war auch der Meinung. Dieser Kon-zern trug schwer an Verantwortung für den Vorfall, aber auch für viele andere.
»Wir als Christen«, diktierte er jetzt in den Hörer, »können nicht Karfreitag feiern, ohne zu sehen, wo heute das Wort der Wahrheit und das Eintreten für die Unterdrückten mit Gewalt zum Schweigen gebracht werden soll.«
Er atmete tief durch, Sigrun hatte neben ihm auf einem Stuhl Platz genommen und hörte zu.

»Wer hier als Christ gleichgültig bleibt und schweigt, verrät seinen Herrn. Wer nicht sieht, wohin dieser Staat schon wieder geraten ist, nimmt seine christliche Verantwortung nicht ernst. Diese Welt und Gesellschaft muss verändert werden, anders kommen wir nicht aus. Wir sind gegen jegliche Anwendung von Gewalt, eindeutig …«

Sie erwogen sogar, nach Berlin zu fahren.

Von den ersten Ausschreitungen vor den Springer-Filialen hatten sie bereits im Radio gehört. Der Kampf gegen die Bildzeitung war auch ihr Kampf, nur wollten sie es eben nicht Kampf nennen. Viele Theologen, so auch Alfred Corinth als bekennender Linksprotestant, hielten es für notwendig, dass gerade die evangelische Jugend mit auf die Straße ging, einerseits um politisch Flagge zu bekennen, andererseits um humanisierend auf den gewaltbereiten Teil der Demonstranten einzuwirken. In Bochum, an der Ruhruniversität, hatte der Theologieprofessor Bahr, den sie beide gut kannten, mit Studenten gesprochen und auf einer Großkundgebung an das gewaltlose Vorgehen Martin Luther Kings erinnert, der wenige Tage zuvor in Memphis, Tennessee, von einem Rassisten erschossen worden war.

Aber die Situation in Berlin drohte zu eskalieren. Einzelne Aktivisten radikalisierten sich, auch eine namhafte Journalistin befand sich darunter. Die Fesseln von Sitte und Anstand seien gesprengt worden, hatte sie nach dem Attentat in einem Artikel geschrieben, über Gewalt und Gegengewalt könne und müsse neu diskutiert werden.

Alfred Corinth erinnerte sich noch gut an die Diskussionen mit seinem niedergeschossenen Bekannten, die sie nach ihrem letzten Treffen in einem Briefwechsel weitergeführt hatten. Er hatte insistiert, Gewalt sei kein adäquates Mittel, Gewalt erzeuge nur Gegengewalt. Das war seine feste Überzeugung, die auch jetzt nicht ins Wanken geriet. Im Gegenteil, die leichtfertigen Aktionen gegen die Verlagsfilialen hielt er für illegitim, er würde es mit einem offenen Brief an den SDS versuchen.

Die Gewalt diskreditierte die ganze Sache. So machte man sich mit dem Gegner gemein.

Die Mutter war allein im Verschlag, sie summte eine Melodie und hörte Bütering nicht kommen. Meistens hörte sie ihn nicht kommen.

Nach und nach trafen auch die anderen Gäste im alten Pfarrhaus ein, die Waldaus, die Wischnewskis, Reinekes, Fluthwedels, Henriette Sommer mit ihrem Lebensgefährten, die niederländischen Nachbarn, der alte Doktor van der Lohe und seine Frau und weitere Freunde und Bekannte. Sigrun und Alfred Corinth führten sie einen nach dem anderen in den »Salon«, wie sie ihr Wohnzimmer bei Anlässen wie diesem nannten, und stellten diejenigen, die sich noch nicht kannten, einander vor. Kanapees wurden gereicht, und Alfred Corinth schenkte fleißig Sekt und Wein aus. Kein Glas in der Runde, das leer bleiben durfte, das sah er nicht gerne.
Es bildeten sich bald kleine Grüppchen, man kam miteinander ins Gespräch.
David, der vom Friedhof aus noch in die Denne gelaufen war – ohne auf die Uhr zu sehen –, verspätete sich um etwa eine Viertelstunde, aber es war kaum jemandem aufgefallen – mit Ausnahme von Alma Kretschmar natürlich und Sigrun, mit der er die Zeit vereinbart hatte und die ihn auf dem Weg von der Küche zurück in den Salon im Flur antraf. Er lächelte aufgeräumt, »bringen wir's einfach hinter uns«, sagte sein Blick, und Sigrun schob ihn vor sich her durch die geöffnete Flügeltür.
»Mein Lieber, ich hatte schon befürchtet, du kommst gar nicht mehr …«
»Aber Tantchen, wieso denn?«
»Ich weiß nicht … Einfach so. Aber jetzt bist du ja da.«

Bütering schob sein Hemd in die Hose, knöpfte sie zu und zog den Gürtel fest. Draußen war es dunkel geworden. Eine kleine Petroleumlampe warf schwaches Licht in den Verschlag. Die Mutter saß auf einem Melkschemel und verfolgte den Bauern mit Blicken.

»Wat wiss du dann?«*

Sie sagte nichts, und er versuchte, ihrem Blick standzuhalten, wich aber schnell aus, und seine Blicke verloren sich im Heu.

»Sprich Deutsch mit mir! Dieses Kauderwelsch ist ja nicht zu ertragen«, sagte sie.

»Ich frage dich, was willst du? Ich gebe dir Geld, ihr bekommt mehr zu essen, so viel ihr wollt.«

Sie schüttelte den Kopf.

»Meinethalben könnt ihr auch raus aus dem Stall und kriegt ein Zimmer im Haus drüben. Das bringe ich meiner Frau schon bei.«

Die Mutter blieb hartnäckig, schüttelte immer noch den Kopf.

»Willst du Kleider? Für dich und das Mädchen … Verdammt nog eens, was willst du denn?«

»Das alles, ja …«

Er verzog das Gesicht, langsam dämmerte es ihm, dass es ihr um mehr ging.

»Und?«

»Ich will Land.«

»Wie bitte?«

»Land, du hast mich schon richtig verstanden. Nicht viel, nur ein paar Hektar.«

Bütering wurde blass.

Der Himmel leuchtete ein letztes Mal auf, bevor der Sonnenuntergang für diesen Tag endgültig werden und alle Lichtspiele eliminieren sollte. Die beiden stählernen Riesen, am Kanalufer, draußen am trostlos verlassenen Ortsrand, bebten, sie waren aus der Ruhe gebracht, aus dem Gleichgewicht – sie, die sonst immer so fest im Sattel saßen –, spürten etwas Seismisches, von Grund auf Unerklärliches, Bedrohliches, in heftigen Wellen

* »Was willst du denn?«

204

und dumpfen, wie von einem mächtigen Holzhammer aus-
geteilten schweren Schlägen, das ihr so stabiles Fundament ins
Wanken brachte, als krachten gerade tektonische Platten unter
ihnen gegeneinander.

Des alten Büterings Enkel Johann und dessen Freund Helmut
Ratering wechselten schlaksigen Schrittes die Straßenseite, vom
Imbiss in die Kneipe.

Wenn der Prophet nicht zum Berg kommt, muss der Berg eben
zum Propheten kommen, dachte Grete mit vor Entschlossenheit funkelnden Augen und wiegte den wachen Elias in ihren
Armen.

Heinrich Piontek, zu Hause in der Wintershallstraße, ging
die Treppe nach unten, mit jedem Schritt wurde er langsamer.

Of – et sall eär doch denn Düwel halen, murmelte die alte
Brügging, schon wieder im Auto ihrer Tochter sitzend – was
dat dann möglich, kunn dat dann ween… Süll vellicht… Dat
was ja… Passeert dann noch Teeken en Wunner… Was dat
dann de Möglichkäit…*

Die Mutter genoss den Moment: Bütering verunsichert, ganz
klein und bereit, ihre Forderungen zu erfüllen.

Sigrun Corinth ging zum Flügel, David folgte ihr und griff
nach seinem Cello.

»Jetzt geht es wohl los«, flüsterte Alfred Corinth, stellte die
Weinflaschen auf den Tisch und setzte sich. Alma Kretschmar,
Christian Rochus und auch die übrigen Gäste folgten seinem
Beispiel.

---

* Oder – es sollte sie doch der Teufel holen – wäre es denn möglich, dass…
Könnte es denn sein… Sollte vielleicht… Das wäre ja… Geschahen denn
noch Zeichen und Wunder… War denn das die Möglichkeit…

Es war dunkel geworden. Die Gesellschaft im alten Pfarrhaus saß mit gefüllten Gläsern auf dem Sofa, den Sesseln oder den zuvor eilig dazugestellten Stühlen. Der Hausherr selbst stand im Halbdunkel in der Flügeltür, nachdem er die Hauptbeleuchtung im hinteren Teil des Wohnzimmers vorsichtig gedimmt hatte, er lehnte mit verschränkten Armen am Rahmen und lauschte.

Sigrun saß vorne im hellen, weißen Licht der runden Bauhaus-Lampe, die sie in Berlin gekauft hatte und die von der Decke herab direkt auf den schwarzen Flügel schien. Sie blickte auf und sah David noch einmal an, der, ihr zugewandt, mit seinem Cello in den Händen auf seinem Stuhl saß.

Er nickte. Sie legte ihre Hände auf die Tasten, hielt einen Moment lang inne, schloss die Augen und ließ die ersten Noten des Allegro-moderato-Satzes der Arpeggione-Sonate erklingen. Nach wenigen Takten vervollständigte David die weiche Melodie zu einem intimen gesanglichen Zwiegespräch. Sein Bogenstrich spannte die Töne, so dass es den Zuhörern – allen voran und in erster Reihe deutlich hörbar Alma Kretschmar – schwere Seufzer entlockte und die eine oder andere Träne ins Auge trieb.

Augenblicke später stimmten David und Sigrun, Cello und Klavier, auch schon das zweite, tänzerische Thema an und vollzogen damit den vertrauten Stimmungswechsel, der ein erstes Aus- und Aufatmen im abgedunkelten Wohnzimmer der Corinths zur Folge hatte.

Den wenigsten der Anwesenden blieb verborgen, wie sehr sich die beiden Musizierenden in die Seele der Musik einfühlten, wie sie mit feinsten Nuancen jeden einzelnen Ton zum Sprechen brachten. Vor allem David wirkte aufgelöst, wie in anderen, entlegenen Sphären. Das Unvermittelte seines Spiels, die offensichtliche Verliebtheit in sein geschmeidiges Instrument – so jedenfalls sah es aus, so hörte es sich an – waren mitreißend, auch wenn er, was wiederum den meisten der Anwesenden verborgen blieb, die Intonation eher großzügig behandelte.

Auch im Dorf ringsum herrschte Stille, weitestgehend, wenn auch keine andächtige, aber eine, die immer weitere Kreise über die Felder, Wiesen und Äcker, den stehenden Kanal und die fließende Vechte, die auswärtigen Gehöfte und alle kleinen Nachbarortschaften Emlichheims zog. Die Nachtigall, die im Norden Afrikas den Winter verbracht und ihre Strophen dort fleißig geprobt hatte, würde Schlag zwölf als Nachtsängerin ihr schmerzlinderndes Lied anstimmen, um den einen damit den Tod zu versüßen, den anderen Genesung zu bringen.
Wo nicht die Jalousien heruntergelassen waren, flackerten in den Emlichheimer Wohnzimmern Fernsehlichter, es war Zeit für die allabendliche »Tagesschau«. Die Straßenlaternen leuchteten notdürftig und nur im engsten Dorfkern wirklich hell. Einzelne Straßenzüge, Wege und Pfade würden bis zum Morgengrauen in vollständige Finsternis gehüllt sein. Allein um die rotgelb leuchtende Tankstelle an der Ringer Straße oder den Imbiss und das Möppken herum war es licht und laut, und natürlich fuhren immer noch Autos über die Haupt- und Mühlenstraße nach Nordhorn, Uelsen oder, in entgegengesetzter Richtung, auch nach Holland, solitäre Fernlichter auf dem Haftenkamper Diek oder der Vechtetalstraße, auf denen die Insekten hart aufschlugen und kleben blieben.

Heinrich Piontek öffnete leise und vorsichtig die Tür zur Küche.
Gisela bemerkte ihn nicht gleich. In einem Kochtopf brodelte es und dampfte, die Abzugshaube über dem Herd rauschte.
»Ich lasse Dich nicht, Du segnest mich denn, mein Jesu, ich lasse Dich nicht«, sang seine Frau. Nun sah er, dass sie ein altes,

schlesisches Gericht kochte, wie sie es immer tat, ein Leben
lang, so wie ihre Mutter und Großmutter es ein Leben lang
getan hatten. Dachte er.

Als sie sich kennengelernt hatten, war alles anders gewesen.
Sie waren sehr verschieden, auch wenn sie einiges gemein hatten. Beide stammten sie aus schlesischen Familien und waren
einige Jahre nach dem Krieg geboren, hier, in Emlichheim,
nicht auf dem später polnischen Grund und Boden ihrer Vorfahren. Dennoch waren sie keine Grafschafter, keine echten
Emlichheimer, nie geworden, darüber herrschte auch so viele
Jahrzehnte nach ihrem Exodus noch bittere Klarheit.
Heinrich Piontek wusste noch, wie sie das erste Mal miteinander gesprochen hatten, auf einer Tanzveranstaltung im Freien,
einem Frühlingsfest mit bunten Lampions und Girlanden –
und miteinander getanzt hatten natürlich, den ganzen milden
Abend lang, verfolgt von zahllosen neidischen Augen, bis es
irgendwann zu kalt geworden war und sie in die Gaststätte –
den »Dorfkrug« an der Mühlenstraße – hatten flüchten müssen, eine willkommene Gelegenheit, sich zu zweit mit einem
Glas Konservenpfirsich-Bowle in einer Nische im hinteren
Schankraum zu verkriechen.
Auf den lutherischen Gottesdiensten Pastor Riemenschneiders – die damals ganz im Zeichen der bevorstehenden Feiern
zur Erbauung der Friedenskirche gestanden hatten – waren sie
sich allerdings schon begegnet und hatten Blicke getauscht.
Gisela Wischnewski, das Nesthäkchen der großen, verzweigten Familie aus Breslau, der Dynastie, musste es inzwischen
heißen, der Emlichheimer Erdöl- und Erdgasdynastie. Sie war
heiß begehrt gewesen, seine Gisela, eine echte Dorfschönheit –
und hatte eine Blume im geflochtenen dunklen Haar getragen,
dem prächtigen Haar, das sie Grete vererbt hatte –, Kopfform
und Augen seiner Tochter stammten eher von seiner Seite.
Gisela hätte jeden im Ort haben können, jeden jungen Flücht-
lingsspross, auch jeden angestammten – und Land besitzen-

den – Emlichheimer im heiratsfähigen Alter, doch ihn hatte sie erwählt, ausgerechnet ihn, den Sohn einer mittellosen, auch Jahrzehnte nach Kriegsende noch stramm und unverbesserlich nationalsozialistischen Witwe, deren Mann, sein Vater, so hieß es, den »Untergang« nur schwer verkraftet hatte und der kurz nach der Geburt seines zweiten Sohnes, nach seiner, Heinrichs Geburt, an einer Lungenentzündung verstorben war – er hatte bei der Waffen-SS gedient, sein alter Herr, immerhin im Kampfverband und nicht in einem Konzentrationslager, was letztlich eigentlich auch keinen großen Unterschied machte, und war seinem Namensvetter, dem Reichsführer SS Heinrich Himmler unterstellt gewesen.

Ihn hatte Gisela gewählt, einen Habenichts, der in der Vertriebenensiedlung in einem kleinen Steinhaus wohnte, allerdings nicht ganz auf den Kopf gefallen war, in Nordhorn das Gymnasium besuchte und immerhin die Grafschaft und Emlichheim verlassen und studieren wollte, in einer ordentlichen Universitätsstadt, in Heidelberg, Tübingen oder Göttingen – Münster war es schließlich geworden.

Von der Sorte hatte es damals nicht viele gegeben.

Heinrich Piontek sah seine Frau an.

»Heinrich, hast du mich erschreckt«, sagte Gisela Piontek, die sich umgedreht und ihren schweigend in der Tür stehenden Mann bemerkt hatte. »Wie lange stehst du denn schon da?«

»Nicht lange«, antwortete er. »Ich bin eben die Treppen heruntergekommen. Ich weiß nicht, ich wollte …«

»Hast du Hunger? Es ist gleich so weit. Ich koche vor, für morgen, auch für Grete, sie kann ja nicht …«

»Nein, ich habe keinen Hunger.«

»Es ist gleich fertig, Kartoffelklöße und Kasslernacken mit Backpflaumen und Dörrobst, später mache ich Mohnkließla, und einen Eintopf habe ich aufgesetzt. Ich kann dir aber auch schnell ein paar Brote schmieren, ich habe Wurst gekauft, Teewurst, Dauerwurst und grobe Leberwurst, die helle, die du so gerne isst …«, sagte sie in diesem Ton, den er nur schwer ertragen konnte, weil in ihm eine Spur Bevormundung lag.

Heinrich Piontek biss sich auf die Zunge, schloss die Küchentür hinter sich und lief zurück durch den Flur, die Treppe hinauf nach oben.

Eine Weile später fiel ihm die Begegnung mit David Kretschmar wieder ein, Almas Sohn, Gretes Jugendfreund, und erfüllte ihn mit einem Unbehagen. Er wusste nicht warum, aber es passte ihm nicht, dass der hier aufkreuzte. Nicht nur wegen der aussichtslosen Sache mit seiner Mutter, sondern auch, weil er diese seit Jahren während Freundschaft zwischen Grete und ihm nicht verstand.

Johann Bütering und Helmut Ratering, strohblond und fahl der eine, rothaarig und sommersprossig der andere, bestellten sich ein weiteres Bier im Tulpenglas, ihr drittes oder bereits viertes an diesem an sich noch jungen Abend. Sie brauchten nur die Hand zu heben, und schon sprudelte es aus dem Zapfhahn vorne an der Theke.

Einer der beiden sah auf die Uhr. Sie waren viel zu früh hier aufgelaufen und saßen verloren an einem der schwarzen Ecktische im hinteren Teil der immer noch nach dem abgestandenen Zigarettenrauch der Vortage stinkenden Kneipe. Ihr Tisch befand sich unmittelbar neben der Tür zu den Toiletten, von woher es scheinfrisch nach WC-Stein roch, wenn jemand die Tür öffnete – sie hatten den Platz nicht bewusst gewählt und hätten sich natürlich auch an einen der Tische in der anderen Ecke setzen können.

Sie starrten ins Leere. Nur vorne, an der Theke, wo es blond und schäumend aus dem Hahn floss, lehnten zwei, drei frühe Stammgäste, redeten auf die Wirtin ein, tranken ihr Bier und rauchten. Es handelte sich um dieselben Stammgäste, die am Ende, in den frühen Morgenstunden, auch die letzten sein würden.

Besser so, als zu spät zu kommen und keinen freien Tisch mehr zu erwischen, dachten Johann Bütering und Helmut Ratering. Sie sahen einander an, hoben die Gläser, tranken und schwiegen, während aus den Boxen über ihnen laute, immergleiche Achtziger-Jahre-Musik tönte, zu der sie beide mit den Köpfen wippten.

»Hast du das schon von Herbert Klinge gehört, dass der mit Hildegard Brinkmann rummacht«, fragte Helmut Ratering nach einer Weile, hielt sein Bierglas währenddessen in der einen Hand und fummelte mit der anderen am Tropfenfänger.

»Ja, hab ich.«

»Und Gerrit Brinkmann mit Roswitha Klinge?«

»Ja. Und?«

»Nee, ich meine bloß.«

»Bist du nicht verwandt mit…«

»Ja, Roswitha Klinge ist meine Kusine.«

»Ach so, ich dachte, mit Brinkmanns bist du verwandt…«

»Ja, auch. Aber nur zweiten Grades. Glaub ich. Oder dritten Grades…«

»Mein Schwager ist der Schwager von Herbert Klinge.«

»Stimmt. Dann sind wir auch verwandt.«

»Irgendwie.«

Sie prosteten sich zu und schwiegen weiter. Johann Büterings Blicke wanderten durch den Schankraum. Er dachte an Grete Piontek. Mal wieder. Seufzte unfreiwillig und errötete, was Helmut Ratering, der sein Bier hypnotisierte, zum Glück nicht bemerkte.

Hier hatten sie gesessen, im letzten Sommer, Frühsommer. Geflirtet hatte sie mit ihm, Weinschorle getrunken den ganzen Abend über. Nebeneinander hatten sie gesessen, eng, Schenkel an Schenkel. Jeder hatte das gesehen, wie sie da miteinander gesessen hatten. Mit seinem Mercedes waren sie an die Vechte gefahren, bis zum Morgengrauen. Schön war es gewesen. Danach hatten sie sich nicht mehr wiedergesehen, nur aus der Ferne. Sie hatte ihn ignoriert, er sich nicht getraut, sie anzusprechen. Dann war sie plötzlich schwanger gewesen, und er hatte krampfhaft und immer wieder versucht, eins und eins zusammenzuzählen, aber diese an sich simple Rechnung war ihm nicht gelungen und wollte ihm immer noch nicht gelingen.

Lara Baumann packte ihre Zigaretten zurück in die hellbraune Bree-Handtasche und stand auf. Sie trug enge Bluejeans und eine dunkelblaue Bluse mit feinem weißen Muster. Ihr blondes Haar hatte sie akkurat hochgesteckt.
Noch eine Weißweinschorle, und sie könnte nicht mehr Auto fahren. Einen ordentlichen Schwips hatte sie bereits. Sie hustete und setzte sich wieder, da ihre Mutter nicht aufhörte zu reden, kramte in ihrer Handtasche, zog die Schachtel heraus und steckte sich eine weitere Zigarette an.
Grete hatte ihr Kind bekommen, einen Sohn – auch das noch …
Das hatte ihre Mutter, die die Rauchgewohnheiten ihrer Tochter mit abfälligen Blicken quittierte, eben, ohne ein Detail auszulassen, erzählt, und Lara hatte sich währenddessen bemüht, keine Gefühlsregung durchblicken zu lassen. Sie teilte aber die Vermutung ihrer Mutter nicht, dass es sich bei dem Vater um Johann Bütering handeln könnte. Sie konnte sich das einfach nicht vorstellen, schließlich kannte sie Grete seit dem Kindergarten, ja seit sie denken konnte – und sie kannte Johann Bütering. Gut, er ließ nichts anbrennen, das war im Dorf allgemein bekannt, und Grete war auch kein Kind von Traurigkeit, im Gegenteil, sie verfügte über einen ausgeprägten Hang zum Leichtsinn, aber sie mit ihm, mit Johann Bütering, dem Bauern aus Ringe, nein, das wirklich nicht. Nur, wer dann? Ihr fiel niemand ein.
»Wo warst du eigentlich, als ich gekommen bin«, fragte sie ihre Mutter, die ausgehfertig geschminkt war, ohne aber – im Gegensatz zu ihr – noch ausgehen zu wollen.
»Nur kurz nach Nordhorn, zum Einkaufen«, sagte Anna, stand auf und ging in die Küche.
»Warum fährst du eigentlich immer nach Nordhorn zum Ein-

kaufen?«, rief Lara ihr hinterher, ohne gleich eine Antwort zu erhalten.

Sie zog an der Zigarette und inhalierte.

»Eigentlich hatte ich vor, zum Frisör zu gehen, aber das mache ich am Montag oder Dienstag…«, sagte ihre Mutter, die mit einer neuen Flasche Weißwein zurück ins Wohnzimmer trat, die Gläser bis zur Hälfte füllte und dazu Mineralwasser einschenkte.

»Warst du nicht gerade erst beim Frisör?«

»Ja, ausnahmsweise in Emlichheim. Aber die hat das irgendwie so komisch geschnitten, es gefällt mir gar nicht… Prösterchen!«

»Prost… Es sieht doch gut aus.«

»Ja, aber ich fahre gerne nach Nordhorn. Es tut gut, wenn man ab und zu einmal hier rauskommt.«

»Apropos, ich glaube, ich mache mich jetzt wirklich mal langsam auf den Weg. Sag Papa, ich hatte es eilig…«, sagte Lara Baumann, zerdrückte ihre Zigarette im Aschenbecher, trank die Schorle in einem Zug aus und rauschte davon.

Anna Baumann blieb sitzen und schenkte sich Wein nach, den sie jetzt ohne Mineralwasser trank.

Grete wachte auf, ihr war, als hätte sie die Haustür gehört. Vermutlich Gerlinde Mülstegen, die gegangen war, die sich herausgeschlichen hatte. Oder ihre Mutter, die schon wieder zurückkam? Hatte sie ihr nicht gesagt, sie solle morgen erst wiederkommen? Aber nein, es geschah nichts weiter. Dunkel war es, aber das Licht im Flur fiel auch ins Schlafzimmer, so dass sie den Kleinen schlafen sehen konnte.

Sie berührte Elias' Wange. Er war ganz warm in seinem Pucksack, und sie konnte ihn atmen hören.

Auf dem Nachttisch neben ihr lag das Handy auf den Zeitschriften und Büchern, die ihre Mutter zu einem akkuraten Stapel geordnet hatte. Grete griff danach und versuchte, sich dabei möglichst nicht zu bewegen. Sie drückte auf die Sperrtaste und sah auf das aufleuchtende Display. Keine neue Nachricht.

Aber David war doch heute angereist, warum meldete er sich nicht? Warum kam er nicht gleich her, auf schnellstem Wege zu ihr, zu ihnen?

Das Konzert, die Soirée, natürlich. Aber das war keine Entschuldigung, schon gar nicht dafür, dass er sich nicht einmal meldete. Andererseits kannte sie ihn ja, es kam selten vor, dass einmal eine Initiative von ihm ausging. Manchmal musste man ihn wirklich an die Hand nehmen, wenn man etwas erreichen wollte, dachte sie. Doch Grete hatte keine Lust, sich zu ärgern. Sie wollte ihn hier haben – Berg – Prophet, Prophet – Berg –, ihr war es gleich. Also schrieb sie ihm eine SMS. Das war mit einer Hand gar nicht so einfach. Sie hätte lieber die Buchstaben einzeln getippt, diese verfluchte Worterkennung konnte einen in den Wahnsinn treiben.

Aber am Ende gelang es doch, und sie sandte die für ihre Verhältnisse ungewöhnlich eindeutige Nachricht: »Wann kommst du endlich? Ich warte.«

David und Grete fuhren um diese Zeit regelmäßig zusammen per Anhalter nach Nordhorn. Es hatte angefangen, seit sie vom Emlichheimer Gymnasium, mit dem es nach der zehnten Klasse ein Ende, einen gefeierten Abschluss, hatte, an die Oberstufe nach Neuenhaus gewechselt waren. Jedes Wochenende trafen sie sich.

»Wo bleibst du denn? Ich habe schon auf dich gewartet, wir waren vor einer Viertelstunde verabredet …«

»Ich musste mich doch noch schön machen, Dummkopf …«

»Eben hat schon jemand gehalten, wir könnten schon unterwegs sein …«

»David!?«

»Schön machen? Hast du gar nicht nötig …« Er griff nach ihrer Hand.

»Ach, ja. Jetzt, auf einmal?«

Per Anhalter fahren … Gefühlte Ewigkeiten an der Kreuzung herumstehen, hieß das meist. An der »Tramperstelle« an der großen Kreuzung im Ortskern. Aber wenn erst einmal ein Auto hielt, konnte der Abend beginnen. Und immer hielt irgendwann irgendein Auto, und sie stiegen auch ein, wenn es sie nur bis nach Neuenhaus mitnahm. Dann trafen sie sich mit Freunden, um später zusammen weiter nach Nordhorn zu trampen, zur »Scheune«.

Ob es die Fahrerin störe, wenn sie Bier tränken?

Nee, das sei schon okay.

Je nachdem, wo sie sie herausließ, liefen sie einen kürzeren oder längeren Weg durch die Stadt – oft den Stadtring entlang –, um sich auf dem Parkplatz der Kaufhalle oder dem Hof des Berufschulzentrums niederzulassen und weiter zu trinken, bis es irgendwann so weit war, bis irgendwann die Tore zu diesem eigenartigen Heiligtum namens Scheune geöffnet wurden. Für die wenigen Emlichheimer, die wie David und Grete die Mühen auf sich nahmen, per Anhalter herzukommen, war die Scheune und die Musik, die dort gespielt wurde, quasi überlebenswichtig.

Gisela Piontek ließ sich auf einen der neuen, elegant geschwungenen Metallküchenstühle fallen, die sie sich so lange gewünscht und irgendwann bekommen hatte und deren Sitzflächen für sie eigentlich viel zu klein waren, aber das gestand sie sich nicht ein.

Müde beobachtete sie die Töpfe und Pfannen, die auf den rotglühenden Ceranfeldern des Herdes standen und in denen es auf niedriger Stufe friedlich und leise vor sich hin köchelte. Früher hatte sie auf einem Gasherd gekocht – und den Gasherd für das einzig Wahre gehalten –, jetzt träumte sie von Induktionskochfeldern, aber dafür waren ihre Töpfe nicht geeignet. Vielleicht, dachte sie, war es an der Zeit für einen neuen Herd und ein neues Topfset. Grete könnte ihre alten Töpfe bekommen, die ja nicht wirklich alt waren. Ihre liebe

Tochter war so schlecht ausgestattet und so unbekümmert, was Haushaltsdinge anbetraf. Aber das würde sich vielleicht ändern, jetzt, wo sie Mutter war.

Sie erhob sich mit Mühe, nahm ein paar Scheiben Brot aus dem Korb und öffnete den Kühlschrank, um die Wurst herauszuholen. Während sie die Brote schmierte, dachte sie an die letzte Chorprobe. Roswitha Klinge sang im Kirchenchor mit, obwohl sie nicht lutherisch war, sondern reformiert, aber letztes Mal hatte sie gefehlt. Roswitha Klinge, die auf einmal Dorfgespräch war.

Gisela Piontek wollte nicht in ihrer Haut stecken. Ihr reichte es schon, dass sich die Emlichheimer die Münder darüber zerrissen, wer der Vater von Gretes Kind war.

Stille, andächtiges Schweigen im alten Pfarrhaus. Alfred Corinth – an diesem Abend mehr begnadeter Bühnentechniker als pensionierter Pastor – betätigte den Lichtschalter und erleuchtete den Salon.

David und Sigrun erhoben und verbeugten sich, die Gäste klatschten und klatschten und hörten gar nicht mehr auf. Damit war natürlich zu rechnen gewesen, und David und Sigrun hatten sich entsprechend vorbereitet. Sie begaben sich noch einmal in Konzertposition, Alfred Corinth betätigte wieder den Lichtschalter, das Klatschen erstarb.

»Vielen Dank«, sagte Sigrun, klappte die Schubertnoten zu und schlug ein anderes Notenheft auf. »Wir hätten da noch etwas, das wir für euch spielen können. Eine kleine Zugabe.«

»Also, Beethoven, Sieben Variationen über ›Bei Männern, welche Liebe fühlen‹ aus Mozarts ›Zauberflöte‹.«

»Ohs« und »Ahs« auf Seiten des Publikums.

Die Riesen spürten es in jeder Faser, wussten nicht, was sie denken sollten, klammerten sich nur an die Kartoffeln, zermalmten sie mit Händen und Füßen, mit ihrem ganzen tonnenschweren Leib, hafteten sich an die klebrige Stärke, versuchten vergeblich, darin abzutauchen wie in einem weiten Meer des Vergessens oder vielmehr einem amnestischen Morast, der sie von allen irritierenden Gefühlen erlöste. Aber sie spürten nicht nur die erschütternden Bewegungen, sondern auch einen stetig steigenden Druck um sich herum und aus sich heraus, von dem sie nicht wussten, ob er von unten herrührte, ob vielleicht das Grundwasser anstieg und ihnen bald bis zum Halse reichte, oder ob es von der Seite drückte, aus dem Erdreich, vielleicht gar von oben, aus der Luft. Auch wurde es immer wärmer um sie herum.

Etwas ging vor sich im Dorfe, etwas, das sich ihrer Einflussnahme entzog – sie befürchteten Schlimmstes.

Es lag in der Luft. Es verunsicherte sie so vehement, dass sie nicht einmal wagten, miteinander darüber zu sprechen, sich zu beraten oder womöglich einander zu trösten – nein, das stand einem Riesen nicht an, das war seine Sache nicht. Auf einmal erschien ihnen jeweils auch ihr eigenes Gegenüber und Spiegelbild, ihr eigener Zwilling fremd und nicht mehr vertrauenswürdig. Sie beäugten sich misstrauisch angesichts dieser sie überkommenden Ratlosigkeit, die sie auch in ihren Mienen lasen.

Die Mutter lächelte. Sie lag unter strohgefüllten Decken in einem kleinen Bett in einer winzigen Kammer des Bauernhauses, nicht weit von der Diele und den Ställen entfernt, wo sie so lange untergebracht gewesen waren. Es roch um sie herum nicht mehr nach Vieh und Futter, dafür war es in der Kammer wesentlich kühler. Um die eng aneinandergedrängten Kühe hatte sich Wärme ausgebreitet, eine Wärme, die jetzt fehlte.

Die klapprige und knarrende Holztür ließ sich von innen verschließen, und wie jeden Abend hatte sie den Riegel vorgeschoben.

Sie nutzte die Abende und halbe Nächte, um nachzudenken, wenn sie schon kein Licht und auch keine Bücher hatte, um zu lesen.

Nicht mehr lange, und sie würde mit ihrer an sie gekuschelt schlafenden Tochter den täglichen Erniedrigungen und Schikanen auf diesem elenden Hof entkommen. Sie würde ihr Mädchen, das eine, das ihr geblieben war, zur Schule schicken, aufs Gymnasium nach Nordhorn. Ihre Sigrun sollte eine gute Ausbildung erhalten und es einmal besser haben.

Die Mutter wusste, dass der unbewirtschaftete, einige Kilometer Richtung Holland gelegene Boden, den sie von dem Bauern dafür bekommen hatte, dass sie seine Übergriffe nicht anzeigte und auch seiner Frau gegenüber weiter schwieg, wertvoll war. Sie hatte es geahnt, und selbst, wenn es sich um nichts als karges Acker- und Weideland gehandelt hätte, das da im Norden Emlichheims brachlag, wäre es ihr Besitz gewesen, hätte sie es verstanden, daraus etwas Gewinnträchtiges zu machen. Sie hätte auch den kargsten Boden noch in einen fruchtbaren verwandelt, von Bewirtschaftung verstand sie etwas – und wenn sie am Ende Hühner züchtete.

Bütering mochte die ihr überschriebenen Hektare für wertlos halten, auch weil sie im Niemandsland lagen, in der Sperrzone, und nur mit Sonderausweisen zugänglich waren. Noch. Sie wusste es besser. Das Niemandsland würde nicht mehr lange Niemandsland bleiben, hieß es. Und sie wusste mehr. Sie hatte es aufgeschnappt, der Wischnewski von der Wintershall hatte so etwas verlauten lassen, als sie einmal an einem Sonntag nach dem Gottesdienst, den sie um ihrer Tochter willen besuchte und auch, um Kontakte zu pflegen, bei seiner Frau zum Kaffee war. Wischnewski, der Freund des Flüchtlingspastors Riemenschneider, der sie hier draußen bei den Büterings aufgesucht hatte, um sie und ihre Tochter zu einem Kirchgang zu bewegen. Ihm, diesem Wischnewski, hatte sie sich anvertraut, und er hatte es ihr geflüstert, die große Neuigkeit: Erdgas…

Büterings Frau hatte von der ganzen Sache, den Vorgängen im Verschlag im Stall und dem heimlichen Landtransfer, nichts mitbekommen und nur widerstrebend akzeptiert, dass diese schmutzigen Flüchtlinge zu ihnen ins Haus kamen. Vermutlich wusste sie nicht einmal, wie viel Land Bütering insgesamt besaß, dachte die Mutter, und wo seine Besitztümer – und ehemaligen Besitztümer – verstreut lagen. Seit alles amtlich war, seit sie – in Anwesenheit des hochgewachsenen Wischnewski, von dem der eher kurz geratene, wenn auch drahtige Bauer sichtlich eingeschüchtert gewesen war – den Vertrag im Emlichheimer Rathaus aufgesetzt hatten, litt die Mutter unter den verbalen Attacken der Bäuerin nicht mehr so sehr.

Die arglosen Kinder, darüber war sie heilfroh, ahnten von all den Ressentiments nichts, sie verstanden sich und spielten miteinander, tollten über die Wiesen und Weiden, striegelten die Pferde und fütterten das Federvieh.

Der Bauer Bütering ließ sie nun schon eine ganze Weile in Ruhe. Der Umzug aus dem Stallverschlag ins Haus war auch in dieser Hinsicht hilfreich gewesen, und nicht zuletzt erfüllte der metallene Riegel an der Kammertür Abend für Abend seinen Zweck.

Lara Baumann hatte ihren Wagen nach einer schwindeligen Tour von ihren Eltern in Ringe bis hierher nach Emlichheim in der Nähe des alten Pfarrhauses geparkt, unter den Eichen. Nur gut, dass es keine Polizeikontrolle gegeben hatte, dachte sie – wenn sie hätte pusten müssen, hätte das wohl vorerst das Ende ihres Führerscheins bedeutet. Den Wagen direkt am Möppken auf dem Rathausparkplatz abzustellen erschien ihr zu riskant. Wenn sie ihn stehen ließ und später, weit nach Mitternacht, mit einem Taxi zurückfuhr, würde man ihn am nächsten Morgen sehen und dann über sie und ihre Ausgehgewohnheiten reden. Solche Dinge verbreiteten sich schnell, besser, man ließ es nicht darauf ankommen.

Sie betrat die Kneipe, grüßte flüchtig in die eine oder andere Richtung – »Hallo, Kati!« – und wurde von den schmachtenden Blicken der versammelten Stammgäste am Tresen verfolgt, während die Wirtin, der das natürlich nicht entging, darüber den Kopf schüttelte.

Noch war nicht viel los im Möppken, aber das würde sich innerhalb der nächsten Stunde ändern. Sie steuerte den Tisch an, an dem Johann Bütering und Helmut Ratering vor ihren halbvollen Bieren saßen.

»Ihr seid aber früh dran!«

»Du auch.«

Obgleich keiner der beiden sie dazu aufforderte, setzte sich Lara Baumann mit dazu.

Sie kannte Johann und Helmut seit frühester Schulzeit, auch wenn beide auf der Grundschule in die Parallelklasse gegangen waren. Später hatten sie unterschiedliche Schulen besucht – sie das Gymnasium, Johann die Real- und Helmut die Hauptschule – und sich höchstens einmal aus der Ferne auf dem Schulhof gesehen, ohne sich zu grüßen. Johann galt als gute Partie – ein reicher Bauer eben –, aber er legte sich nicht fest, sagte man im Dorf, noch nicht. Richtig kennengelernt hatten sie sich nach Ende der Schulzeit, auf einem Zeltfest, im Zak oder hier im Möppken, sie wusste es nicht mehr so genau. Wie man sich eben so kennenlernte, wenn man irgendwo mit in einer Runde stand.

Angeblich hätte ihm Grete Piontek den Kopf verdreht, lautete die jüngste, Lara etwas bitter schmeckende Mutmaßung der Emlichheimer Gerüchteküche. Bitter nicht etwa, weil sie sich selbst für Johann interessiert hätte. Grobschlächtig war er, nicht ganz unattraktiv, ja, groß und blond. Für sie aber kam er nicht infrage, er hatte es zwar in der Vergangenheit mehrfach versucht, doch sie hatte ihm jeweils eindeutig zu verstehen gegeben, wie vergeblich seine Bemühungen waren. Nein, bitter schmeckte allein die Tatsache, dass Grete diejenige sein sollte, an der sein Herz hing.

Sie sah die beiden an. Erst Johann Bütering, dann Helmut Ratering mit seinen roten Haaren. Letzterer war vielleicht auch keine schlechte Partie, aber er kam für eine Beziehung noch weniger infrage. Lara Baumann war im Dorf nicht die Einzige, die das so sah.

Gerlinde Mülstegen trat fest in die Pedale und wunderte sich darüber, ja staunte, wie so ein kleiner unscheinbarer Dynamo, dessen drehbarer Kopf sich an der Flanke des vorderen Reifens rieb, ihre Muskelkraft in Energie, in fast weißes Licht verwandelte.

Sie würde ins Möppken fahren, sie würde sich heute Abend amüsieren, sie würde feiern, und wenn es sich ergeben sollte, in dieser Nacht gar nicht mehr nach Hause zurückkehren. Die Wahrscheinlichkeit aber, dass sie ausgerechnet im Möppken jemandem begegnete, von dem sie sich »abschleppen« lassen würde, war verschwindend gering.

Das heruntergekommene, winzige Bauernhaus, das sich auf nunmehr ihrem Grund und Boden befand – und das für sie und ihre Tochter groß genug war –, würde sich zügig herrichten lassen, auch die verfallene, nur aus rissigen Mauern bestehende Scheune daneben, mit der Hilfe Wischnewskis allemal – die Zementnot hatte die Firma Wintershall hinter sich gebracht, eine köstliche Geschichte, die im Dorf seit einiger Zeit die Runde machte.

Die Runde machte auch, dass Wischnewski sich in so kurzer Zeit hochgearbeitet hatte, vom Hilfsarbeiter in eine Führungsposition des aufstrebenden Unternehmens. Einer der tüchtigsten Angestellten, hieß es. Der alte Direktor käme aufgrund der ständigen Expansion ohne ihn gar nicht mehr aus, hieß es.

Natürlich war es von Vorteil, dass Wischnewski Schlesier war wie der Großteil der Belegschaft, hieß es. Dass er mit den Gewerkschaften sympathisiere, hieß es. Eigentlich führe Wischnewski schon die Wintershall, hieß es. Ja, Wischnewski konnte helfen. Holz für den Dachstuhl war nötig – für Haus und Scheune –, aber das würde sich schon beschaffen lassen. Kam Zeit, kam Rat. Wenn Wischnewski nichts einfiel, dann sicher dem Pastor.

Die Unterstützung ihrer Landsleute und neu gewonnenen Freunde, einer kleinen, verschworenen Gemeinde innerhalb

der Gemeinde, war natürlich viel wert. Doch die Mutter wusste, dass sie auch in Zukunft im Wesentlichen auf sich allein
gestellt bleiben würde, hier, in der ebenen Fremde.

Sie blieb allein, allein mit ihrer Tochter, im Haushalt, im Alltag,
bei all den Arbeiten, die auf sie zukamen. Allein, als Witwe,
Kriegerwitwe, das war jetzt ganz offiziell. Die Nachricht, die
per Post eingetroffen war, hatte sie nicht erschüttert, vielmehr
erleichtert und befreit. Ein gutes, hilfreiches Ding, die Gewissheit. Und mit nichts anderem hatte sie gerechnet.

Friede seiner Asche, er hatte nicht mehr erfahren müssen, dass
eine seiner Töchter der Kugel eines russischen Heckenschützen
zum Opfer gefallen war. Er selbst war in der Gefangenschaft
umgekommen, in einem der russischen Lager oder auf dem
langen, eisigen Weg nach Sibirien. Sicher hätte er es vorgezo-
gen, im Kampf zu sterben. »Auf dem Feld«, der verblendete
Tropf. Sie trauerte nicht um ihn, schon lange nicht mehr.

Die Mutter erinnerte sich daran, wie ihre Nachbarin in der
Heimat zu Kriegszeiten ihr diesen Brief gezeigt hatte, stolz
beinahe. »Auf dem Felde der Ehre gefallen für Führer, Volk
und Vaterland«, hatte darin gestanden. Das sagte jetzt keiner
mehr, das schrieb auch niemand mehr. »Auf dem Felde der
Ehre gefallen für Führer Volk, und Vaterland.« Ehre – was
sollte denn das sein? Das fragte sie sich ganz prinzipiell. Und
insbesondere, wenn sie daran dachte, dass es dieses Deutschland gewesen war, das blindlings dem Führer gefolgt war, das
den Krieg angezettelt, das Unschuldige überfallen und nieder-
gemacht hatte, auch wenn niemand mehr etwas davon wissen,
geschweige denn dabei gewesen sein wollte.

Immer schlimmere Nachrichten drangen Tag für Tag auch bis
hierher an die abgelegene holländische Grenze vor. Unvorstellbares war geschehen, in Polen, in der Ukraine.

Hermine Brüggings Tochter setzte ihre alte Dame vor ihrer
Haustür im Volzeler Mühlenweg Ecke Weustingstraße ab, wo
sie sie ein paar Stunden zuvor abgeholt hatte. Sie hielt auf dem

geharkten Sandstreifen, auf dem kein Gras und Kraut gedeihen sollte, direkt vor dem weißlackierten und noch im Dunkeln gespenstisch leuchtenden Gartenzaun. Tatsächlich spiegelte er das milchige Licht der Straßenlaternen – oder dasjenige des Mondes, der jetzt gediegen und vornehm zwischen den unsichtbaren Wolken auf den Plan trat.

Als sie wieder allein in ihrem Auto saß – den Motor hatte sie laufenlassen –, atmete sie laut auf. Sie sah ihr hinterher, sah, wie sie die Gartentür öffnete, wie sie sich noch einmal umschaute und die Nachbarhäuser prüfend musterte, wie sie langsam die Auffahrt hochging und in ihrer Kunstlederhandtasche nach dem Haustürschlüssel kramte.

Jetzt hatte sie ihn anscheinend gefunden. Sie drehte sich noch einmal Richtung Straße um und winkte, Augenblicke später war sie im dunklen Haus verschwunden, in dem nun nacheinander Fenster für Fenster aufleuchtete – Flur, Küche, gute Stube –, doch kurz darauf erstickten die eilig heruntergelassenen Jalousien den Lichtschein. Geschafft.

Das kleine Kammerkonzert im Salon des alten Pfarrhauses endete mit der Beethoven-Zugabe, die ihren Eindruck beim Publikum nicht verfehlte.

Wieder schaltete Alfred Corinth das Licht an und illuminierte den Salon, während Sigrun und David aufstanden und sich vor den Flügel stellten, an dem das Cello lehnte.

Die Gäste jubelten, einige erhoben sich, und Alma Kretschmar ließ es sich nicht nehmen, eilig nach vorne zu treten und ihren Sohn zu umarmen, dem diese intime Geste vor den anderen, teils unbekannten Leuten doch ein bisschen unangenehm war.

Sigrun und David mischten sich nun unter die anderen Gäste, die sie nacheinander oder auch gleichzeitig mit Komplimenten, Fragen und mehr oder weniger geistreichen Bemerkungen bombardierten. Alfred nutzte die Gelegenheit und lief in die Küche zum Kühlschrank, um Sektnachschub zu holen.

Die Gäste waren allseits beschwingt von der Musik, aber auch von dem Sekt und dem Wein. Überall füllten sich die Gläser aufs Neue, es wurde angestoßen, und jeden Moment sollte das Buffet eröffnet werden, auf das der eine oder andere schon einen begehrlichen Blick geworfen hatte.

Christian Rochus war Alma Kretschmar auf dem Fuße gefolgt. Er schüttelte nun David eifrig die Hand.

»Wunderbar, phantastisch, das war ein ganz besonderes Konzert, Sie haben wirklich eine Gabe, eine Gabe. Ich bin übrigens Christian, Christian Rochus! Wir wurden einander noch gar nicht vorgestellt!«

»Freut mich, ich habe schon viel von Ihnen gehört, wir sind ja sozusagen Kollegen…«

»Stimmt. Aber wollen wir nicht du sagen…«

»Gerne. David.«

»Wir könnten uns auch duzen. Alma.«

»Gerne. Christian.«

»Hier, Junge, trink erst einmal einen Schluck, reden können wir noch den ganzen Abend über«, sagte Alfred Corinth, der dazugetreten war und ihm ein Sektglas in die Hand drückte, den anderen schenkte er nach.

»Prost!«

»Zum Wohl!«

Kaum war es richtig dunkel, hatte sich Gerwin Geerts, der aus praktischen Gründen immer noch bei seinen Eltern wohnte – sein Vater arbeitete bei der Emslandstärke, seine Mutter war Hausfrau und in ganz Emlichheim berühmt für ihre Neujahrskuchen –, zu Fuß aufgemacht, um seinem Leben ein Ende zu setzen.

Den Gedanken trug er schon eine ganze Weile mit sich herum, Wochen, Monate, vielleicht auch länger. Er war ein Grübler, hatte gründlich nachgedacht, Für und Wider abgewogen – und sich am Ende ein für allemal entschlossen.

Er war einen Umweg gelaufen – die Mühlenstraße Richtung

Hafen hoch und dann ein Stück vor der Kanalbrücke rechts ab in die Emslandstraße.

In die Vechte zu gehen, ins kühle, fließende Wasser, kam für den jungen, leicht erhitzbaren Mann – er war etwa dreißig Jahre alt, drahtig und trug einen Schnauzer – nicht infrage, er konnte auch nicht verstehen, warum das so viele Emlichheimer taten, was sie ins kalte Nass trieb und wie man sich dort sicher sein konnte, auch tatsächlich unterzugehen.

Stattdessen stapfte er durch das Birkenwäldchen unweit der stählernen Speichertürme der Kartoffelmehlfabrik, um einen stabilen Ast in der richtigen Höhe zu finden, an dem er sich zuverlässig aufknüpfen konnte – eine Eiche sollte es schon sein. Wenn er eine Möglichkeit gesehen hätte, sich irgendwo eine Pistole oder einen Revolver zu besorgen, hätte er sich erschossen, aber das war nicht so leicht hier auf dem Dorf.

Die beiden Riesen beachteten den konzentrierten Selbstmörder, der im Birkenwäldchen einen Ast suchte, nicht weiter und auch nicht das schwarze Holländerdamenfahrrad, das aus ihrem weiten Schatten heraus eilig ins Licht flüchtete und sich Richtung Dorfkern davonmachte. Unter normalen Umständen wäre das anders gewesen, und sie hätten mit den verirrten oder verängstigten Nachtgestalten ihr verwegenes Spiel getrieben, doch jetzt hatten sie mit sich selbst genug zu tun. Denn der Druck, der ihnen die Kehle zuschnürte, hatte nicht etwa nachgelassen, er war noch schwerer geworden.

Der Druck war allgegenwärtig, er schwoll an bis ins Unerträgliche, und er war unsichtbar.

Es gelang ihnen nicht einmal mehr, die verschiedenen Eulen, Käuze und Fledermäuse zu verscheuchen, die nach und nach aus allen Teilen des Dorfes herangeflogen kamen, die sich in den Ästen der Birken und Ebereschen niederließen, auch in denjenigen der Eichen, die unmittelbar am Rande des umzäunten – und dadurch scheinbar gesicherten – Geländes der Kartoffelmehlfabrik standen, als wären sie die Zuschauer eines

Spektakels, das sich hier anbahnte und im Laufe des Abends oder der Nacht entladen würde.

Der alte Bütering, Johann Büterings Großvater, spürte brennende Stiche im Herzen, er griff mit zittriger Hand nach einem Stuhl. Beinahe wäre er gefallen, aber er klammerte sich mit beiden Händen an der Lehne fest. Er hatte einen seiner immer weniger werdenden klaren Momente und erinnerte sich an etwas, das er nicht vergessen hatte und das er nie vergessen konnte.

Die alte Fenna Brookschnieder spürte Schmerzen in der Brust und setzte sich. Doktor Rochus anzurufen kam um diese Uhrzeit nicht mehr infrage, die Praxis war längst geschlossen.
Einen Krankenwagen? Der Gedanke kam ihr in dem Moment in den Sinn, als der Schmerz schon unerträglich wurde, sie sich an die Brust fasste, einen Moment verkrampfte und schließlich beinahe anmutig vom Stuhl sank.
Ein ereignisreicher Tag, das war ihr letzter vollständiger Gedanke.

Grete dachte an David. Sie stellte ihn sich vor, wie er bei den Corinths Cello spielte – und nachher zu ihr kommen würde. Sie legte sich die Worte zurecht, die sie an ihn richten wollte.

Lara Baumann ließ sich von Helmut Ratering auf den neuesten Stand des Emlichheimer Dorftratsches bringen, während Johann Bütering in Gedanken woanders war, was wiederum Lara Baumann nicht entging. Sie suchte nach einer spitzen Bemerkung.

Hermine Brügging hatte ein Bier aufgemacht und sich in den Sessel vor den Fernseher gesetzt. Sie war zu aufgeregt, um schlafen zu gehen.

Gerlinde Mülstegen, durstig, stellte ihr schwarzes Holländer-
damenfahrrad vor dem Möppken ab.

Heinrich Piontek öffnete mit einem kleinen Schraubendreher
verwundert das Gehäuse einer seiner antiken Uhren, die stehen
geblieben war. Er hatte sie erst neulich repariert.

Gisela Piontek, beladen mit einem großen Teller mit Wurst-
broten, Mixed Pickles aus dem Glas und extra Silberzwiebeln,
stapfte die Treppen hoch ins Obergeschoss.

Alfred Corinth überreichte Sigrun einen großen Strauß Rosen,
die er am Vormittag heimlich im Blumenladen gekauft hatte.
Sigrun tauchte ihre Nase in die dunkelroten Blüten – sie duf-
teten himmlisch – und küsste Alfred auf die Wange.

Die anderen Gäste im Corinthschen Salon, die Waldaus, die
Wischnewskis, Reinekes, Fluthwedels, Henriette Sommer mit
Lebensgefährtem, die niederländischen Nachbarn, der alte
Doktor van der Lohe und seine Frau, stürzten sich auf das
endlich eröffnete Buffet.

Helles Licht im Salon der Corinths, in kleinen Grüppchen die Gäste der Soirée im Smalltalk begriffen, nach wie vor knallende, sogar an die Decke schlagende Sektkorken und ein manischer Alfred Corinth, der Wein nachschenkte, Weißwein und Sekt, jedem und nicht zu knapp.

»Wunderbare Musik...«
»Ausgesprochen.«
»Wirklich.«
»Schön klingt der Schubert, dadadada dadadadaaa...«
Pastor Reineke, Alfred Corinths nur wenige Jahre jüngerer Nachfolger an der Emlichheimer reformierten Kirche – der vor Jahren großzügig darauf verzichtet hatte, ins alte Pfarrhaus zu ziehen und so Sigrun und Alfred ihres trauten, ihnen schließlich vom Kirchenvorstand auf Lebenszeit zugesprochenen Heimes zu berauben –, sang den Satz zur Melodie des berühmten Themas aus der »Unvollendeten« – seine Frau wandte sich ab.
»Wunderschön.«
»Ja, aber auch diese Beethoven-Variationen, ich muss schon sagen...«, warf der niederländische Nachbar mit niederländischem Akzent in die Runde.
»Die kannte ich gar nicht, die habe ich noch nie gehört...«, platzte es aus Henriette Sommer, der Deutschlehrerin, heraus.
»Kanntest du sie?«, fragte sie ihren Lebensgefährten, aber der sagte nichts und starrte nur.
»Sigrun, komm doch einmal hier herüber...«, rief der Pastor Reineke mit sonorer Stimme durch den Salon, so dass jeder Gast den Kopf in seine Richtung wendete.
»Was für ein schönes Konzert, liebe Sigrun, ich gratuliere...«, sagte Reinekes Frau betont herzlich.

»Danke, danke.«

»Ein wunderbares Konzert, wunderbar…«, der Nachbar mit niederländischem Akzent.

»Dadadada dadadadaaa…«

Frau Pastor knirschte mit den Zähnen.

»Ich könnte das nicht.«

»Was denn?«

»So Klavier spielen wie du, Sigrun. Und ich nehme immerhin seit Jahren Unterricht.«

»Je moet roeien met de riemen die je hebt.«*

»Von Jahr zu Jahr wird es schöner«, rief Dieter Fluthwedel, der Englischlehrer, der mit seiner Frau auch in der Runde stand, in die entstandene Stille.

»Letztes Jahr war es auch schon so schön, aber dieses Jahr ist es besonders, ich meine besonders…«, stammelte Henriette Sommer.

»Bezint eer ge begint«,** murmelte der niederländische Nachbar nicht einmal hämisch. Als ihm bewusst wurde, dass ihn wieder alle ansahen und abgesehen von seiner Frau niemand Niederländisch sprach, wechselte er zurück ins Deutsche und machte einen neuen Anfang. »Ich muss schon sagen, Schubert und Beethoven, was für eine treffliche, formidable Kombination, formidabel…«

»Alle Achtung!«

»Es freut mich, dass euch unser kleines Konzert gefallen hat«, sagte Sigrun.

»Aber das müsst ihr unbedingt auch David sagen… Wo ist er denn überhaupt?«

»Ich weiß nicht, gerade war er noch da. Oder nicht?«

»Vielleicht ist er in der Küche… Ist er in der Küche?«

»Keine Ahnung.«

»Ich weiß auch nicht, wo er ist.«

»Ich habe ihn zuletzt am Cello gesehen.«

* »Man muss mit den Rudern rudern, die man hat.«
** »Denk nach, bevor du anfängst.«

»Also diese Beethoven-Variationen – es ist so wunderschön …«, sagte der Nachbar.

»Die kannte ich gar nicht«, wiederholte Henriette Sommer.

»Ach, Sie auch nicht?«, schaltete sich jetzt Frau Reineke ins Gespräch ein.

»Nein.«

»Ich auch nicht«, Frau Reineke, zwinkernd und lächelnd.

»Ach, was!?«, sagte Pastor Reineke angewidert.

»Eigentlich ein Ohrwurm, jedenfalls zu Zeiten Beethovens sehr populär«, ergriff nun Sigrun das Wort und widmete sich wieder der Runde. »Die ›Zauberflöte‹ war ja insgesamt ungeheuer populär und natürlich auch dieses wunderbare Duett von Papageno und Papagena. Man sang es in den Gassen. Beethoven hatte schon ein paar Jahre früher einmal eine Melodie von Mozart für eine Folge von Variationen benutzt, eine Melodie, die auch aus der ›Zauberflöte‹ stammt …«

Während sie die musikgeschichtlichen Hintergründe erklärte, blickte sie sich immer wieder nach David um, den sie nirgendwo entdecken konnte, dem sie aber im Verlauf des Abends noch etwas Wichtiges mitzuteilen und zu übergeben gedachte.

»Ach, wirklich!?«

»Was du nicht sagst.«

»Wie überaus interessant.«

»Und zwar?«

»Papagenos Arie ›Ein Mädchen oder Weibchen‹«, antwortete der Pastor Reineke an Sigruns Stelle, aber sie ließ sich von ihm das Wort nicht abschneiden und setzte ihre Erläuterungen unbeirrt fort.

»Beethoven tat natürlich viel mehr als nur an die populären Melodien anzuknüpfen, er wollte seine Kunstfertigkeit demonstrieren, seine ungeheure Virtuosität.«

»Na, das ist ihm gelungen.«

»In unserem Stück heute war sein Ansatz allerdings etwas traditioneller als in der Papageno-Arie. Haydn. Sein großes Vorbild war hier Joseph Haydn. Selbst oder vielleicht sollte ich sagen:

gerade da, wo plötzlich wie aus dem Nichts so Überraschendes aufleuchtet. Zum Beispiel am Ende, wisst ihr, wenn sich in der Schlussvariation ein eher zögerlich fragendes Stocken in ein furioses Finale verwandelt!?«

»Ja …« Ein fragendes, wenn nicht rätselndes Ja mit niederländischer Färbung.

»Ja!«

»Das hat er von Haydn?«

»Ja, das hat er von Haydn.«

»Das ist ja …»

»Beeindruckend!«

»Der olle Haydn war ja auch immer für Überraschungen gut, nicht wahr!?«, warf Pastor Reineke ein.

»Holle vaten klinken het hardst.«*

»Wie bitte? Was sagen Sie da? Herr …«

»Und für Späße«, entgegnete der Nachbar beinahe pädagogisch freundlich und ruhig.

»Paukenschläge …«

»Du sagst es.«

»Und Paukenwirbel …«

»Nicht auf den Flügel, bitte. Bitte nicht auf den Flügel …«

»Oh, pardon.«

»Entschuldige …«

»Die Instrumente sind sehr empfindlich.«

Im Flur und in der Küche, dem inzwischen ruhigsten Ort, der im alten Pfarrhaus zu erreichen war, standen die Leute herum und redeten.

»Ein wirklich schönes Konzert. Ich muss es einfach noch einmal sagen …«, bemerkte Christian Rochus.

»Danke …«, sagte David.

»Nicht, dass ich mich mit klassischer Musik auskennen würde,

---

* »Hohle Fässer klingen am lautesten.«

aber diese Schubert-Sonate hat mir sehr gefallen. So abwechslungsreich, melancholisch und heiter …«

»Stimmt. Hat auch ganz gut geklappt, obwohl ich heute irgendwie ein bisschen neben mir stehe …«

»Ach, wieso denn? Wo drückt denn der Schuh?« Beinahe hätte Christian Rochus ihm eine Hand auf die Schulter gelegt.

»Nichts, es ist nichts. Ich bin eben heute Morgen schon um Viertel vor fünf aufgestanden.«

»Viertel vor fünf, um Gottes willen …«

»Anscheinend mit dem falschen Fuß …«

»Du Armer. Vielleicht sollten wir allmählich auf Wein umsteigen!?«

»Eine gute Idee.«

»Der Wein in diesem Haus ist wirklich ausgezeichnet, davon durfte ich mich schon das eine oder andere Mal überzeugen. Dein Onkel hat einen vorzüglichen Geschmack, und er ist sehr großzügig in diesen Dingen. Aber das weißt du natürlich …«

»Ja, er hat so einige Schätze in seinem Weinkeller. Wie auch immer. Etwas zu essen könnte nicht schaden …«

»Dann gehen wir doch erst einmal zum Buffet … Oh, es sieht so aus, als würden wir dort nicht gleich zum Zuge kommen.«

Die Gäste standen tatsächlich Schlange.

»Unser Matthias ist ja immer so verliebt …«, sagte Frau Wischnewski, eine geborene Röttering, also eine Einheimische, die nicht aus einer Flüchtlingsfamilie stammte.

»Ach, ja? Ich dachte mir so etwas schon«, murmelte Alma Kretschmar verträumt.

»Mich würde vielmehr interessieren, wie er sich in der Schule macht. Du hast ihn in Latein, nicht wahr!?«

»Ach Michael, wir sind doch hier nicht auf dem Elternsprechtag – zu dem du eh nie mitkommst …«

»Es wird dich freuen – wenn auch vielleicht nicht wundern –, er

ist einer meiner intelligentesten Schüler. Ein bisschen schüch-
tern, etwas mehr Beteiligung wäre wünschenswert …«
»Schüchtern? Mein Sohn?« Michael Wischnewski musste la-
chen, und auch seine Frau schmunzelte.
»Ja. Mir gegenüber schon.«
»Ich glaube es nicht …«
»Latein fällt ihm jedenfalls leicht …«
»Sag, Alma, kennst du denn das Mädchen, in das er verliebt
ist?«
»Verliebt? Also, bitte. In dem Alter«, sagte Michael Wisch-
newski.
»Hm, lass mich mal nachdenken, ich glaube …«
»Sag …«

»Die lokale Einschränkung des Genpools hat vor allem kul-
turelle Hintergründe, würde ich denken«, bemerkte David.
»Um genau zu sein, eigentlich konfessionelle Hintergründe …«
»Ich kann mir denken, worauf du hinauswillst …«, sagte Christian Rochus.
»Im Westen und Norden gibt es die Grenze nach Holland, also
eine echte Landesgrenze – wobei die sprachliche Barriere eher
marginal ist –, im Osten aber grenzt die Grafschaft an das überwiegend katholische Emsland, im Süden an das mindestens
genauso katholische Münsterland. Die Grafschaft Bentheim
selbst ist seit Jahrhunderten protestantisch. Da kommt einfach
kein Austausch von Genen zustande. Allerdings sind nach dem
Zweiten Weltkrieg viele Flüchtlinge aus den Ostgebieten hier
gelandet. Meine Familie …« David drehte sich um.
»Zum Glück für die Region, ansonsten wäre es vielleicht noch
viel schlimmer«, schaltete sich Alma Kretschmar ein, die sich
von den Wischnewskis losgemacht und dazugesellt hatte.
»Aber die Flüchtlinge waren überwiegend Lutheraner, wir haben also auch hier das Problem mit der Konfession«, sagte
David.
»Wie Sie wissen, Herr Rochus, ich meine Christian, wie du

weißt, gibt es in Emlichheim eine Kirchengemeinde, eine konservative Absplitterung der reformierten Kirche. Sogenannte Altreformierte …«, dozierte Alma Kretschmar.

»Ich weiß, ich weiß, ich lese gerade …«, hob Christian Rochus an.

»Die gibt es auch in der übrigen Niedergrafschaft und in Nordhorn – ich glaube auch in Bentheim –, aber alles in allem sind es kleine Gemeinden …«, fuhr Alma Kretschmar fort.

»Eine Freikirche, nicht wahr?«, fragte David.

»Jedenfalls puritanisch. Sittenstreng. In Anführungszeichen«, antwortete Alma Kretschmar.

»Ja, stimmt, eine Freikirche«, sagte Christian Rochus. »Ich hatte ja vorhin erwähnt, dass ich gerade ein Buch darüber lese, es handelt von der Kirchenvielfalt der Grafschaft Bentheim.«

»Die Altreformierten heiraten in der Regel innerhalb ihrer Konfession«, erklärte Alma Kretschmar.

»Heute noch? Ich dachte …« Christian Rochus blickte fragend.

»Wie es heute aussieht, weiß ich nicht. Aber ich fürchte, in meiner Generation war es noch so«, meinte David.

»Ach, tatsächlich!?«

»Es gab, wenn ich mich richtig erinnere, Partys, die von der altreformierten Kirche veranstaltet wurden und zu denen nur Angehörige der altreformierten Kirche eingeladen waren. Auf diesen Partys – Kokschenpartys, sagte man – wurden Grundsteine für Hochzeiten gelegt …«

»Mit Jugendlichen, die auf ein heiratsfähiges Alter zusteuerten, als Zielgruppe, nehme ich an …«

»Natürlich.«

»Eine interessante Form von Auslese …«

»Ich weiß allerdings wirklich nicht, ob es heute noch so ist. Du, Mama?«

»Nein, das weiß ich leider – oder zum Glück – auch nicht. Aber ich kann es mir vorstellen …«

»Der größte Teil der Einwohner Emlichheims jedenfalls ist evangelisch reformiert, nicht altreformiert …«

»Alfred ist das übrigens auch.«

»Die Sache an sich – dass Kirchenangehörige innerhalb der eigenen Konfession heiraten –, stellt ja nichts Ungewöhnliches dar. Man muss nur einmal daran denken, wie schwierig bis unmöglich es lange Zeit war, wenn eine Katholikin einen Protestanten heiraten wollte oder umgekehrt. Noch heute gibt es da große Hürden in manchen Gegenden. Von Verbindungen unterschiedlicher Religionen ganz zu schweigen …«, sagte David.

»Hier kommt die Abgeschiedenheit hinzu«, bemerkte Alma Kretschmar.

»Oh, ja«, pflichtete ihr Christian Rochus bei.

Sigrun Corinth näherte sich.

»Da bist du ja«, rief Sigrun.

»Ich war doch gar nicht weg.«

»Alle sind begeistert!«, flüsterte Sigrun David ins Ohr.

»Ja, allem Anschein nach …«, sagte David und sah sich um.

»Und worüber unterhaltet ihr euch gerade so angeregt, wenn ich das fragen darf? Alle anderen reden über Musik und schöne Dinge, hier befürchte ich Schlimmstes …« Sigrun, laut, runzelte die Stirn, als wüsste sie haargenau Bescheid.

»Liebes Schwesterchen, deine Befürchtungen sind leider angebracht, fürchte wiederum ich. Es wird dir nicht gefallen, worüber wir sprechen. Wir wechseln am besten gleich das Thema …«

»Welches Thema? Ist es …«

»Genetik. Im weitesten Sinne«, sagte Christian Rochus.

»Diese Krebs-Studie?«

»Ja.«

»Du weißt davon?«, fragte David.

»Jeder weiß davon. Nur redet niemand drüber. Und ihr bitte auch nicht, nicht heute, nicht an diesem Tag. Tut mir das nicht an.«

»Liebe Sigrun …«

»Auch du, Rochus …«

»Wir haben eben begonnen, über die Emlichheimer Kirchenvielfalt zu sprechen, und ich habe von dem Buch erzählt, dass ihr mir …« Christian Rochus sprach hastig, beschwichtigend und nur leicht ironisch.

»Das soll wohl ein Trost sein!? Ich weiß doch, wie ihr darüber denkt und sprecht. Komme ich schon zu spät oder gerade noch rechtzeitig?«

»Zu spät …«, entfuhr es David, leise, kaum hörbar.

»Lieber Christian, sag ehrlich, ist der Ruf unseres kleinen Dorfes bereits ruiniert? Ich kann mir lebhaft vorstellen, welchen Eindruck man vermittelt bekommt, wenn meine Schwester und mein Neffe erst einmal loslegen.«

»Sigrun …«

»Ich lebe jetzt ungefähr ein Jahr hier und bin durchaus in der Lage, mir selbst ein Bild zu machen und eine eigene Meinung zu entwickeln …«

»So schlimm, wie die beiden es gerne schildern, ist es hier in Emlichheim jedenfalls nicht. Im Gegenteil, es ist …«

»Ja, wie ist es denn?«, fragte Alma Kretschmar spitz.

»Ich wollte schon lange einmal fragen, weshalb ihr eigentlich hierher nach Emlichheim zurückgekehrt seid!?«, unterbrach Christian Rochus. »Ich kenne ja eure Geschichte nun ein wenig, du bist mit deiner Mutter nach dem Krieg hier angekommen. Alfred und du, ihr habt in Berlin studiert und gelebt, später im Ruhrgebiet, als die Achtundsechziger-Bewegung ins Rollen kam …«

»Das stimmt.«

»Jetzt seid ihr wieder hier gelandet. Warum nur?«

»Aber lieber Christian, das hier ist unsere Heimat.«

»Wieso Heimat? Du bist doch in Schlesien geboren«, fragte David.

»Ja, aber Emlichheim ist uns Heimat geworden, auch wenn du das nie verstehen willst. Ich glorifiziere nicht. Aber wir leben hier, lieber David, lieber Christian. Und Dinge ändern sich …«

»Liebe Sigrun, was ich dich immer schon einmal fragen wollte, warum nennt man die Angehörigen der altreformierten Kirche eigentlich Koksche? Woher kommt das?«

»Christian, bitte, ich dachte, wir hätten dieses Thema für heute Abend hinter uns gelassen.«

»Nein, bitte, Sigrun, versteh mich nicht falsch, ich frage das ganz unverfänglich, es interessiert mich einfach …«

»Das würde mich auch interessieren.«

»Danke.«

»Die Katholiken nennt man hier gelegentlich Romsche …«, bemerkte Alfred. Er hatte das Weinnachschenken unterbrochen und wusste nicht, dass er sich auf ein frisch vermintes Terrain begab.

»Aber das bedarf keiner weiteren Erklärung«, unterbrach ihn Sigrun sichtlich gereizt.

»Und Koksche?«

»Also gut. In den 1830er Jahren trennten sich hier in der Region und auch in Ostfriesland einige Gemeinden von der reformierten Kirche, die sich – wie ihr alle wisst – auf die Lehren von Johannes Calvin stützt. Es begann allerdings in Ulrum, einem niederländischen Dorf, das im Norden der Provinz Groningen liegt, unweit der Küste vor der Insel Schiermonnikoog. Der Pastor der ursprünglich reformierten Ulrumer Gemeinde wurde zur Galionsfigur der Separatistenbewegung …«

»Verstehe.«

»Es ist ganz simpel. Der Pastor, der da kühn den Anfang gemacht hatte, hieß Hendrik de Cock …«, erklärte Alfred.

»Aha«, sagte Christian Rochus.

»Einige Jahre nach der Abspaltung wanderte übrigens ein altreformierter Pastor aus den Niederlanden nach Amerika aus und gründete in der Nähe des Lake Michigan eine Stadt und nannte sie Holland«, fuhr Alfred fort. »Und seit einiger Zeit gibt es Gespräche darüber, die reformierte Kirche mit der alt-reformierten Kirche wieder zu vereinigen, aber ganz so einfach, wie man glauben könnte, ist es wohl nicht…«

»Ein bisschen viel Kirche für meinen Geschmack. Welcher gebildete, aufgeklärte Mensch glaubt denn heute, Anfang des einundzwanzigsten Jahrhunderts, noch ernsthaft an Gott?«
»Ach, wissen Sie, ich für meinen Teil glaube nicht an Atheismus…«

»Jetzt komm doch einmal mit, bitte!«
»Was gibt es denn?«
»Hier, Junge«, sagte Sigrun zärtlich und drückte ihrem Neffen die Schwanenbrosche in die Hand, das kostbare Familienerbstück ihrer Mutter, Davids Großmutter.
»Wie?«
»Die nimmst du, mein Lieber, und schenkst sie Grete.«
»Aber?«
»Kein aber.«

»Oost west, thuis best«,* rief der niederländische Nachbar irgendwann in den Salon.
»Wie bitte?«
»Langsam sollten wir nach Hause gehen.«

* »Osten oder Westen, zu Hause ist's am besten.«

Die Nacht auf dem Land war ein ordnendes, ein Klarheit schaffendes Prinzip und niemand konnte schließlich zu diesem Zeitpunkt bereits wissen oder auch nur ahnen, wie sich die Naturgesetze im weiteren Verlauf derselben durch einen unerklärlichen, phantastischen Zauber verwirren und in ihr Gegenteil verkehren sollten.

Zwischen den kahlen Eichen draußen, über dem tagsüber in der Sonne glühend roten, jetzt farblos grauen, kaum mehr sichtbaren Ziegeldach des alten Pfarrhauses und den von leichtem Wind umwehten Köpfen der weinseligen Heimkehrenden, sammelten sich von ihnen unbemerkt die Fledermäuse.

Ein brauner, weißbrüstiger Steinmarder hatte auf dem Friedhof, hinter der Hecke, zwischen den Grabsteinen und den im Dunkel unkenntlichen Stiefmütterchen die Fährte einer ahnungslosen Feldmaus oder eines Kaninchens aufgenommen, um es gleich zur Strecke zu bringen. Er setzte schon zum Sprung an.

Nur wenige Augenblicke zuvor war der Motorraum eines ganz in der Nähe parkenden Autos seiner Zerstörungswut zum Opfer gefallen. Es hatte zwischen einem dicken Mercedes und einem schlanken Peugeot gestanden und verdächtig nach einem räudigen Rivalen gestunken, der ihm womöglich sein Revier abspenstig machen wollte. Dem kleinen Raubtier war nichts anderes übrig geblieben, als einige Kabel und Schläuche und mit fast fleischlicher Lust auch ein wenig Dämmmaterial zu zerbeißen. So eine Tat regte den Appetit an.

Die wenigen Lichter, die aus den Emlichheimer Fenstern ausnahmsweise nach draußen schienen – dort, wo keine Jalousien heruntergelassen worden waren –, erloschen eines nach dem anderen. Eine friedliche Ruhe hatte sich über die Dächer des

Dorfes gelegt – alle halbe Stunde unterbrochen vom tiefen Ton der Kirchturmglocke. Mitternacht nahte. Ein fernes, unerklärliches, nicht von einem motorisierten Fahrzeug verursachtes Brummen war zu hören, immerhin laut genug, um nun auch die Schwäne auf dem großen Teich im Park des Altenzentrums zu wecken, die ihre Hälse ausstreckten und aufmerksam in die Ferne lauschten.

Mit einem Mal, wie auf ein lautloses Kommando, stoben die Fledermäuse geschlossen davon. Auch der rastlose Marder hob seinen Kopf und schlug die gleiche Richtung ein.

David hatte sich nach langem Zögern ebenfalls verabschiedet und war am äußersten Rande des Lichts, nahe den Rhododendren, stehen geblieben. Dass Sigrun ihm die Schwanenbrosche mitgegeben hatte, das Familienerbstück seiner Großmutter, hatte ihn verwirrt. Seines Erachtens war es viel zu spät, um Grete, die ja, wie er zu wissen glaubte, nach der Geburt vor allem Ruhe brauchte, dieses unerklärliche Geschenk heute noch zu überbringen.

In dem Moment, in dem er noch grübelte, tauchte Christian Rochus plötzlich hinter ihm auf, der wie Treibgut mit den anderen Gästen nach draußen geschwemmt worden war und ihn nun fragte, ob er sich ihm nicht noch auf einen Absacker ins Möppken anschließen wolle, das ja nur einen Katzensprung entfernt liege.

David kam der Vorschlag sehr gelegen. Noch ein bisschen reden, unverfänglich plaudern – und nicht über Dinge befragt werden, über die er wenigstens heute nicht mehr zu sprechen wünschte –, sich ablenken und nicht denken, bloß nicht mehr denken.

Also ja, gerne noch auf einen Absacker ins Möppken.

Johann Bütering hatte einen hochroten Kopf, der heftig mit seinem blonden Schopf kontrastierte und jeden Moment zu zerspringen drohte, Helmut Ratering, nicht weniger erhitzt, aber aufgrund seiner Haarfarbe zu keinem nennenswerten Kontrast vergleichbarer Art fähig, gluckste und bestellte lallend eine neue Runde, welche Kati, die Wirtin, die an den Tisch getreten war, nach mehrmaligem, geduldigem Nachfragen endlich auf einem Zettel notierte – Bier und Schnäpse, Herrengedecke –, und Lara Baumann lachte affektiert über eine Bemerkung, die einer der beiden gerade gemacht hatte. Vielleicht war es auch der nette Jan Baarlink gewesen, der als Drucker in Nordhorn bei der Zeitung arbeitete – den Grafschafter Nachrichten –, der etwas später dazugekommen war und sich mit einem uneindeutigen Lächeln direkt neben sie gesetzt hatte. Zwischendurch berührte er wie zufällig immer wieder ihr Knie.

Wie üblich an einem Freitagabend um diese Zeit, war das Möppken brechend voll.

Der letzte Schnaps, der ihr von einem ihrer drei Galane ausgegeben worden war, stand noch unberührt vor ihr. Lara Baumann blickte zu einem der Tische auf der gegenüberliegenden Seite. Wie abwesend griff sie nach dem Schnapsglas, hielt es fest umklammert und schob es hin und her.

Dort saß Gerlinde Mülstegen, eine der wenigen Emlichheimerinnen ihres Alters, die – wie sie – noch nicht »vergeben« waren. Sie war sehr gutaussehend – fast verschlug es ihr den Atem –, sie hatte so eine natürliche Ausstrahlung, so eine selbstverständliche Weiblichkeit, die sie ein bisschen an Grete erinnerte – oder vielleicht auch nicht, nein, eher nicht.

Sie wischte den Gedanken weg und neigte ihren Kopf ein wenig zur Seite. Noch nie jedenfalls hatte sie sie geschminkt oder besonders zurechtgemacht gesehen. Aber Gerlinde Mülstegen ließ nichts anbrennen, das wusste Lara Baumann. Und das als Altreformierte – wenn es in ihrer Kirchengemeinde durchsickern würde, was sie in Nordhorn und Lingen so trieb, würde sie vermutlich aus dem Verein ausgeschlossen werden.

Einmal sah Gerlinde Mülstegen in ihre Richtung. Ihre Blicke trafen sich.

Lara Baumann fühlte sich ertappt, nickte und wendete sich

schnell wieder Johann Bütering, Helmut Ratering und Jan
Baarlink zu, dessen Knie sie schon wieder an ihrem spürte
und der sie gerade offenbar etwas gefragt hatte. Sie setzte das
Schnapsglas an die Lippen und stürzte die scharfe braune Flüs-
sigkeit in einem Zug hinunter, wofür sie den lautstarken Beifall
von Johann Bütering und Helmut Ratering erntete.
»Wie bitte? Ich verstehe dich nicht«, sagte sie zu Jan Baarlink.
»Die Musik ist so laut…«
»Ich sagte gerade…«
»Und ihr haltet mal die Klappe!«
Johann Bütering und Helmut Ratering gehorchten und schwie-
gen abrupt.
»Grete Piontek hat heute ihr Kind bekommen«, wiederholte
ihr Sitznachbar noch einmal Wort für Wort das Gesagte, und
Johann Bütering, der es jetzt auch verstanden hatte, den die
große Neuigkeit jetzt endlich auch erreicht hatte und dessen
Gesichtsfarbe offenbar wie die eines Chamäleons von einem
Ton zum anderen wechseln konnte, erbleichte.

In dem Moment betrat David Kretschmar das Möppken, gefolgt von Christian Rochus.
Sie liefen am Tresen vorbei, durchquerten den überquellenden
Schanksaal einmal der Länge nach, und es gab keinen Gast,
der nicht aufgeblickt oder sich nach ihnen umgedreht hätte.
Christian Rochus war eher ein sporadischer Kneipengänger,
sein Erscheinen besaß Seltenheitswert, und David Kretschmar
kannten viele noch aus vergangenen Tagen. Wenn sie ihn denn
erkannten. Manch einer der Kneipengäste tat es nicht – es war
lange her – und hielt ihn für einen Fremden, was wiederum
Grund genug war, ihn sich genauer anzusehen – einen Fremden, der sich noch dazu im Schlepptau des Emlichheimer Arztes
befand, auch Grund genug, sich so seine Gedanken zu machen.
Die Gerüchte um die Homosexualität des Doktors hatten inzwischen wohl auch den letzten Hinterwäldler erreicht.
Die beiden blieben stehen – Christian Rochus flüsterte David

etwas ins Ohr, und er nickte –, für einen Moment sah es so aus, als würden sie gleich wieder gehen wollen. Doch dann stand plötzlich Gerlinde Mülstegen auf, ausgerechnet Gerlinde Mülstegen, die den Doktor und David erkannt hatte.

Sie winkte sie zu sich, an ihren Tisch in der hinteren Ecke. Die anderen Emlichheimerinnen, die dort wie die Hühner auf der Stange hockten – Hildegard Rakers, Monika Roeles und Stefanie Wortelen –, rückten brav zusammen und machten auf der Bank an der Wand Platz, damit sich David auf der einen, Christian Rochus auf der anderen Seite setzen konnten. Ihre jeweiligen Ehemänner saßen an anderen Tischen und schauten nur gelegentlich – wie eben jetzt, in diesem speziellen Moment – zu ihnen herüber.

David lächelte. Christian Rochus sah nicht ganz so glücklich aus, was wiederum für einen Augenblick Lara Baumanns Stimmung aufhellte. Die hatte sich seit dem Auftritt der beiden und dem weiteren Geschehen, das sie genau verfolgte, nach und nach verdüstert. Kurz – es war nur ein bloßer Anflug gewesen – hatte sie derselbe Impuls gepackt wie Gerlinde Mülstegen, und sie wäre beinahe selbst aufgestanden, um David, ihren alten Kindergartenfreund David, und den Doktor zu sich zu winken. Die Peinlichkeit blieb ihr dank einer antrainierten, verinnerlichten und mitunter hinderlichen Contenance erspart. Doch sie war enttäuscht – auch wenn es ihr niemand anmerkte –, er hatte sie nicht gegrüßt, nur einmal vage in Richtung ihres Tisches genickt.

Hatte er sie, die er doch kannte, seit sie beide denken konnten, denn nicht erkannt?

Christian Rochus, der sich jetzt weit vorbeugte und versuchte, an Hildegard Rakers, Monika Roeles und Stefanie Wortelen vorbei sein Gespräch mit David wieder aufzunehmen – ein Versuch, der aus verschiedenen Gründen von vornherein zum Scheitern verurteilt war –, lenkte ihre Aufmerksamkeit auf sich. Klarer Fall. Eindeutig. Und hoffnungslos, dachte Lara, setzte ein über alle Dinge weit erhabenes Lächeln auf – sie konnte das sehr gut – und widmete sich wieder Jan Baarlink, dessen Version von Gretes Geburtsgeschichte sie nun mit dem bereits von ihrer Mutter Geschilderten verglich.

David und Gerlinde Mülstegen aber ließ sie nicht mehr aus den Augen.

Die Nachtigall draußen, die nicht weit vom Möppken entfernt auf dem Ast eines Holunderbusches saß, sang viel zu früh, und sie sang anders als sonst, heller, alarmierter.

Auch sie war geweckt worden, von dem Geräusch, das wenige Minuten zuvor die Schwäne – und nach ihnen die Enten, Haubentaucher und Blässhühner – aus dem Schlaf gerissen hatte, einem Brummen, einem Beben, in das es sich allmählich verwandelte und das, so hatte es den Anschein, von den beiden großen Speichertürmen der Kartoffelmehlfabrik herrührte. Es zog eine merkwürdige, flüchtige Wärme nach sich. Der Boden vibrierte, sachte, aber für ein feinsensorisches Gespür wie ihres noch in den obersten und dünnsten Ästen der Bäume und Büsche wahrnehmbar. Also sang sie. Sie wusste nicht, wie ihr geschah, aber sie sang aus Leibeskräften.

Die Riesen zwischen den Birken, sprießenden Brombeeren und Ebereschen am anderen Ende des Ortes, denen das verfrühte, immer lauter zu ihnen klingende Trällern der unscheinbaren Frühlingsbotin lästig war, schwitzten. Es war, als presste ihnen etwas von innen her die Schweißtropfen auf die stählerne Haut, so dass sie von dort herabperlten und den Boden unter ihnen, das Fundament, auf dem sie fußten, aufweichten. Es bebte, dröhnte. Schrauben sprangen aus ihren Fassungen, Scharniere begannen zu klappern, Stahlträger ächzten, und an den Außenwänden der großen Speichertürme der Kartoffelmehlfabrik zeichneten sich erste Risse ab.

Als Kati, die sich eben mit einem aus ihrer Schürze gezogenen Stofftaschentuch den Schweiß von der Stirn gewischt hatte, ihr Tablett auf dem Tisch abstellte und die Getränke servieren wollte, riss ihr Johann Bütering, immer noch fahl wie ein Zombie, die Schnäpse beinahe aus der Hand, verteilte sie eigenhändig – zack, weg waren sie – und bestellte sofort eine weitere, doppelte Runde.

Langsam floss wieder Blut durch seine marmorne Gesichtsoberfläche. Wut stieg in ihm auf. Er hatte nicht nur Jan Baarlinks Neuigkeit vernommen, sondern, wie alle anderen auch, David Kretschmars Aufkreuzen in der Kneipe bemerkt.

Wenn David Kretschmar nicht wäre, dieser elende Schmachthaken, dieses Lehrerkind, wäre alles anders. Das dachte er.

»Ich habe immer gedacht, dass David und Grete irgendwann einmal heiraten. Die waren doch immer ein Traumpaar ...«, sagte jetzt auch noch Jan Baarlink im Tonfall eines Märchenerzählers.

»Ach, so ein Quatsch«, donnerte es aus Johann Bütering heraus, und seine Gesichtsfarbe wechselte wieder ins Rote.

Anders als Jan Baarlink – von Helmut Ratering ganz zu schweigen – entging Lara Baumann die Heftigkeit nicht, mit der Johann Bütering reagierte, und sie fragte sich allmählich, ob sie sich in ihren Annahmen, ihn und Grete betreffend, nicht vielleicht getäuscht hatte.

Aber das konnte eigentlich nicht sein, dachte sie und sah zu David herüber, der sich sofort mit Gerlinde Mülstegen in ein Gespräch vertieft hatte – sie ahnte, worum es darin ging –, während Hildegard Rakers, Monika Roeles und Stefanie Wortelen im polyphonen Chor auf den armen, schmachtende Blicke in Richtung David werfenden Doktor Rochus einredeten. Oder vielleicht doch? Was, wenn doch?

»Stimmt schon, Johann«, sagte Jan Baarlink stoisch. »Es ist vermutlich Quatsch. Wenn David wirklich der Vater von Gretes Kind wäre, dann säße er am Tag der Geburt sicher nicht mit Doktor Rochus hier im Möppken. Ich hatte halt nur gedacht, weil er gerade in Emlichheim ist, das ist ja schon ein komischer Zufall, oder nicht ...«

»Du sollst nicht so viel denken, lieber trinken…«, schaltete sich Helmut Ratering wieder ein.

Grete hörte die Kirchturmglocke vom anderen Ende des Dorfes herüberklingen. Wo David nur blieb? Das Konzert bei den Corinths musste längst vorbei sein.
Der Hund – dachte sie. Sie machte es ihm nun wirklich nicht schwer.
Es würde nicht schaden, noch eine Kleinigkeit zu essen, sagte sie sich und stand auf. Sie wusste, dass er heute Nacht noch kommen würde, zu welcher Stunde auch immer.
Die Fenster standen offen. Kühle Luft strömte herein. Vielleicht war es ein wenig zu frisch für den Kleinen. Aber die Händchen und Ärmchen waren warm.
Sie lief in die Küche, um sich etwas von der Hühnersuppe aufzuwärmen, die ihre Mutter für sie gekocht hatte. Zum ersten Mal seit langer Zeit hatte sich heute so etwas wie Nähe zwischen ihnen eingestellt, Vertrautheit.
Grete schüttelte den Kopf, lächelte. Da musste sie erst ein Kind bekommen, um ihrer Mutter einmal wirklich nah sein zu können.

Im alten Pfarrhaus saß der harte Kern noch um den Esstisch herum, ohne dass man sich um den Schlag der Kirchturmglocke weiter scherte. Die Corinths und die übrigen Gäste, also Alma Kretschmar, das Apothekerehepaar Waldau und Pastor Reineke – seine Frau war schon vorausgegangen, Migräne vortäuschend –, hatten inzwischen das Thema, das die aktuellen Schlagzeilen beherrschte und auch den Kern von Alfreds am Sonntag bevorstehender Predigt bildete, wieder aufgenommen, sie hatten jeweils eindeutig Partei ergriffen und sich gegenseitig ihrer heftigsten Empörung versichert – mehr allerdings auch nicht.

Am anderen Ende des Dorfes hatte Gerwin Geerts alles vor-bereitet.

Die Nachtigall, die heute früher dran war als sonst, hörte auch er irgendwo, weit entfernt, in den Baumspitzen singen. Je näher er seinem Ziel kam, desto heiterer wurde ihm zumute. Im Kopf war er eher Pragmatiker, Leidenschaft war seine Sache nicht. Er erinnerte sich auch nicht daran, dass ihm je etwas Schlimmes geschehen wäre, jedenfalls nichts, das ihn hätte aus der Bahn werfen können. Es war viel einfacher – manch einer würde vielleicht sagen: banaler –, er sah die Bahn schlicht nicht. Er hatte sie noch nie gesehen.

Gerwin Geerts stand einen Moment still, blickte erst in den Nachthimmel und dann auf den schwarzen, moosbedeckten Boden, auf dem nichts weiter zu erkennen war. Doch etwas irritierte ihn. Nicht nur der Gesang der Nachtigall war un-gewöhnlich, er spürte, dass auch andere Dinge vor sich gin-gen. Um ihn herum raschelte es, Kleintiere waren unterwegs, Schatten, im Mondlicht zwischen den Bäumen hatte er ein Reh gesehen, und schon zum zweiten oder dritten Mal war ein großer Vogel, vermutlich eine Eule, sehr nah an seinem Kopf vorbeigeflogen, beinahe hätte sie seine Wange gestreift. Aber da war noch etwas. Ein leichtes Beben, irgendwo unten, im Grund. Es musste sich um eine Sinnestäuschung handeln, eine Verwirrung seines Geisteszustands.

Der Boden bebte. Wenn er ganz ehrlich zu sich war, konnte er das Beben nicht leugnen. Aber nein, dachte er. Nein, nein. Seiner Sinneswahrnehmung war unter den gegebenen Umstän-den – er blickte zu dem an einem Ast hängenden Strick hin-auf – auf keinen Fall zu trauen.

Ungefähr neun Monate war es her: Grete spürte den Alkohol heiß durch ihre Adern strömen. Schwindelig wurde ihr, wenn sie aufstand. Zu viel, zu viel. Und sie stand auf, erhob sich schwankend. Irgendwann musste sie einmal aufstehen, hatte sie gedacht, schon um zu probieren, ob es ging. Die anderen ließen sie durch. Ganz gerade laufen konnte sie nicht mehr, und insofern war sie eher dankbar, als Johann Bütering, der ihr flink in Richtung Ausgang gefolgt war, seinen Arm um sie legte und sie stützte.

Luft, sie brauchte Luft. Stickig war es im Möppken, so stickig und laut. Warum war sie nur hergekommen?

Sie hatte Johann Bütering den ganzen Abend lang mit ironischen Kommentaren provoziert, ein Spiel, nichts weiter. Er hatte gut zu kontern gewusst, war witzig gewesen, in der Runde am Ecktisch – wo er immer saß, immer, wenn sie im Möppken war – und, jedenfalls für seine Verhältnisse, irgendwie charmant, nett. Er hatte ihr zur Abwechslung einmal gefallen heute, der ansonsten grobschlächtige Bauer aus Ringe, dieses Testosteron versprühende Alphatier.

Jetzt wollte er sie nach Hause fahren. Unbedingt, er ließ sich davon nicht abbringen.

Gut, dachte sie, sollte er sie nach Hause bringen, in ihrem Zustand noch aufs Fahrrad zu steigen wäre wirklich keine besonders gute Idee. Wo war denn überhaupt ihr Fahrrad, wo hatte sie es abgestellt?

Sein Mercedes stehe am Bremarkt, sagte er. Bis dahin waren es nur ein paar Schritte, und ein paar Schritte zu gehen war gut. Sie konzentrierte sich ganz darauf, einen Fuß vor den anderen zu setzen, ohne dabei zu stolpern. Gut, dass Johann Bütering sie im Arm hielt.

Am Auto angekommen, öffnete er ihr die Beifahrertür, und sie ließ sich auf den Ledersitz fallen. Weich, kühl, bequem. Am liebsten wollte sie nie wieder aufstehen, aber als sie die Augen schloss, drehte sich alles wie im Karussell. Sie dachte an Lebkuchenherzen, Zuckerwatte und kleine hüpfende Pferdchen und Elefanten, bis sie das Gefühl hatte, wieder in der Raupenbahn zu sitzen. Wir haben keine Kirmes mehr. Grete schluckte, hielt sich die Hand vor den Mund.

So viel Alkohol war sie nicht gewöhnt, sie erinnerte sich nicht daran, jemals so viel getrunken zu haben, auch nicht daran, wann sie das letzte Mal betrunken gewesen war. David, dachte sie dann. Einmal hatten sie sich unter dem heruntergelassenen Verdeck der ratternden Raupenbahn geküsst. Ihr erster Kuss? Sicher nicht. Aber ihr erstes Lebkuchenherz. David. Er war wieder abgereist. Heute morgen, nachdem er die Nacht bei ihr verbracht hatte. Es setzte ihr zu, sie hatte genug von diesem Zustand. Er kam, sie sahen sich, und dann fuhr er wieder. Oder sie besuchte ihn, ein Wochenende, und das war es dann wieder für Wochen oder Monate, für ein Dreivierteljahr. Von den mal stockenden, mal flüssigeren Telefonaten, die sie in unregelmäßigen Abständen führten, abgesehen.

Johann Bütering setzte sich ans Steuer, startete den Motor.

»Soll ich dich gleich nach Hause bringen, oder fahren wir noch ein bisschen durch die Gegend?«

»Wie bitte?«

»Wollen wir noch ein bisschen durch die Gegend fahren?«

»Egal, ja.«

Johann Bütering lenkte den Mercedes über die große Kreuzung, deren Ampeln nachts abgeschaltet wurden, zum Ortsausgang Richtung Neuenhaus, Uelsen. Sie fühlte sich nicht wohl, Autofahren tat nicht gut. Kurz vor der Vechtebrücke bat sie ihn, irgendwo am Straßenrand zu halten. Er hielt am Ufer. Grete öffnete die Tür, stieg aus und atmete tief durch. Die Luft tat gut. Sie sah die Sterne und die feine Sichel des Mondes. Johann Bütering hatte sich neben sie gestellt, sie lehnten beide am Auto, und er drehte sich eine Zigarette.

»Schön hier, oder?«

Johann Bütering erinnerte sich noch genau an seinen Abend mit Grete Piontek, an jedes einzelne Detail. Wie romantisch es zunächst am Vechteufer gewesen war, Mitte letzten Sommers. Der klare Sternenhimmel, die milde Luft und das Rauschen des Windes in den Blättern der Pappeln. Er hörte es noch und erinnerte sich daran, wie er ihr die dunklen Haare aus dem mondweißen Gesicht gestreift und sie geküsst hatte, daran, wie Grete seinen Kuss zuerst erwidert, er ganz vorsichtig nach ihren Brüsten getastet, sie ihn dann aber von sich weggeschoben hatte.

Leider erinnerte er sich auch noch daran, was danach geschehen war. Grete hatte sich übergeben, und er hatte sie anschließend vor ihrer Haustür abgesetzt, ohne dass irgendetwas zwischen ihnen gelaufen war.

»Was ist denn dir jetzt für eine Laus über die Leber gelaufen«, fragte Lara Baumann mit sarkastischem Tonfall.

»Mir, wieso?«

»Du starrst die ganze Zeit zu dem Tisch dort hinüber.«

»So ein Quatsch.«

»Man könnte meinen, du beobachtest David. Oder hast du ein Auge auf Gerlinde Mülstegen geworfen? Gibt es vielleicht etwas, das du uns sagen möchtest?«

»Unsinn. Ich gucke nur, wo Kati bleibt. Ich habe Durst.« Johann Bütering sah jetzt angestrengt zur Theke.

»Aber warum fühlst du dich so angegriffen, wenn …«

»So ein Quatsch, ich fühle mich nicht angegriffen.«

»Warum regst du dich dann so auf?«

»Unsinn … Kati … Wo bleibt sie denn?«

»Ich habe auch Durst«, sagte Helmut Ratering und befreite damit seinen Freund Johann, ohne es beabsichtigt zu haben, aus seiner misslichen Lage. Er stand auf und winkte in Richtung Tresen.

Es dauerte nicht lange, und Kati erschien mit einem weiteren Tablett voller Schnäpse, die dieses Mal aufs Haus gingen. Johann Bütering bestellte gleich nach und auch eine neue Runde Bier für den ganzen Tisch, Kati, die Wirtin eingeschlossen.

Grete. Gretes Baby. Ein Baby. Grete als Mutter, Mutter eines Kindes.

David schluckte. Er wünschte ihr nur das Beste, alles, aber es schmerzte, es schmerzte doch und stimmte nicht, es stimmte hinten und vorne nicht.

Sein Blick war inzwischen einmal durch den Schankraum gewandert. Aber war das nicht…

Doch, da saß Lara Baumann. Ihm direkt gegenüber, in der anderen Ecke, er hatte sie gar nicht erkannt. Lara Baumann. Sie unterhielt sich mit Johann Bütering. Johann Bütering, der nicht zu übersehen war mit seinen strohblonden Haaren. Jan Baarlink saß mit in der Runde. Den Rothaarigen kannte er flüchtig, vom Sehen, aber sein Name fiel ihm nicht ein.

Lara – wie lange er sie nicht gesehen hatte. Hübsch war sie, ein bisschen zu üppig geschminkt vielleicht. Ganz die Mutter. Nein, nicht ganz, nicht so extravagant, aber die Gesichtszüge waren fast identisch. Vielleicht war sie mit einem dieser Emlichheimer zusammen, mit denen sie da am Tisch saß. Verheiratet womöglich. Nein, davon hätte seine Mutter ihm erzählt. David überlegte, ob er zu ihr gehen und Hallo sagen sollte. Schließlich waren sie alte Kindergartenfreunde, mehr als das, sie hatte früher fast zur Familie gehört – und Lara, das würde er nie vergessen, war dabei gewesen, als er Grete zum ersten Mal begegnet war. Sie hatte sie miteinander bekannt gemacht, damals, in der Wintershallstraße auf dem Weg zum verbotenen Swimmingpool der Jugendbildungsstätte, die es auch nicht mehr gab. Als Grete ihm ihre Blinddarmnarbe gezeigt hatte und sie am Ende alle mit Pastor Riemenschneider, der Köchin des Grenzlandheims und irgendwann auch mit allen ihren Eltern zusammen in der Großküche gesessen und Abendbrot gegessen hatten.

Aus einem unvermittelten Impuls heraus tastete er nach seinem Handy – und verpasste so den Blick Lara Baumanns, die in diesem Moment wieder zu ihm herübersah.

»Wann kommst du endlich? Ich warte«, hatte Grete geschrieben, fast drei Stunden war es schon her. Wieso hatte er das nicht bemerkt?

David stand sofort auf und verließ das Möppken fluchtartig. Befremdete Blicke folgten ihm.

In der Scheune bewegte sich Grete wie in Trance zu den Klängen, die wuchtig aus den Boxen schallten, während David wie immer mit einem Glas Bier in der Hand am Rand der Tanzfläche stand und ihr zusah. Die von Scheinwerfern bestrahlte Diskokugel an der Decke drehte sich und warf kleine, flirrende und fliehende Karos auf den Boden. Grete tanzte nicht allein, aber ganz in sich gekehrt, alles um sich herum vergessend, immer einen Schritt vor und einen halben wieder zurück. Die Augen geschlossen, wie sonst?

Kati, mit Bieren und Schnäpsen zurück am Tisch von Johann Bütering, schaute David hinterher und dann Lara Baumann an, die sonst immer für alles eine Erklärung hatte.
»Was hat den denn gestochen?«
Aber Lara Baumann schüttelte nur langsam und abwesend den Kopf. Darin ratterte es heftig, der viele Alkohol hatte ihr die Sinne vernebelt.
Johann Bütering schwieg betreten, Jan Baarlink zuckte unbeteiligt mit den Schultern – »Keine Ahnung, was den gestochen hat…« – und Helmut Ratering beugte sich mit einem dümmlichen Grinsen vor.
»Der war doch schon immer nicht ganz dicht…« Er nahm einen Schluck Bier und fügte leise flüsternd hinzu: »Platt proaten kunn denn ock noch nooijt.«[*]

Vor dem Möppken standen zwei Taxis. David nahm das vordere, riss die Tür auf, setzte sich hinein und gab sein Ziel an.
»Wintershallstraße, ich meine Kleikuhlenweg. Schnell, wenn es geht.«
»So schnell, wie die Polizei erlaubt…«, sagte der Fahrer, der aussah, als hätte er geschlafen oder gedöst, startete den Motor und warf seine Zigarette aus dem offen stehenden Fenster.
»Sie sind doch der David Kretschmar, oder? Mal wieder im Lande?«

[*] »Platt sprechen konnte der auch nie.«

David nickte – er hatte den Mann noch nie gesehen –, und sah ungeduldig aus dem Fenster. Nachts war das Dorf wie ausgestorben. Kaum Lichter, keine Menschen und nur hier und da ein Auto, das über die Straßen huschte.

Der Taxifahrer fuhr schneller als erlaubt, knapp siebzig Stundenkilometer zeigte das Tachometer an. Der Wagen bog nach links ab, an Gretes Goldschmiede vorbei. David hatte sie noch nicht von innen gesehen, das würde er bald nachholen.

In seinen Beinen kribbelte es.

»Wo brennt's denn?«

»Ach, äh, nirgends. Ich muss nur dringend, wirklich dringend in den Kleikuhlenweg.«

»Verstehe«, sagte der Taxifahrer und drückte aufs Gaspedal.

Für einen Moment fragte sich David, ob der Taxifahrer es wirklich verstand, ob er die ganze Dimension erfasste. In Emlichheim war das schließlich nicht ausgeschlossen.

Alfred und Sigrun Corinth räumten Gläser und Teller zusammen und brachten sie tablettweise in die Küche.

Alma Kretschmar hatte sich, nachdem sie mehrfach vergeblich angeboten hatte, ihrer Schwester und ihrem Schwager noch beim Aufräumen zu helfen, verabschiedet und war nach Hause gefahren.

Der Pastor Reineke war nicht mehr aufgetaucht, niemand wusste, wo er geblieben war. Alfred Corinth überlegte schon, im Weinkeller nachzusehen. Es wäre nicht das erste Mal, dass sein Nachfolger sich dorthin verkrochen hätte.

Neben Christian Rochus saß nur noch Gerlinde Mülstegen am hinteren Ecktisch des Möppken – Hildegard Rakers, Monika Roeles und Stefanie Wortelen hatten sich nach Davids eiligem Abgang ebenfalls verabschiedet. Fast hatte es den Eindruck, als wären die drei Frauen gegangen, um David zu verfolgen und herauszubekommen, ob er tatsächlich zu Grete Piontek in den Kleikuhlenweg fuhr, damit sich eine der wichtigsten Fragen,

die in Emlichheim kursierten, endlich klärte und die heilige
Ordnung wiederherstellte.

»Stimmt so«, sagte David, drückte dem Taxifahrer einen etwas
zu großen Schein in die Hand, stieg aus und eilte zur Haustür.
Grete, die am Küchenfenster gestanden und ihn schon hatte
kommen sehen, war in den Flur gelaufen und öffnete die Tür.
David stand vor ihr – im Halbdunkel, das Licht im Flur war
anscheinend defekt, nur von draußen schien ein matter Schein
ins Haus.
Sie sahen sich an.

Christian Rochus sah sich um. Keine Straßenlaterne leuchtete
mehr, sie schalteten sich irgendwann nach Mitternacht automatisch aus. Auch im Möppken war das Licht ganz plötzlich
erloschen, und Kati hatte, nachdem sich die erste Aufregung
gelegt hatte, Kerzen an die Gäste ausgeteilt. Stromausfall, so
etwas kam vor. Die Kühlung, hatte sie gesagt, liefe über ein
Notstromaggregat, es gebe weiter Bier und keinen Grund zur
Sorge.
Emlichheim war kein Ort für ihn, dachte er.

Die Mutter schlief noch nicht. Sie war wieder aufgestanden,
stand am geöffneten Schlafkammerfenster, ließ sich die kühle
Luft ins Gesicht wehen und blickte in die Sterne.
Am wolkenfreien Himmel strahlten hell die Dioskuren Cas-
tor und Pollux. Südöstlich der markanten Zwillinge war Ori-
on leicht zu erkennen, die gerade Linie seines Gürtels ließ
keinen Zweifel aufkommen. Und dort, wieder ein Stück weiter westlich, das könnte Prokyon sein, der weißlich leuchtende Hauptstern des Kleinen Hundes. Nachdem sie sich
ein astronomisches Bestimmungsbuch ausgeliehen hatte,
versuchte sie sich nach und nach, Nacht für Nacht, das Fir-
mament zu erschließen. Im Winter waren diese Sternbilder
deutlicher zu erkennen gewesen, jetzt schwanden sie, irgend-

wann kehrten sie zurück. Was hätte sie für ein Teleskop gegeben.

Drei Jahre waren sie jetzt hier, im nebligen Westen. Seit einem Jahr bewohnte sie wieder einen eigenen kleinen Hof. Ihre Tochter nebenan hatte ein eigenes Zimmer, ganz für sich allein. Sie schlief jetzt ruhiger, schlief durch, nässte nicht mehr ein, seit Wochen und Monaten schon nicht mehr, und sie kam seltener zu ihr ins Bett gekrochen, nachts, um sich an sie zu kuscheln. Doch jetzt hörte sie Schritte, die Dielen knarrten.

Die Mutter schloss das Fenster, sie wollte hinausgehen, um nachzusehen. Vorher legte sie sich noch eine dünne Wolldecke um die nackten Schultern.

Sie waren nicht allein in ihrem neuen Heim, das qua Überschreibung ihr Eigen geworden war und das sie aufgrund der Nähe zum Sperrgebiet mit Genehmigung bewohnten. Pastor Riemenschneider hatte sich darum gekümmert und sie bei einem ihrer letzten Besuche im Dorf gebeten – es war jedes Mal ein strammer Fußmarsch bis dorthin –, einen Heimkehrer bei sich aufzunehmen, einen Nachzügler, der wie sie von Osten gekommen war. Vorübergehend nur, bis einige Formalitäten geklärt wären und seine Familie eintreffen würde – die war über Umwege zunächst nach Süddeutschland gelangt. Ihn, den Ehemann und Vater, hatten sie tot, gefallen oder in russischer Gefangenschaft geglaubt, irgendwo in den Weiten des kalten Sibirien verschollen. Letzteres traf zu, hatte Riemenschneider berichtet. Der Mann war Anfang fünfundvierzig mit anderen deutschen Soldaten in der Gegend von Jakutsk in einem Lager interniert gewesen, wo die Menschen in Scharen starben oder in andere Lager abtransportiert wurden, hatte es geheißen. In einer brenzligen Situation war es nun geschehen, dass der Mann dem Lagerkommandanten das Leben hatte retten können, wofür er schließlich amnestiert worden war. Der Kommandant hatte sich dankbar gezeigt und sich für ihn eingesetzt. Nur für ein paar Tage, hatte Riemenschneider gesagt. Bis die Gemeinde eine Unterkunft von Dauer für ihn und seine

Familie gefunden hätte. Für die Verpflegung sollte sie etwas bekommen, die Kirche half aus, wo sie konnte. Der Mann komme aus Ostpreußen und würde sich im Haus und auf dem Hof, bei kleineren Reparaturen oder auch im Garten und bei dem Bau eines Hühnerstalls oder Schafstalls nützlich machen. Für die Mutter war es gar keine Frage gewesen, einen Bedürftigen in ihrem neuen und geräumigen Heim zu beherbergen – ob er sich nun nützlich machte oder nicht. Sie wollte auch nichts dafür, schon gar nicht von der Kirche – aber das hatte sie Pastor Riemenschneider, den sie respektierte und schätzte, so deutlich nicht gesagt. Nein, zu helfen war eine Selbstverständlichkeit, und auf ihrem Hof gab es Platz genug. Man käme schon aus. Und wenn er den Hühnerstall oder den Schafstall baute, dann baute er ihn eben, umso besser. Irgendjemand musste das schließlich tun, und viele Hände, die etwas fertigbrachten, gab es nicht. Aber sie würde ihn entlohnen.

»Können Sie nicht schlafen?«, fragte sie, als sie ihn nun in der Küche antraf.

»Sie sind es, Frau Arndt.« Er ließ ein Nudelholz, nach dem er gegriffen hatte, auf den Tisch sinken. »Sie haben mich erschreckt, ich dachte schon an Einbrecher.«

»Die gibt es hier nicht.«

»Nein?«

»Nein. Haben Sie Hunger?«

»Es ist nichts. Ich habe wohl schlecht geträumt, Durst bekommen. Ich wollte etwas trinken …«

Sie sah ihn an, während er ihr den Rücken zuwandte und Wasser aus einem Krug in einen Becher füllte.

»Es ist frisch hier, frieren Sie nicht?«

Sie lächelte. Das hatte es lange nicht gegeben, einen Mann in ihren eigenen vier Wänden, der sich um ihr Wohlergehen sorgte.

Lara Baumann lief zu ihrem Auto. Einmal musste sie stehen bleiben, sich an einer Laterne festhalten. Sie hatte viel zu viel

Alkohol getrunken, aber ihr war es gleich, ob man sie erwischte und ihr den Führerschein abnahm. Einige Polizisten legten sich, wenn sie Dienst hatten, nachts vorm Möppken auf die Lauer, um die Autos anzuhalten, kaum dass sie vom Parkplatz auf die Hauptstraße gebogen waren. Egal. Ihr wäre es in ihrem Zustand sogar egal gewesen, wenn sie einen Unfall verursacht hätte.

Irgendwo musste es stehen – da vorne. Oder nein, da hinten. Doch, das war es. Das musste es sein. Ein paar Schritte nur, und sie hatte es erreicht.

Sie stocherte mit dem Schlüssel an der Stelle herum, wo sie das Schloss vermutete, aber traf es nicht gleich. Zweiter Versuch, dritter Versuch. Als es ihr schließlich gelang, öffnete sie die Fahrertür – es handelte sich tatsächlich um ihr Auto –, und das Spiel mit dem Schlüssel wiederholte sich an der Zündung, sie versuchte, den Wagen zu starten. Aber nichts geschah. Sie versuchte es noch einmal, drehte den Schlüssel herum – nichts, nur ein schwaches, trostloses Keuchen des Motors, der offenbar den Geist aufgegeben hatte. Was war denn nur los? Diese verdammte Karre.

Resigniert ließ sie sich in den Fahrersitz zurückfallen.

Was für ein kaputter Abend, dachte sie und ließ das Erlebte Revue passieren, sah David in Zeitlupe aus dem Möppken eilen, sah ihn noch einmal und noch einmal aus dem Möppken stürzen, sah Johann Bütering kein Wort mehr von sich geben und gesenkten Hauptes weiter trinken, sah Hildegard Rakers, Monika Roeles und Stefanie Wortelen sich verabschieden, sah Gerlinde Mülstegen mit Christian Rochus sitzen bleiben, sah, wie Gerlinde Mülstegen was auch immer erzählte, sah Christian Rochus zuhören und irgendwann gehen, sah Helmut Ratering auf dem Klo verschwinden und lange nicht wiederkehren, sah Jan Baarlink bei dem Versuch, sie zu küssen, und sich ihm eine Ohrfeige geben, sah wieder David, dem alle hinterherblickten, sah Grete, die gar nicht im Möppken gewesen war, aber die jetzt allem Anschein nach ein Kind von ihm, von David, hatte, sah wieder David, sah Grete, sah David, ließ den Kopf aufs Lenkrad sinken und schlief, nachdem sich der Schwindel etwas gelegt hatte, ein.

Johann Bütering, Helmut Ratering und Jan Baarlink standen noch vorm Möppken und rauchten eine Zigarette.
»Ist doch egal«, sagte, um seinen Freund aufzumuntern, Helmut Ratering – der jetzt doch ungefähr verstanden hatte, was geschehen war und was das alles zu bedeuten hatte.
»Ja, vielleicht ist es auch egal«, antwortete Johann Bütering und ließ den Zigarettenrauch tief in seine Lungen strömen.
Jan Baarlink schwieg.

Die Mutter war wieder alleine in ihrer Kammer, die Tür geschlossen.
Sie hatte, nachdem der Mann aus Ostpreußen von ihr gegangen war, das Fenster noch einmal geöffnet. Aber dieses Mal schaute sie nicht nach den Sternen, sie lächelte nur zufrieden und atmete tief ein und aus. Die Zeichen für eine Schwangerschaft standen günstig. Sollte es geglückt sein und sollte es wieder ein Mädchen werden – mit etwas anderem rechnete sie nicht –, würde sie es, nach der antiken Fruchtbarkeitsgöttin, Alma nennen.

Gerwin Geerts hatte seinen Kopf noch immer nicht in die Schlinge gesteckt. Zu heftig bebte der Boden, zu seltsam erschien ihm das plötzliche Auftauchen der vielen Tiere. Er ließ den Strick fallen.

Gerlinde Mülstegen saß als eine der letzten Gäste noch immer bei Kerzenschein im Möppken, inzwischen an der Theke. Sie dachte an den Abwasch zu Hause. Zeit, dass sie den erledigte.

Gisela Piontek, aus dem Schlaf aufgeschreckt, lief ins Gästezimmer, um ihren Mann zu wecken.

Heinrich Piontek lag, ohne zu schlafen, in seinem Bett. Etwas draußen schlug ihm außerdem auf die Nerven. Vollmond, Wetterumschwung?
Er wollte noch in einem Krimi lesen und knipste das Licht an, aber es funktionierte nicht.

Alma Kretschmar, die noch eine Weile in ihrem Wohnzimmer gesessen und nachgedacht hatte, sah jetzt durchs Schlafzimmerfenster die seltsamen Verfärbungen des Himmels.

Auch Alfred und Sigrun Corinth wollten schlafen gehen, blieben aber noch am Fenster stehen.

David blickte hin und her, auf der einen Seite stand Grete, die ihre Hühnersuppe löffelte, auf der anderen das Bett, in dem sein Sohn schlief.

Die Schwanenbrosche seiner Großmutter lag in ihrer Hand.
Der Kleine war aufgewacht, aber schrie nicht. David hielt ihn
jetzt in seinem Arm. Keine Frage, es war sein Sohn, dem er
da in die Augen sah. Wie hatte er daran überhaupt je zweifeln
können? Wie hatte er an Grete zweifeln können? Er war ein
Dummkopf, er hätte es wissen müssen, von vornherein.
Er trat ans Fenster, Grete folgte ihm. Sie lehnte ihren Kopf an
seine Schulter.
»Siehst du den Mond?«
»Ja«, flüsterte sie. »Er scheint so seltsam hell.«
»Ja, merkwürdig, er scheint sehr hell. Aber sieh einmal dort,
die dunklen Flecken…«, sagte David.

Auf einmal spürte er, wie warm es im Schlafzimmer geworden
war, schwülwarm. Grete öffnete das Fenster zum Garten, aber
draußen schien es kaum kühler zu sein.
Der Boden bebte, das ganze Haus zitterte. Ein Rauschen, das
schon eine Weile in der Luft gelegen hatte, das ihm bislang
nicht aufgefallen war, verstärkte sich zu einem lauten und
durchdringenden Dröhnen, Knirschen und Krachen, das er
jetzt nicht mehr ignorieren konnte. Es ließ seine Füße vibrie-
ren, das Geschirr im Küchenschrank klappern und den Wecker
ratternd über den Nachttisch wandern. Irgendwo fiel irgendetwas herunter und ging scheppernd zu Bruch.
David sah Grete an, die näher an seine Seite rückte, sie hielt
sich an ihm fest. Hell und warm war es.
Was er nun zu sehen bekam – und mit ihm, glaubte er, auch
alle anderen Emlichheimer, die nach und nach aus ihrem Schlaf
oder auch aus ihrem Rausch erwachten und an ihre Fenster
oder gleich hinaus auf die Straße stürzten, ins Freie –, war

etwas ganz und gar Unfassbares, nie zuvor Gesehenes, wirklich Phantastisches.

David sah, wie sich die Kartoffelmehlfabrik von innen her aufblähte, durch welche Kraft auch immer, er sah, wie die beiden Riesen riesenhafter wurden, ihre Gesichter sich zu furchterfüllten Fratzen verzerrten, wie ihnen die gelben Augen überquollen und aus den stahlgrauen Höhlen zu platzen drohten, wie sie sich über die laublosen Baumwipfel der Birken und Ebereschen, der kahlen Eichen und Kastanien, über alle Dächer der Häuser und über die Kirchtürme erhoben, wie sie zu gigantischen Ballons heranwuchsen, bald in ihrem Volumen nicht mehr zu überschauende, zischende Zeppeline, durch deren immer dünner und dünner werdende, transparente, bläulich-gräuliche Haut das seit Jahren und Jahrzehnten gehortete weiße Gold glühend hindurchstrahlte, er sah, wie sie auf Windesflügeln weit in den Himmel aufstrebten, das Sternenzelt fast vollständig bedeckten und phosphoreszierend verfärbten, den Äther zum Leuchten brachten, er sah, wie die Speichertürme schließlich platzten – keine Schraube, die sich nicht gelöst hätte, keine Naht, die noch säße, keine Stele, die nicht zerborsten wäre –, er sah, wie die Riesen mit einem letzten lauten Donnerschlag explodierten, den kolossalen Berg aus Kartoffeln und Stärke, aus Matsch und Kristallen wie abertausende kleine Silvesterraketen mit sich in den Kosmos rissen und zu feinem Staub zu zermahlen schienen.

Taghell wurde es, ja heller noch als am Tage. Das Licht dieses übernatürlichen Feuerwerks blendete, und David hielt eine Hand schützend vor die Augen seines Sohnes.

Nur einen kurzen Moment später, als das Dröhnen verhallt war und Gewissheit einkehrte, dass die Riesen nicht mehr existierten, dass die Kartoffelmehlfabrik nun endgültig Geschichte war, geschah ein weiteres Wunder. Die Sonne ging auf in feurigem Hellrot und Gelb, aber auch der Mond zeigte sich wieder, und der Himmel schimmerte, soweit das Auge reichte, in schwachem, zartem Orange. Vor diesem Hintergrund rieselte es plötzlich kartoffelgelben Schnee, jede einzelne Flocke war ein leuchtender Kristall, das ganze weite Panorama glitzerte, als bestünde es aus Edelsteinen, aus Feueropalen, Citrinen, Bernsteinen oder Heliodoren.

David, der jetzt tief in sich hineinsehen konnte und seiner Sache sicher war, atmete auf und blickte zu Grete hinüber, ob sie es auch gesehen hatte.

*Mein Dank gilt der Stiftung für deutsch-polnische Zusammen-
arbeit, dem Polnischen Buchinstitut und dem Literarischen Col-
loquium Berlin für die Unterstützung meiner Arbeit durch das
Albrecht-Lempp-Stipendium und den damit zusammenhängenden Aufenthalt in Krakau, den Initiatoren des Residenzstipen-
diums im Gottfried-Benn-Geburtsort Mansfeld, Prignitz, Ingrid
und Manfred Barkat für kenntnisreiche Hinweise und insbesondere Ingrid Barkat für die kritische Durchsicht des Manuskripts,
Dr. Stefan Dirks für die Beratung in medizinischen Fachfragen
und Albert Rötterink und Gerold Meppelink für die Übertragung
der plattdeutschen Passagen.*